U0066318

船娘好威

1

蒻曉 著

風文創 483

目錄

序

翦曉

繼《福氣臨門》之後，終於又等到了編編的通知，《船娘好威》過審了，開心之餘，還有一些小忐忑。

不知道隔了這麼久，親愛的讀者朋友們還記得翦曉不？

不過，無論如何，在此先感謝編們的肯定，也希望大家能繼續支持翦曉的第二本文文喔——

本文中的浮宅人家，原型是以前同事的家鄉。

依山而建的石屋，帶著「福」字的特色屋頂，連綿的船、豪爽的漁家、鮮美的美食，至今難忘。

其實，翦曉的家鄉也在海邊，依山傍水，門前就是海，只不過，沒有那樣的浮宅人家。

海邊美味無數，但同樣，每年颱風來襲造成的影響，也是從小看到大，數不勝數。

構思這本書之初，那一年颱風過境，大雨連綿，翦曉的店裡正巧被淹水，水深過膝，店中的貨架淹了半公尺，所幸，有左鄰右舍們的幫忙，搶收起了大半的商品。

損失不多，不過前前後後也忙了近一週才穩定下來。

當時，翦曉就在想，我們在岸上，在天災面前還這樣狼狽，那麼，那些浮宅人家呢？

於是，就有了這本文的主線。

以船娘的角度，去體驗浮宅人家的辛苦，也體味他們製造出來的美食，以及左鄰右舍們守望相助的感動。

希望大家能喜歡這個故事。

也祝願大家喜樂安康，快樂每一天——

第一章

夕陽西斜，紅霞映紅了滿天，微風過處，水面漾起一陣粼粼的紅色漣漪。

不遠處，忙碌了一天的船隻攜著一陣陣豪邁的歌聲緩緩而來，助長了這一陣漣漪的蕩漾，隨著船隻越來越近，苕溪灣避風塘上連綿的船隻也開始微微起伏。

苕溪灣是一處避風的大水灣，水灣中間是一塊用竹排和羊皮筏綁起的浮宅。

靠山吃山，靠水吃水，這一片浮宅就是靠這一方水養家餬口的人們簡單的家。

當然，並不是所有人都能住上這樣的浮宅。

一間間簡陋的木頭房、竹排房，甚至是隨意圍起的落腳之地，都不是尋常船家能住得起的，更多人選擇居住在船上，如此一來每個月還能省下不少房租。

周邊那些船尾掛著衣服、船頭冒著炊煙的小船便是最好的說明。

白天，船是他們生存的依賴；晚上，便是他們棲身的家，世代如此。

而此時，則是他們一天勞作之後最悠閒、最熱鬧的時候。

允瓔吃力地抱著一個小土灶鑽出低矮的船艙，跪行著爬上高及小腿的船板上，把手中的小土灶擺在船頭，又返身回到船艙裡翻出一口邊緣有些破損的鐵鍋。

小土灶只是說好聽的，實際上不過是個高及膝蓋的水缸，用黃泥、黏土糊就的爐灶，上方擺上了鍋，在缸肚子處摳出一方小小的灶口，點火的時候常常濃煙滾滾，十分嗆人。

允瓔搬了個木盆子，用密笸籮盛了些許糙米，舀了半瓢水放到木盆上細細洗了起來。在船上，清水是最寶貴的，一滴一點都要珍惜。

淘好的米倒入鍋裡，又細細地比量著加了水，允瓔才往灶腹裡加了些許枯樹枝，打著火石子攏著雙手將火苗送進灶腹，隨著火苗竄起，一小股煙也竄了出來。

允瓔還是不可避免被煙嗆了一下，她忙往後仰了些許，一邊咳嗽一邊不斷揮散濃煙，一隻手挪了挪灶裡的樹枝，煙才漸漸小了些。

火勢穩定下來，她才又添了根略大的柴進去，然後爬起來彎著腰來到船艙邊，彎身摸出一個小簍子，從裡面取出些許梅菜乾和小魚乾，洗清乾淨，擺在破了一個口的粗瓷碗裡，估算著擱了點調味料，用木勺擱到鍋中蒸著。

重新蓋上蓋，允瓔這才坐下來，一邊拿著一把堪比濟公法寶的破扇子，有一下沒一下地搧著，一邊單手托腮放眼打量這一片美景。

「泛宅浮家，何處好，苕溪清境。」

曾經，允瓔極喜歡這一句，也極嚮往這樣的生活。在她想來，以船為家，遊歷江河之中，是多逍遙自在的一件美事呀！

但，身為二十一世紀小康家庭的獨生女，她根本沒有機會體驗以船為家的感覺，於是，她退而求其次，在大學畢業後瞞著家人，跑去應徵小小船娘。

過五關斬六將之後，她如願從百名應徵者中脫穎而出，成為了笑到最後的五名勝利者之一。

然，勝利的果實還未來得及細嘗，那初體驗的興奮勁還未褪去，參加培訓一週開始正式單獨練手的頭一天，她就「中獎」了——悲慘地隻身投入到穿越大軍中，來到了看似美麗，實則雞不生蛋、鳥不拉屎的破苕溪。

此地此時乃潼夏天朝江南河邊上的苕溪，一個莫名朝代裡的苕溪。

而且，這兒的泛宅浮家與她想像的有著雲泥之別。

沒有想像中能在水上當家的豪華遊輪，有的只是簡化到吃喝拉撒集於一體的小船。

允瓔目光複雜地回首望了望身後的船艙——

船的兩邊豎著幾根粗粗的毛竹，上方用竹篾以及破破爛爛的布料蓋起了一高一低兩個頂，低的這個頂下包圍起一個小小的船艙，狹小的船艙裡只夠兩人平躺的空餘，被子一擠，便連翻身也成了難題，而頭前腳後還塞著無數與吃喝拉撒過日子有關的零碎雜物，又占據了不小的空間。

這哪像個家呀？

電視劇裡的那種烏篷船瞧著也比這個氣派許多。

對此，允瓔很鬱悶，真不知道原主那一家三口都是怎麼住下的？

鬱悶歸鬱悶，她已經到了這個地方，占了這個只有十八歲的邵英娘的身體。回，自然是回不去了。

允瓔嘆氣，往灶中添了些柴禾，掀了鍋蓋瞄一眼，裡面的水剛剛沸開，想了想，稍稍舀了些米湯出來，才重新蓋上鍋蓋。

做完這些，允瓔才換了一隻手執扇，另一隻手擱在膝蓋上，略垂了眸坐著重新整理原主殘留的記憶。

這具身體的原主叫邵英娘，十八歲，有個六十歲的老爹和老娘，因為中年才有了她，二老對她很寵愛，便連終身大事也由著她自己作主，於是，十八歲的姑娘便剩下了。

他們一家三口靠這條船擺渡、打魚為生，到了夜晚，這船就是他們的家。

在邵英娘十八歲之前的日子裡，一家人雖然窮，卻過得很開心，直到，他們遇到了一個男人。

這個男人叫烏承橋，是個落難的外鄉人，邵父、邵母心腸好，就答應捎他去泗縣。路上，邵英娘對他芳心暗許，百般照應，邵父、邵母從來都是嬌慣著這唯一的女兒，自然一力支持。

那一日，邵英娘惴著一顆怦怦跳動的心，來到他面前，宣告似的告訴他：「我喜歡你，你做我男人吧！」

直到此時，允瓔還能感覺到那時的心跳有多猛，可同時，她也認為邵英娘異想天開了，那樣一個長相妖孽的男人，怎麼可能娶一個船家女呢？

可不知道為什麼，他居然答應了和邵英娘成親。

邵英娘大喜，纏著父母操辦喜事。

於是，撞日選日的就在船上拜了堂。

可沒想到，當天晚上連洞房都沒來得及進，他們就遇到了一艘大船的襲擊。

龐然大物般的船撞擊而來，掀起的巨浪把小小的船兒衝擊到岸邊，高船上跳下十幾個蒙面的黑衣人，飛速地游到小船邊，躍了上來，邵父、邵母想反抗，卻被人一刀捅中心窩踢下水中，邵英娘駭然，還沒來得及喊出聲，便被烏承橋推下船，落水的那一刻，她看到無數黑衣人包圍了他……

記憶就此停頓。

允瓔撇了撇嘴。

典型的禍水呀！

邵家一家三口分明就是被這男人給連累了，虧那邵英娘還對他一片癡心呢。看吧，把自己的命和爹娘的命都搭上了，還害得她來到了這兒。

不過，既然來了，怨天尤人是沒用的，就努力為自己嚮往的生活奔跑吧！

飯很快燜好了，上面蒸的梅乾菜和小魚乾飄著淡淡的香味，雖然缺乏美味的調味料，菜也是簡單蒸的，可對咕嚕作響的肚皮來說，也足以當一頓美味的大餐了。

任誰幾天下來每日只吃一餐，都會這樣不是？

允瓔把濟公法寶往船板上一扔，隨手拿過三根木柴圍成三角，然後拿著破抹布把鍋端了下來，這才把一邊準備好的陶罐放到爐灶下，那陶罐裡是一會兒要喝用的熱水，就著爐灶中的餘柴，恰恰好。

「喂，吃飯了。」允瓔頭也沒抬，拿出兩副碗筷。

黑黑的碗殘了邊緣，小心些著用卻也不會割到嘴巴。

她喊的這個吃飯的人就在船艙裡，也就是那個禍水烏承橋。

她醒來的時候，船上只有她和他兩個人，後來聽救了他們的那個船家說，她溺了水，他的右腿則被打得血肉模糊。

據說，這廝當時還清醒著，是他請求那位船家一定要救救她這個娘子，確認她安然無恙後，他便不省人事了，昏迷至昨天才醒來……

衝著這點，允瓔才勉強允許他吃她做的飯。

畢竟知恩圖報乃美德嘛。

烏承橋的腿傷已經包紮過了，所幸，只是外表看著嚇人些，經這兒的赤腳大夫整了骨，靜養上一段時日倒也不會有太大的問題。

只是，傷筋動骨一百天，他這段日子是別想隨意動彈了，這幾天除了吃喝拉撒，他最多就是躺著發呆。

這時聽到允瓔的話，他才動了一動，撐著身子坐起來。

允瓔添了飯，挾了些梅乾菜和小魚乾在上面，彎著腰鑽進船艙，遞到烏承橋手上。

他也不吭聲，接過碗慢慢地扒了起來。

允瓔睨了他一眼，轉身出去盛自己的飯。

這廝倒是有副好皮囊，他的髮比現在的她還長，又黑又亮。劍眉、星眼、直鼻、薄唇，眼睫毛如扇般又密又長，此時他穿著對襟布衣，興許是躺得久了，胸口已經敞開，露出白皙健碩的胸膛。

反觀她，頭髮枯黃，一雙手雖然修長，卻枯瘦得很。

若說她前世那雙手是春後嫩筍，那如今這雙便是寒冬筍乾。

可瞧瞧他，那雙手骨節分明，白白淨淨，一看就是養尊處優慣了的。

允瓔一邊扒著飯，一邊猜想著這男人的來歷。他有那樣一雙手，為什麼還要娶一個泛船人家的女兒？實在不合常理呀。

一個無錢無勢無家的船家女，有什麼讓他可圖的？

姿色？允瓔已經在水裡照過了，柳葉眉是柳葉眉，就是雜草多了些；眼睛是夠大夠清；鼻子算是馬馬虎虎過得去，唇……

估計這副五官中也就這唇和眼睛還過得去吧，但這些組合放在一張黝黑又粗糙的瓜子臉上……唉，不敢恭維哪。

偏偏這張臉上，在眉心中間還配了一顆鮮豔欲滴的美人痣，越發顯得不倫不類起來。

允櫻嘆著氣閉眼撫上那美人痣，眉毛還能修修，可這皮膚、這頭髮該怎麼保養才能配上這顆美人痣呢？

突然，允櫻眼前閃現一個情景——

一個四四方方的房間，卻沒有門也沒有牆，一切渾然天成般，她卻能清晰感覺到那是四四方方的。

允瓔不由皺起了眉，這是什麼？

她想看個清楚，便鬆手睜開眼睛，那情景卻消失得無影無蹤。

再閉上眼再按眉間，四四方方的空間再次出現，又鬆手，卻又不見。

允瓔的心頓時狂跳起來。

難道是老天愧疚讓她來到這鳥不生蛋的地方，所以補償她一個空間？

允瓔正暗暗竊喜，突然，手上多了一隻溫熱而乾燥的手，她納悶地睜開眼睛，只見烏承橋不知何時挪到她面前，手自然是他的。

烏承橋伸手拉下她的手，臉微仰著打量她，紅潤的唇動了動，吐出幾個字。

「妳怎麼了？」

「嗯？」允瓔傻傻地眨了眨眼，問道：「我怎麼了？」

我只是突然懷疑自己得了個隨身寶貝空間罷了，不過，不能和你說……

「病了嗎？」烏承橋鬆開她的手，探向她的額，又撫了撫自己的，納悶地皺了皺眉。

「你才病了呢。」允瓔撇嘴，一巴掌拍開他探過來的手，從他面前拾了空碗過去。「還要嗎？」

「不吃了。」烏承橋皺著眉疑惑地打量著她，心頭湧上一種莫名其妙的不對勁。

「不吃算了，反正餘下的糧也就夠個兩餐。」允瓔嘟著嘴，避開他的目光開始收拾東西。

「妳放心，我會負責的。」烏承橋靜靜地看了她一會兒，突然低低地說了一句風馬牛不相及的話。

「負責？你怎麼負責？」允瓔微微一愣，隨即冷笑道：「自己還沒好索利呢，你還是先負責起你自己吧。」

烏承橋一滯，臉色黯了下來。

是啊，他喬承塢如今已不是喬家的大公子了，喬家所有產業也沒有他的分，甚至，他都不再是喬家的子孫。

浮萍根，他如今不過是被逐出宗譜的浮萍罷了，甚至還拖著一條殘腿，他拿什麼負責？

允瓔見他不語，回頭瞄了一下，也不去管他，逕自收拾起來。

他有的是工夫發呆，可她卻沒有那麼好興致和閒工夫。

允瓔快速洗清了碗筷，餘下的菜和飯往鍋裡一蓋，髒水往溪中一潑，便鑽進船艙，沒一會兒便出現在船尾，輕巧地踩在船尾上，略略探身解開拴在浮排上的纜繩，撐起船舷處放著的長竹竿，奮力往水中一點，船便緩緩地離開岸邊。

「烏家小娘子，天都快黑了，妳這是幹什麼去呀？」隔壁停著的船裡鑽出一個漢子，正是之前救下他們的田娃兒，看到允瓔撐著船駛離，忙問了一句。

烏承橋對他們介紹說她是他的妻子，他們便自然而然喊她烏家小娘子了。

對這個稱呼，允瓔的腦子瞬間當機，隨即便又反應過來，這人喊的就是她自己。

「田大哥，附近哪兒有清水可取？我船上水剩不多了呢。」看到這人，允瓔倒是省去了麻煩，虛心請教。

在她的記憶裡，邵家人並不在這一帶行船，對附近的記憶也是一片空白。

「就在那邊有座山，妳從這邊划過去，有個臨時的埠頭可以拴船繩，往上走百來步，再往左邊小路直走，就能看到一個山水坑了。」田娃兒指著不遠處的山說道。「不過天快黑了，妳當心些，那兒沒有路，都是人踩出來的泥巴道呢。」

「謝謝田大哥，我曉得了。」允瓔道了謝，雙膝一沈，腰肢一扭，手中竹竿便借了浮排的力道緩緩地離開原地。

她這一手，倒是讓田娃兒多看了幾眼。

這一片人家都是靠水靠船吃飯的，哪家的女人不會撐船？

便是那八、九歲的女娃娃也能露上兩手，然而，讓田娃兒注目的卻是允瓔的那一扭，撐船還能扭出這樣好看的風情……嘶——還真有點銷魂的味道。

三十四歲尚且單身的田娃兒頓時看直了眼。

允瓔沒留意這些。她雖然培訓過一段日子，可是她才頭一天單獨工作就光榮地穿了，這會兒可說是頭一次單獨操作，還真有些緊張，所以，她全部的注意力都在行船上。

力道穩不穩，決定船行進的方向穩不穩，每一下都不能馬虎……

終於，在她的萬分謹慎中，船緩緩靠向了田娃兒所說的臨時埠頭。

說是埠，其實也就是土坡上打了一排木樁，用來拴船，這會兒一條船也沒有。

儘管允瓔很小心，但在停靠的時候，船頭還是往邊上擦了一下，船身晃了晃，允瓔忙用竹竿撐了一下，穩定了船身，才拾起纜繩拋出去，無奈技巧不熟練，反覆兩次後才算把繩子固定好。

拴好繩子，她才再次彎身鑽進船艙，翻找了起來。

烏承橋看她在船艙裡忙忙碌碌，又是找盆子倒水，又是翻水桶的，不由問道：「做什麼去？」

「取水。」允瓔淡淡地應了一句，提著船上唯一的木桶上了岸，順著田娃兒所說的路，很快就到了山水坑邊。

山水坑並不深，看起來也不過半尺，一股清澈的山水從雜草間汩汩而下。

坑邊的雜草被清理乾淨，邊上還放著一個缺了口的瓦罐，清洗得乾乾淨淨，想來是他們平日取水用的。

允瓔先舀滿了水，也不急著離開，她略探出身子，看了看水中倒影。

這兒的水比河水清澈許多，映出的倒影自然也清晰，允瓔看了眉間的那枚美人痣。

那嬌鮮欲滴的美人痣並不是圓形的，倒有些像菱形，讓允瓔不由自主想起落水前那一撞。

允瓔眨了眨眼，伸手撫上了那滴血紅。

再一次，四四方方的房間出現在她眼前，手放下，便消失無蹤。

允瓔大喜，這就是傳說中的空間呀！

只是，為什麼別人的都是有山有水有樓有風光，到她這兒，卻只有四四方方的連個門窗也沒有呢？

閉著眼細細研究了好一會兒，她也沒看出特別的，頂上黑色的、四周的牆是黑色的，地也是黑著的，明明也沒有燈，她卻能看得清清楚楚，真是奇怪了。

瞧著這模樣，難不成是儲物空間？

允瓔的手撫著美人痣，不由自主地嘆了口氣。

她現在除了那條破船，也就只有那個傷了腿的禍水相公了，過日子需要錢，治他的傷也需要錢，偏偏好不容易有的空間竟也一貧如洗。

老天爺呀，祢把我弄到這兒來，也不給點盤纏啊？

這讓我以後怎麼混下去呢？

允瓔無力地垂下手，死心了。

還是自力更生最妥當。

允瓔提起木桶，走了兩步，突然想到一件事，她低頭看了看木桶，心念一動，手撫上眉心，瞬間，木桶消失了，四四方方的房子角落，多了一個桶，瞧著那比例，裡面也就能擺十來個木桶。

這麼雞肋的空間，有啥用啊？

允瓔心裡一鬱悶，就把那木桶重新弄出來，此時天色已漸漸黑下，也不多待，吃力地提著滿滿一桶水回到水邊。

遠遠地就看到烏承橋坐在船艙邊往這裡張望。

「給我。」看到允瓔走近，烏承橋朝她伸出手，直直地看著她。

「不用。」允瓔瞥了他那打著木板的腿一眼，沒好氣地想——傷筋動骨的新傷，不好好養著，難不成想讓她養他一輩子？

無視烏承橋的好意，允瓔雙手提著木桶上了船，找出能裝水的罐子全灌了個滿，接著看也不看他又上山去了。

她沒看到烏承橋看向她的目光充滿了驚訝和疑惑。

這次，允瓔動作更快，舀滿了水，打量了四周圍一番，採了些不起眼的蘑菇、野果子扔進空間，就提著水桶下了山。

天色已黑，人生地不熟的還是少待為妙。

把清水安置妥當，又倒了船上的尿桶，就著河水清洗乾淨，允瓔才解了繩索回轉。

夕陽已徹底沈下，粼粼水面映著微弱的月光，遠處，隱隱傳來船夫們爽朗的笑聲，間或摻雜幾聲豪放女人的聲音，交織在這初秋清冷的夜河上空，才添了一分生機、幾分溫情。

「英娘，妳是不是在怪我？」

沈默了許久，船行了一半，那交織的笑聲、說話聲也漸漸大了起來，烏承橋卻低嘆著開了口，聲音很低，卻清清楚楚地傳進允瓔的耳中。
允瓔沈默。
她又不是邵英娘，有什麼好怪的？
說起來，還是他堅持讓人先救她，說不定，就是他這堅持讓她有幸活了下來呢。
「我知道，妳在怪我。」烏承橋沒有等到她的回答，語氣越發低了下來。「我也知道，都是因為我，岳父、岳母才會遇難……」
允瓔依然沒說話，她在想一件很重要的事。
之前她昏迷倒也罷了，可現在她清醒了，他也清醒了，這晚上睡覺的事倒是有辦法解決，可是一條船，兩頭通風，船上還有一個大男人，她怎麼洗澡？
更何況他腿上帶傷，難不成讓他出去把風？
向來有些小小潔癖的允瓔頓時垮下臉。
船緩緩地回到了原位，允瓔拴好船繩，站在船頭四下看了看。
那邊廂玩笑說趣的船公船娘們也已經漸漸散去，浮宅處亮起點點昏黃的燈光，伴著遠處的蟲蛙聲，顯得異常寧靜。
「不早了，早些歇息吧。」
烏承橋還坐在那邊，受傷的腿直直放在船板上，昏暗中，他的側臉隱晦不明，語氣淡淡卻透著某種微妙的意味。
允瓔聽到這話，側頭看向他，心念電閃間，她記起那日拜堂時的情形，心頭升騰而起一種不屬於她自己的喜悅和羞赧，令她瞬間默然。

這個男人，是她如今這副身子拜了堂成了親的老公啊，雖然他們還來不及洞房，可名分已在，她避不開也尋不出不與他同艙共住的理由；再者，之前的邵英娘那樣歡喜地嫁給他，這會兒要是突然變得冷漠不和他住一起，會不會引起他的懷疑？

允瓔心裡忐忑起來，被人知道她的來歷，會不會被沈了這水底呀？

她不能冒這個險，靜默半晌，有了決斷。不就是同艙嘛，前世校外活動時露宿荒郊，也不是沒有和男生們一起擠過帳篷，有什麼了不起的。

「妳怎麼了？」烏承橋帶著疑惑的聲音響起。

「沒什麼，有點累了。」允瓔撇了撇嘴，一彎腰鑽進艙房，沒一會兒又出現在烏承橋面前，很直接地告訴他。「我要洗漱，你在這兒幫我看一下。」

「嗯，去吧。」烏承橋的目光落在她身上，釋然了。

自從他昨天徹底清醒之後，他就覺得她有些不對勁，直到此時，她這樣直接的說話，他反而放心了，認識她不過七、八天，她火辣坦率的行事卻給他留下很深的印象。

我喜歡你，你做我男人好不好……

烏承橋記起成親前她對他說的這句話，如此天經地義，沒有絲毫姑娘家的羞赧矜持，就這樣大剌剌地站在他面前，目光清澈，神情坦然……

他的目光太過專注，允瓔不注意都不可能，她不由皺了皺眉，縮了縮脖子。

他的腿還傷著，不會是想帶著傷上陣吧？

對於男人來說，這種衝動也不是不可能。

瞬間，允瓔的目光多了防備。「不許偷看！」

烏承橋的思緒被她的話拉了回來，他看著她，無奈一笑。「快去吧，不早了。」

想他堂堂的喬家大公子，鮮衣怒馬、暢笑泗縣時，什麼樣的女人沒見識過？

泗縣的大小紅樓裡，哪個姑娘沒受過他的賞？

呼朋喚友，一擲千金，萬花叢中過……

烏承橋想到這兒，黯然低頭，手撫上受傷的腿，要不是那段年少輕狂、姿意風流，他也不會落到如今這境地……

又發呆！

允瓔瞪了他一眼，飛快地鑽進船艙，拉過兩塊破布擋去艙門，兩邊都塞得嚴嚴實實，才收拾了船艙，把該搬的都搬開，拿了個木盆舀了半盆水，摻了些熱水兌溫，沾著布巾開始洗漱。

水不多，船艙太小，門也不嚴實，她只能簡單地洗漱了。至於空間，烏承橋就在外面，她還不敢輕率地直接進去，比起洩漏空間，透春光還算是小事情吧？

有驚無險地飛速解決了洗浴問題，允瓔收拾了船艙，把換下的衣服直接扔在洗澡水裡端出去。

「你要不要洗洗？」看在他剛剛還算盡職的分上，允瓔問了一句。

「好。」烏承橋抬頭看她，點了點頭。

於是，允瓔又去打了水，準備端到船艙裡。

「就在這兒吧。」烏承橋坐著不動，逕自開始解自己的衣衫，這會兒時值初秋，天氣依然有些熱，倒也不怕著涼。

這兒就這兒，省得她重新收拾船艙。

當下，允瓔把盆子端到他面前，轉身走到船頭蹲下，拉過那盆髒衣服開始清洗。

邵家唯一的皂豆是留給邵英娘洗髮洗澡用的，洗衣服用的都是草木灰，這個倒是現成。

允瓔從灶裡取了些已冷卻的草木灰出來，直接拌到那盆洗澡水裡，開始有一下沒一下地揉搓衣服。

貧家寒舍，還好她有原主的記憶，要不然，她怎麼應對這一切而不露餡兒呢？

「英娘，能幫我擦擦背嗎？」允瓔還在感嘆中，烏承橋卻開口了。

允瓔轉頭去看，只見烏承橋已褪去長衫，只著一條長褲坐在那兒，手裡托著布巾看著她。

讓她幫他擦背？

允瓔百般不情願，這種伺候人的事，她可沒做過，正要拒絕，又見烏承橋帶著疑惑的目光，她心裡不由一突。

原主是個很大膽的姑娘，之前對他百般殷勤，要是自己一下子冷漠了，又是一個疑點了。

想了想，允瓔勉為其難地淨了手站起來，走到他身邊接了那布巾，沒好氣地看了他一眼。「轉過去。」

烏承橋深邃的目光盯了她一眼，乖乖轉身，那種不對勁的感覺又浮上心頭。

好吧，就當是在抹桌子。

允瓔瞪著他的背小半會兒，這才認命地彎腰，把布巾搭了上去，雙手按著推了起來。

烏承橋感覺著她的力道，眉頭微微一皺。

她這是在生氣嗎？

因為他連累她一家人，連累得她雙親沒了性命？

想到這兒，烏承橋不由自主地閉上眼睛一聲長嘆。

允瓔莫名其妙地看著他的背，雙手沒有停歇地幫著擦了兩遍，才把布巾扔給他。「好了。」

她沒興趣去猜測他的心思，對她來說，他只是個同船的人，唔，頂多就是百年修來的同船人罷了，要說千年共枕的緣分，那可差遠了。

洗好的衣服晾到船艙兩邊的竹竿上，再回來，烏承橋已經在船艙裡坐著，取出被褥鋪好了。

被褥都是新的，是邵父、邵母特意去扯了新布買了新棉給他們製的新被，紅紅的被單上大朵大朵的花兒，紅紅火火，卻也刺著允瓔的眼睛。

她不是邵英娘啊，新郎是真，可新娘已經換了，這真夫假妻的該怎麼辦？

「不早了，歇著吧。」烏承橋還是坦著胸膛，坐在左邊直直地看著她，一旁是她的位置……

剛剛她還說沒有千年共枕的緣分呢……好吧，她現在認了，但無論如何，離真正的共枕還是差了一點點。

允瓔心一橫，放好木盆鑽進艙房，布鞋擱在船板上，也沒去看烏承橋，逕自過去和衣躺下，拉過被子一角蓋著肚子就側身閉上了眼睛。

烏承橋默默地看著她，好一會兒，無聲地一嘆，伸手替她蓋好被子，低聲問道：「英娘，我知道是我連累了岳父、岳母，以後我不會不管妳的。」

呿，誰要你管？允瓔不屑地說道：「他們都死了，說這些做什麼？」

「等我腿傷好了，我們就離開這兒，去城裡租個鋪子，做生意。」烏承橋聞言黯然，半側著倚著船艙，目光似乎看著她，又似看向了虛處，語氣漸漸森然。「我該有的，我會想辦法拿回來，岳父岳母的命，我也會找他們索回來……」

聽著他宣誓般的話語，允瓔卻昏然睡去，陷入夢境的那一刻，她恍惚地想：他要索誰的命？跟她有什麼關係？

烏承橋等不到她的回答，低頭凝望一看，才發現她已經熟睡，隨手替她拉好薄被，自己緩緩躺了下去，放平了身子，看著簡陋的艙頂出神。

隱約間，風拂過，晃動了船隻，也隱隱送來某處模模糊糊男女低吟的旋律……

第三章

清晨，天際的黑漸漸被亮色取代，寧靜了一晚的苕溪灣也甦醒過來。婦人們一邊做事一邊嘻嘻哈哈的問候聲、男人們準備出船互相討論著天氣和收成的大嗓門，還有孩童們或嬉笑或頑皮或吵鬧的聲音，帶著平凡生活獨特的氣息交織成一片熱鬧。

在這片熱鬧中，允瓔緩緩睜開了眼睛。

她的睡相一貫很好，昨晚側著入眠，這會兒仍是那個姿勢，她坐了起來，揉了揉微有些麻的手臂看了看身邊，身邊已經空了。

允瓔疑惑地伸長脖子往外張望，只見那破布外，烏承橋已經坐在那兒，這會兒也不知道在做什麼，一動不動。

真是奇怪的人，整天就知道發呆，一看就是個養尊處優慣了的主兒。

允瓔扭了扭脖子，坐著活動了一下肩膀和手臂，才開始收拾被褥。

今天該出去看看，找些吃的才好，那位是指望不上了，也只能靠她來想辦法，先把日子過下去才是王道。

兩三下的，艙房就乾淨了，她一把撩開昨夜洗澡塞上的破布，便看到船板上一塌糊塗。

土灶中塞滿了柴禾，上方的鍋也沒有蓋，一眼就看到裡面一鍋水泡著許多米，再看邊上，裝米的袋子已經空了，而烏承橋則糾著他那雙好看的眉發愁。

允瓔快步過去拎起袋子，只見裡面連半粒米都不剩。

這意味著什麼?意味著這頓吃完，他們就得餓著了。

她還沒想好要怎麼賺錢養活自己呢，心頭的火噌噌噌的冒了起來，瞪著烏承橋就質問道：「你搞什麼？」

烏承橋看到她，原本眼中有些欣喜，可他還沒來得及說話，就看到允瓔這副模樣，笑容便滯住了。

一向都是衣來伸手、飯來張口的他，出於對她的歉疚，加上早上看到她睡得香甜時心裡突如其來的憐惜，他才腦子一熱，主動起來想做一頓早飯。

他哪知道做個飯生個火這麼難！

「真是……」允瓔看了看那一鍋米，又看了看手裡的空袋子，突然連發怒的力氣都沒了，直接把空袋子一扔，跳上船板，找了乾淨的罐子把鍋裡的水舀了一半出來，又拿著勺子在鍋裡掏啊掏的，最起碼掏出一半多的米。

如今也只能先這樣了，這泡過的米，中午也只能煮個粥。

允瓔本身也是個嬌生慣養沒餓過的主兒，面對如此窘迫的局面，她懊惱極了，蹲在那兒洩恨一般掏著多餘的柴禾，烏承橋則是黑著臉坐著。

她這樣不分青紅皂白的質問讓他很難堪。

可是坐了一會兒，也沒聽到第二句，又忍不住轉頭去看她。

一眼，就看到她糾著的眉和眼角的淚花，不由一愣。

他還火大呢，她怎麼還委屈了？

不過細一想，人家一個姑娘家，一下子無父無母了，還是因為他……唉。

烏承橋的心頓時軟了下來，想了想，低頭尋了尋，找到之前被他放到一邊的濕布巾，俯身拿了起來，無聲地遞了過去。

允瓔哪裡懂他的心思，她正煩著呢，突然橫出來一隻手，想也不想直接拍了過去。「想吃飯就一邊去，搗什麼亂！」

這一下烏承橋哪裡還受得住，冷冷地看了她一眼，把布巾往桶裡一摔，黑著臉轉身，雙手抱著那條傷腿移了下去，然後雙手一撐，身子也移到船艙裡。

只是他的動作有些重，船身承受了一下，整個晃了晃。

允瓔正要點火，被這一晃嚇了一跳。

她的技術還沒到不動如山的境地啊，這一晃，讓她不自覺想起來這兒前的那一幕，心裡的委屈騰地轉化成心頭火。

她想也不想地站起來，衝著船艙中的烏承橋便喝道：「你到底想幹什麼！」

「呃，烏家小娘子，出什麼事了？」田娃兒出現在他家船頭，他身邊還有那位為烏承橋治傷的老王頭，兩人都驚訝地看著允瓔，四周也突然靜了下來。

允瓔轉頭，才發現自己已經成了眾人矚目的焦點，從來沒失態過的她，頓時臉上火熱火熱，強撐著面子壓下火氣回了一句。「沒什麼。」

「老王頭來給妳家當家的換藥了。」田娃兒好奇地打量了允瓔一下。

他沒想到，這個看似柔弱的小娘子，竟有這樣火辣的一面。

「麻煩王叔了。」允瓔還不至於遷怒別人，客氣地請了老王頭上船。

田娃兒緊跟在後面，看了看她家船頭，又若有所思地看了看允瓔，沒吭聲。

「王叔來給你換藥了。」允瓔朝著船艙裡的烏承橋喊了一聲。

烏承橋理也沒理。

允瓔伸頭看了看，只見烏承橋黑著臉坐在裡面，頭靠著艙篷，閉著眼睛不理人。

這人，真不知好歹。

允瓔不悅地瞪了他一眼。

無奈，此時此刻，她是他的「娘子」，她總得負起招待的責任，畢竟，為了一個不知好歹的人毀了自己的美好形象，就太虧了。

「王叔，您請。」允瓔禮讓老王頭進去，自己跟在後面。

前天烏承橋還昏迷著，老王頭便來換過一次藥，她就在一旁，所以這會兒不用吩咐，就自發地過去倒了盆水放到一邊，另外又拿了碗倒上兩碗已經涼了的水，不好意思地遞給老王頭和田娃兒。

「抱歉，早上還沒來得及燒開水⋯⋯」

「沒事沒事，這天還熱著，涼的就好。」田娃兒一點兒也不嫌棄，接了就咕嚕咕嚕地喝下去。

「沒關係的，我們不講究這個。」老王頭樂呵呵地擺擺手，放下自己帶來的簍子，從裡面拿藥。「烏家小娘子，這幾服草藥妳拿著，一天一劑，早晚煎服。」

「好。」允瓔點頭接過。

老王頭坐在烏承橋前面，伸手去解他腿上的木板，一邊笑著問道：「烏兄弟，今兒感覺怎麼樣？可還有發熱怕冷？」

烏承橋這時才睜開眼睛，看了看老王頭，搖了搖頭，只是，薄唇緊緊地抿著，顯然還在生氣。

「那就好，這燒一退下去就沒事了，這傷麼，也急不得，只能慢慢來，這三、五個月當心著別又傷著，以後也不會有影響的。」老王頭說得頭頭是道。

「王叔，這天還熱著，包這麼多，會不會感染？」允瓔皺著眉問。

她不是擔心他，只是擔心他萬一感染了，她更麻煩。為了不麻煩到她，拜託他還是好好的吧。

「感染？」老王頭納悶地看她，啥意思？

「就是，傷口會不會爛？」允瓔忙解釋。

「也不是不可能。」老王頭恍然，笑道：「烏家小娘子，這還得辛苦妳了，我這次帶了藥過來，妳每天晚上給他去了那上面的藥，洗乾淨了，就抹些草藥汁上去，也不用包著，讓傷口晾晾也會好些，到早上妳再包起來。」

「啊？」允瓔頓時愣了，讓她天天給他擦洗？

她這一猶豫，烏承橋的眸光立即就掃了過來，淡淡地看了看她，又落在自己的腿上。

「這很要緊，洗傷口的時候不能浸了水，所以呀，妳得多搗些藥汁，這幾樣呢，那邊山上就有，妳用完了可以來找我，也可以去山上採。」

老王頭又說了些要注意的細節，讓允瓔一一記下，一邊替烏承橋換起了藥。

別看他那雙手全是老繭，顯得粗笨，可換起藥來還挺靈活，沒多久就把那傷腿上的草藥清了下來，用清水拭淨傷口邊緣，然後解下腰間的葫蘆，喝了一口直接噴在傷口上。

烏承橋痛得忍不住皺起眉，不過，硬是半聲也沒喊出來。

允瓔在邊上看著，不由自主地皺了眉。

要是換成她，早哭爹喊娘了，他倒還算是個漢子，能忍得了。

心裡起了欣賞，清早生的怒火也消去了大半。

噴了幾口酒，老王頭又嚼爛了幾口草藥全敷到那傷口上，這才向允瓔要了乾淨的布條，幫著纏了傷，又重新固定木板。

那布條是一件灰色布衣撕的，用了還有剩餘，這會兒倒也不用再浪費一件了。

「謝謝王叔。」允瓔見老王頭收拾了東西，忙道謝。

「這傷得養。」老王頭也沒洗手，逕自收了東西，看了看烏承橋，又看了看允瓔，笑咪咪地說了句閒話。「小兄弟有傷，什麼也做不了，難免脾性躁了些，小娘子該多擔待著些才好，等他好了，這個家還不得他當起來？」

那意思，分明就是提醒她剛才的火爆脾氣。

允瓔不由臉一紅，也不好解釋，只好低頭默認。

老王頭也不是多話的人，說了兩句意思到了，就揹著東西上了船頭，看了看那鍋，笑道：「烏家小娘子，鯽魚湯對妳家當家的傷有好處，那東西，在我們這兒也不是金貴玩意兒，網一撒就能網到好些，妳不妨多給他做做。」

「謝謝王叔。」允瓔客氣地送走了老王頭和田娃兒。

這一大早起來，也沒洗漱也沒梳髮，形象實在不怎麼樣。

允瓔回來，點上了灶火，便舀了水尋了一根柳樹枝開始洗漱。再怨，也回不到過去，只能將就著適應下去。

不過，有了老王頭和田娃兒的這番打擾，允瓔的火氣消了大半，烏承橋的臉色也好了許多。

梳洗完畢，允瓔開始今天的事。晾了一夜的衣服收起來包回包裹裡；盛水的缸、桶也都拎了出來，一會兒就去打水；等到這邊熬好了粥，又熱了些昨晚剩下的菜乾，順手把藥給熬了上去。

「吃飯吧。」允瓔沒看烏承橋，語氣也是淡淡的。反正，她也沒什麼可求著他，怕他做啥？

烏承橋沒回應，不過倒是用手撐著船小心地移出來，坐到船板上，受傷的腿綁了木板後很是不便。

他不理會，允瓔也懶得多說，打好了粥，把菜移過去，各吃各的，吃完後，逕自收拾東西。

這時，田娃兒也出船了，船緩緩駛過她家船頭，停了停，隨手就拋過來一串東西，笑道：「烏家小娘子，我這兒有幾條昨兒打的魚，妳先給烏兒弟補補。」

說罷，手中竹竿一點，船便如離弦的箭出去了一大截。

這是不給她拒絕的機會呀。允瓔張了張口，看到船板上多了四、五條用草繩串起的鯽魚，只好道謝。「謝謝田大哥。」

「謝啥！」田娃兒笑著朝這邊揮揮手，撐著船飛快離去。

看著這一串鯽魚，允瓔突然高興起來。她怎麼忘記了？自己有船，可以行船出去，撒網捕魚，再拿去換些米麵回來，守著這樣的寶地，還糾結會不會餓死，這也未免太傻了。

烏承橋看著她瞬間神采飛揚的臉，下意識皺了皺眉，轉頭看了看遠去的田娃兒，不吭聲了。

允瓔把魚放到桶裡，這些魚都是活的，一會兒再處理就好了，做好這些，她從船艙鑽到船尾，解了船繩，撐著船往取水點駛去。

船依然停到昨晚那個地方，比起昨晚，早上取水的人明顯較多，允瓔剛剛停下，便看到迎面過來一位婦人。

「喲，烏家大妹子來取水了？怎麼樣？妳男人好些了沒？」

婦人夫家姓陳，在這一帶，大家都喊她陳四家的，當初陳四跑了趟遠活帶她回來，所以對於這婦人的本名，反而沒人知道。

陳四家停船的地方離田娃兒近，之前田娃兒拖回允瓔的船時，便是找這位婦人替允瓔換衣服的，這會兒看到允瓔，陳四家的自然招呼起來，一雙眼睛直溜溜地往允瓔身上掃。

她可是知道，這位烏家小娘子的身材……嘖嘖嘖，她做姑娘的時候也沒這樣好過，說起來，烏兄弟真是有福了，想到這兒，她的目光瞟向允瓔身後的烏承橋，不由眼睛一亮。「烏兄弟你也在啊，瞧我這眼睛，剛發現呢。」

烏承橋認得她，聽到招呼，只是點點頭。

允瓔很不習慣這樣的招呼。烏家大妹子、烏家小娘子之類的也就算了，可是當著烏承橋的面說他是她男人，這也……太彆扭了吧，可無奈，這身分就是如此，沒辦法，只好硬著頭皮回了一句。「謝謝陳嫂子關心，他……好多了。」

「傷筋動骨一百天，妳呀，可要受苦嘍。」陳四家的上上下下地打量了允瓔一眼，咯咯笑著說道，一邊提著桶往邊上的竹排走去。

「沒什麼。」允瓔真不知該怎麼接話，只好淺笑，提了兩個桶就要上岸。

「當心些。」烏承橋突然來了這麼一句。

允瓔一愣，還沒怎麼反應呢，陳四家的就笑開了。「大妹子，瞧瞧妳家男人，多懂心疼人啊，才這麼一會兒工夫，就捨不得了，嘖嘖嘖，你們是新婚吧？」

這個……允瓔直接無語，這也行？

烏承橋倒是淡定得很，看看陳四家的，又看了看允瓔。

「陳嫂子，妳忙，我先上去了。」允瓔到底是姑娘家，面薄，提著兩個桶匆匆敗走，隱約間還聽到陳四家的在那兒烏兄弟長烏兄弟短的寒暄著。

人愛八卦，古今皆同，只不過這陳四家的問話也太不含蓄了吧。

允瓔無奈地嘆氣，踩著被水淋得有些濕的泥地到了水坑邊上，那兒，還有三個婦人排隊打水，看到允瓔紛紛打招呼。「烏家小娘子來了。」

「嬸子們好。」允瓔打量了一下她們，推測著年紀點頭回應。

「烏家小娘子，妳先來吧，妳男人還有傷呢。」前面那個年紀最大的婦人招手。

「不用了，妳們先吧，差不了這會兒。」允瓔連連擺手，把桶擺到一邊。「妳們先，我還得去撿些柴禾呢，不急。」說罷，轉身往山上走。

「唉，多俊的一對呀，這是遭了啥災才落到跑船的光景呢？」

「可不是，這小娘子倒還有些像我們船家姑娘，那烏兄弟看著就像大家子出來的。妳們說，會不會是大家公子看上了小船娘，這家裡人不同意，他們逃出來，然後遇上了匪？」

「行了吧，多大年紀了，還這麼不靠譜，妳聽說過這一帶有匪嗎？」

幾人哄笑，又扯開了話題。

允瓔離得並不遠，倒是把話全聽了進去，不由好笑地回頭望了一眼，她們一定不知道，她們已經猜到了邊緣，此時此刻，允瓔也不由好奇起烏承橋的來歷。

他，為什麼會答應娶一個船家女呢？

第四章

這座不起眼的山比允瓔想像的要大一些，她順著路七拐八彎的，很快就尋到了許多野菜，挑著她所熟識的那些，一路摘一路扔進空間裡，很快就集了許多，眼見得越走越遠，允瓔才停下來，順著原路回轉。

路上，又拾了許多枯樹枝扔進空間裡。

直到回到那水坑邊不遠的時候，她才停下來，四下看看，沒什麼人，才蹲在樹邊，把空間裡的東西取出來，尋了一邊的藤條慢慢地整理起來。

剛剛弄好，就聽到上面傳來窸窸窣窣的聲音，允瓔心裡一動，解開捆柴禾的繩結，重新綁著。

那窸窣聲很快就近了。

允瓔抬頭看了看，只見一老漢帶著一小孩揹著柴下來，經過她這邊時，好奇地看了看，停了下來。

「小娘子，妳的柴散了？」老漢認得她，這一帶的船家們沒幾個不知道新來的這對小夫妻，只不過，他們沒見過罷了。

「是。」允瓔不好意思地笑了笑。

「這樣綁不對，容易散。」老漢彎腰看了看，放下手裡的東西，主動幫忙。

「謝謝大叔。」允瓔讓到一邊，學著老漢綁柴禾的方式，誠心道謝。只見柴禾被老漢重新整理了一下，對插著摺起，再用藤條兩頭捆起，中間還連起能揹上肩的藤條。

「不會不會。」老漢笑著擺擺手，帶著那小孩，揹著自己的東西先下山去了。

允瓔試著揹了一下，還好，不算重，便向下面走去。

到了打水的地方，她的兩個木桶卻不見了，那邊取水的人也是一個不見，允瓔的心頓時一涼，連木桶都要拿，以後她船上要是有點值錢東西，不都得往空間裡扔了？

可是沒辦法，桶已經沒有了，站在這兒也是白搭，允瓔無奈地嘆了口氣，下山去了。

「妳去哪兒了？」烏承橋正皺眉看著這邊方向，看到她的瞬間，鬆了口氣，語氣卻也有些不善，當然，他可不會承認這是在擔心她。

「打柴、挖菜。」允瓔也是沒好氣，略略後仰著身子衝了下去，堪堪在河邊上停住，沒辦法，兩個唯二好些的木桶已經沒了，水卻不能不取，她放下手上這些東西，還得尋個能裝多些水的罐子上去取。

允瓔低頭上了船，一抬頭，突然發現自家船頭上多了兩個木桶，再仔細一看，可不就是她放在那兒的兩個嗎？

「誰提的？」允瓔驚呼。

「有兩位大嬸提的。」烏承橋奇怪地看看她，他還以為是她提不動了，請人幫忙的呢。

「呼……」允瓔鬆了口氣，同時，也為自己方才的想法感到不好意思。

人家不聲不響做了好事，她卻懷疑人家偷了木桶，想來，烏承橋說的兩位大嬸就是剛剛她遇到的那幾個吧?有機會見了她們,一定要好好謝謝。
「怎麼了?」烏承橋皺著眉,疑惑地問。
「沒什麼。」允瓔搖頭,不願多說,把柴禾和野菜隨意放在船頭,把艙裡的罐子什麼都找了出來,只是,找全了也不過幾個,堪堪把兩桶水裝完。
接著,允瓔也不理會烏承橋,直接提著木桶再次上山去了。
這次不用排隊,便快了許多,很快回來。清洗了夜壺,允瓔便要往回走,剛剛要解纜繩,突然,一道灰影飛快地從允瓔身後竄了過去。
「啊!」允瓔猝不及防,驚了一驚,腳下一滑,險些一頭栽進水裡,所幸她的手還按在木樁上,才及時穩住自己。
烏承橋眼神一凝,抿了抿唇,目光看向那灰影竄去的方向。
什麼東西……允瓔回頭,還有些驚魂未定,猶豫地左看看右瞧瞧,確定沒看到什麼可疑東西,才算放下心來。
這一耽擱,允瓔反倒不急著解那船繩了。方才的灰影有些眼熟,如果她猜得沒錯,那應該是野山兔,她抬頭,看著這不算高卻有些茂密的山,心裡有些雀躍起來。
允瓔迫切地想要解決生計問題,倒是暫時放下了矯情,轉頭看著烏承橋問道:「你剛才看到那是什麼東西了嗎?」
「是山兔。」烏承橋若有所思地看著那山,抿了抿唇,輕聲說道:「山上有竹子嗎?」
「好像沒有。」允瓔隨口應道,轉過身也看著那山,開始回憶電視劇裡的山裡老漢是怎麼獵捕山兔的。

「那……有沒有結實些的樹杈？能做彈弓的那種。」烏承橋有些遺憾，退而求其次。

「嗯？」允瓔突然回頭。「你說什麼？」

「結實些的樹杈，能做彈弓的。」烏承橋有些無奈。她明顯沒把他放在眼裡，都不認真聽他說話。

「你會做彈弓？你能用彈弓把山兔打下來嗎？」允瓔眼睛一亮，這會兒倒是正眼瞧烏承橋了。

「我會做，只是我這腿……只能試試。」烏承橋苦笑，下意識地伸手摸摸自己的腿。

「沒關係，試試就好。」允瓔變得熱情起來，太好了，吃肉有希望了。「你等著，我這就去找。」

說罷，轉身就往山上去了。

烏承橋看著她雀躍的背影，再度苦笑。曾經，那是他們這些被稱為紈袴子弟的公子哥兒熱中的遊戲，眾人眼中的敗家玩意兒，如今竟成了他和她度生計的本事了嗎？

烏承橋倚著艙門，恍惚了起來。

允瓔順著路來到之前撿柴禾的樹下，彎腰尋著自認為能符合他要求的樹杈，看到小石子也撿起來。

直到尋了二十幾根，她才停下來，迫不及待地回去，一會兒，她得讓他也幫著製一個，好帶著防身用。

過了水坑邊的拐彎處，允瓔便把東西拿出來，用衣襟前襬兜著，高興地回到船上，蹲在他身邊問道：「看看這些，能行不？」

烏承橋回神，看了看她衣襬包著的東西，目光不可避免地掃到她撩起的衣衫前襟，不由皺了皺眉。

這會兒是初秋，天還熱著，她穿著青色布衫，這一撩，便露出繡著魚戲蓮葉的肚兜，隱隱地還看到了她凝脂般的腰，當下，他想也不想，伸手拉下她的衣衫。

這一來，她兜著的東西全都掉到船板上。

允瓔頓時皺了眉。「你幹麼呀？」

烏承橋抿著唇看了看她，轉頭掃了一眼水灣處，什麼也沒說。

「真是的。」允瓔的興致被他一下子打散了，蹲著拾起最大的一根樹杈，沒好氣地遞到他面前。「喏，看看這個行不？」

烏承橋伸手接過，反覆看了看，搖頭。「這個朽了，削開就該散了。」

「那這個呢？」允瓔又拾起了小一些的。

「這個……還行。」烏承橋放下手裡的，再次伸手，卻不小心觸到她的手，不由頓了頓，瞄了她一眼，見她沒什麼反應，想了想，乾脆連她的手一起握住。

「會不會太小了？」允瓔的心思還在彈弓上，沒注意她的手被他握住了，直到她想要放下樹杈去拿另一個的時候，才發現手上的溫熱，她愣了一下，另一隻手迅速拍了他一下，瞪眼看他。「誰讓你握的？」

烏承橋無奈地看看自己被拍紅的手背，她這勁兒可不小啊，可是，他握自己媳婦的手，有罪嗎？

握手只是一個小小的插曲，身為現代人的允瓔自然不會把這些放在心上，她繼續把那些樹杈推到烏承橋面前。「你忙著，我先去做別的。」

說罷，她也不急著回去了，省得一會兒這些樹杈不合要求，她還得把船撐回來。

允瓔起身，把那些野菜都放到乾淨的木盆裡，就在船頭清洗起來，這樣，水不夠了還能馬上補回來。

洗好了菜，又清洗了田娃兒留下的鯽魚，煨上粥，允瓔提了木桶準備提水，下了船，上山去了。

來來回回的幾趟，總算把所有事情搞定，烏承橋這邊也挑好了樹杈，飯也做好了。

兩人就在這邊吃過飯，收拾了一番，允瓔撐著船離開，不過，她並不打算馬上回去浮宅那邊歇著，她想出去看看。

於是，烏承橋向允瓔要了菜刀，坐在那兒做彈弓，允瓔搖著船，往水灣外駛去。

出了水灣，行過一片寬闊的水域，遠遠的便看到三條水道，允瓔隨意地選了一條，一路，她看到不少人在那兒撒網，不過這些船家大多數都是上了年紀的老人，帶著家裡年幼的孩子在這一帶網魚，至於家中主力，不是跑了遠路，就是想方設法賺錢去了。

允瓔緩緩從邊上過去，換來眾人善意的笑容。

「小娘子，妳要去哪兒呀？」行船到一半，允瓔遇到之前幫她捆柴禾的老漢，他還是帶著之前那個小孩子，這會兒正拉上一網，網裡跳騰著幾尾巴掌大的魚，小孩高興極了，正拿著桶，索利地捏著魚尾巴往桶裡扔。

「出來看看。」允瓔微笑著回道，看了看那桶裡的魚。

老漢留意到允瓔的眼神，大方地說道：「小娘子喜歡不?來，拿幾條燉湯。」

「不用不用。」允瓔忙搖頭。「大叔，這一帶的魚多嗎?」

「還好，這個時節正是收成的時候。」老漢說了一句，見小孩把大魚都撿了進去，便拎起網抖了抖，把餘下的小魚都放回水裡。

這是老船公們的習慣，他們靠的便是這一片的水吃飯，總不能把自家的糧全一兜子吃完，連種子都不留下。

正是收成的時候……允瓔上了心，她決定，找個沒有人的地方試試。

原主被邵父、邵母慣養，做飯洗衣這些事，倒是會的，可打魚，似乎還沒碰過，而允瓔，更不消說了，要不是她愛美食，估計連魚都不會殺。

告別了老漢，允瓔撐著船繼續前行，很快來到了一個岔口，順勢就拐了進去。

沒多久，她便到了一片比較寬廣的水域，只是奇怪的是，一條船都沒有。

她也沒多想，烏承橋對這些也不懂，兩人就這樣闖過去，停在水域中間。

「妳會嗎?」烏承橋看著允瓔翻尋出了網，疑惑地問了一句。

「試試吧。」允瓔底氣十分不足，低著頭在那兒整理魚網，剛剛她可是看見，那老漢是這樣那樣的收攏，然後拉著一條長繩子，然後……撒了出去。

成功倒是成功了，可是，一點兒也不像她看到的那樣，明明是撒出去一大片呀？她的為啥是一團？

允瓔皺著眉，盯著魚網落下的地方看。

「這樣，不成吧？」烏承橋猶豫著問，他也看到了，人家好像不是這樣的。「要不，拉上來再試試？」

行吧……允瓔望著那一點動靜也沒有的水面眨了幾下眼睛，開始收攏繩子。

網沾了水，變得更重，她拉得有些吃力。

烏承橋見狀，把手裡的樹杈放下，雙手抱著傷腿轉了個方向，慢慢移到那邊，坐在船板上，沒受傷的那條腿垂到船舷外，伸手去搆允瓔手裡的繩子。「我來。」

「噯噯噯，你一邊去。」允瓔見狀，嚇了一跳，他這樣子能管什麼用？萬一掉下水裡，她可沒辦法把人撈起來。「掉下去了，我可拉不動你。」

烏承橋猶豫了，他有心想說不會掉下去，可是看看自己如今的模樣，他不敢打包票了，腿傷了一條，這幾天就像廢了一半似的，做什麼都……唉。

無奈之下，烏承橋只好陰沈著臉退了回去，薄唇抿得緊緊的。

允瓔看看他，皺了皺眉，繼續自己努力，總算把魚網拉上來了，只是，網裡空空如也。

第一網，失敗。

允瓔也不在意，她也沒想一次成功，於是又整理起魚網，撒了出去。

這一次，撒出了小小的網花。

只是，收穫卻依然是零。

允瓔也不氣餒，一遍又一遍地嘗試著。

也不知過了多久，日頭曬得她有些晃眼、力氣也將殆盡的時候，她突然覺得手上的魚網異樣的沈，不僅如此，她還覺得自己幾乎要被那魚網反拖下水，她不由驚呼。「呀！網裡有東西，快來幫忙！」

話音剛落，一直留意著這邊的烏承橋便伸出了手。他之前雖然氣惱允瓔嫌棄他，可看到她一遍又一遍的努力，看到她額上滲出的密汗，看到她如此拚命的幹勁，心底的火便莫名其妙地消散了。

如果不是他，她如今還在父母的呵護下過著平凡卻快樂的日子，何須這樣辛苦……

烏承橋愧疚的心裡隱隱滲入了一絲憐惜。

男人的力氣總歸比較大，兩人合力，終於把網拉了上來。

只見，兩條一尺長的魚正活蹦亂跳地在網裡掙扎著。

「太好了！」累了大半天，終於有了收穫，允瓔有些疲憊的臉上頓時綻開了花朵般，熠熠生輝，對烏承橋的語氣也親近了不少。「快幫我把木桶提上來，這兩條送到集上，一定能換不少米麵呢。」

烏承橋的目光在她臉上多停留片刻，彎腰提起艙裡的一桶水，放到船板上，接著伸手去取那兩條魚，只是魚大力氣也大，加上魚身上的滑溜勁，他又沒經驗，一抓之下，險些讓那魚逃了出去。

「當心。」允瓔忙往前一撲，把魚及時按住，不過，頭卻和同時俯身過來補救的烏承橋碰了個正著。「哎喲！」

「妳沒事吧？」烏承橋顧不得自己的鼻子，手掌揉上她的額頭。

「沒事。」允瓔也沒在意烏承橋的親近，她一心都在這兩條魚上，可千萬不能飛了，她還指望著這兩條魚換米呢。

烏承橋收回手掌，心底卻也留下那柔滑的觸感，目光深黝地看了看她，沒再伸手去取另一條魚，他敢斷定，要是他弄沒了魚，她一定會毫不猶豫地咆哮他。

不過，比起之前那難以消受的熱情，他還是喜歡現在的她，至少，他不會很尷尬。

「成了。」兩條魚入了桶，允瓔也總算放下心來，瞧瞧天色，已然有些暗下，她打消再撒網的念頭，這都忙了一下午，才兩條收穫，她可不敢妄想下一網就一定能有收穫。「回去做飯了。」

心情一好，看著那烏承橋的臉，她也覺得賞心悅目起來。

第五章

船離開了那處水灣，拐出來行了一段路，後面遠遠的駛來一條船，允瓔沒有在意，這河面上南來北往的船多了，又不是只有他們這一條船。

高高興興地回到原位，邊上田娃兒的船已經在那兒了，附近一片熱鬧，船頭做飯的婦人們和歇腳的男人們時不時開著微葷的玩笑，聊著今天的收成。

允瓔駕輕就熟，拴好了船繩，鑽回船頭搬灶做飯，無奈，餘糧用盡，今晚只能吃野菜拌中午留下的一點粥了，好在，中午的鯽魚湯還剩下一半。

就這麼點東西，很快便做好了，允瓔回頭，沒看到烏承橋，便朝著船艙喊了一句。「吃飯了。」

「來了。」烏承橋含糊地應了一句，接著，裡面傳出嘩嘩的水聲。

允瓔略一疑惑，隨即便別開了頭，好吧，人有三急……

她逕自回身去盛菜，魚全都撈給了烏承橋，這倒不是體貼他，而是她一向只喝鯽魚湯，並不吃魚，所以全塞給他了，自己的碗裡便剩下半碗奶一樣的濃湯，拌上沒有半點油腥的野菜。

「烏家小娘子做的什麼好吃的呢？」田娃兒從那邊船頭出現，笑呵呵地看著她，目光落在允瓔手邊的幾碗東西上，他不由一愣。「你們就吃這個？」

允瓔不好意思地笑笑，站了起來。「田大哥，附近最近的集市在哪兒？船上的口糧空了呢。」

「出灣，右邊那條水道走到底，半天來回吧。」田娃兒指了指遠處，又瞄了一眼他們的晚餐，扔下一句話轉身走了。「妳等會兒，烏兄弟還帶傷呢，哪能吃這些。」

「呃……」允瓔無語地看看自己做的東西，這些咋了？雖然沒有主食，可這些野菜也是好東西呀。

烏承橋解決了生理問題，挪了出來坐到船艙口，看到允瓔站在那兒往左邊看，順著她的目光瞟了瞟，問道：「在看什麼？」

「是田大哥，他說你帶著傷，不能吃這些。」允瓔回頭看看他，轉身去打水。「洗手，吃飯了。」

這水自然是用清水，允瓔瞄了他的手一眼，心裡有些小小的排斥，率先把手伸進水裡洗了起來。

可偏偏，就在她洗好手要站起來的時候，烏承橋突然伸手抓住她的手，把她拉回到水裡，接著緊緊地揉搓起來。

「欸，你……」允瓔正要斥喝，便看到自己手背上還沾著些許黑污，而烏承橋正細心地替她搓去，話便梗在喉中。

「哎喲！烏兄弟可真疼媳婦。」就在這時，一個高八度的聲音在隔壁船頭響了起來。

「田娃兒，你瞧見沒有，這有媳婦疼跟沒媳婦可疼的區別是啥？你瞧瞧人家小倆口，再看看你，這半夜裡睡不著再聽到些什麼動靜，你這心裡……嘖嘖，什麼滋味？」

允瓔聽到陳四家的這話，臉上微紅，隨手就拍開烏承橋的手，背過身尋了乾淨布巾擦手，一邊和陳四家的打招呼。「陳嫂子來了。」

但，人家陳四家的這會兒正說得上癮，根本沒空理她。

「陳四家的，妳莫胡說，妳當誰都跟妳家陳四那樣，狼似的？」田娃兒看了看允瓔，瞪著陳四家的說道：「你倆半夜要是消停些，我們這一片人一準能一覺到天亮。」

「喲，你都聽著呢？」陳四家的卻沒有不好意思，抱著一個陶甕笑著。「你陳四哥今年整四十呀，你沒聽說過三十如狼四十如虎嗎？這會兒不整，以後七老八十了還能整得起來？烏家小娘子，妳說對不對？」

「呃……」允櫻頓時滿頭黑線，這讓她怎麼回答？

所幸，陳四家的也沒想讓她回答，逕自說了下去。「話又說回來了，這整得最狠的可不是我們這些老夫老妻，烏兄弟這是腿上有傷，要不然呀，人家新婚小倆口的……嘿嘿，我就不信你田娃兒在邊上聽了會不心癢癢？」

這女人……怎麼什麼都敢說……

允瓔有些擋不住陳四家的露骨的玩笑，尷尬地瞄了烏承橋一眼，卻見他倒是雲淡風輕，半點異樣也沒有，依然在那兒慢條斯理地洗著手。

「得得得，妳這張嘴，真是什麼都往外蹦。」田娃兒瞄了瞄允瓔，適時打住了話茬兒。

「嘿嘿，等你有了媳婦兒，你就知道我說的是什麼理了。」陳四家的見田娃兒敗退，才笑盈盈地跨到允瓔的船頭上，把懷裡抱著的陶甕遞過來。「烏家小娘子，我家今晚煮的飯多，來。」

「陳嫂子，這怎麼行？」允瓔有些不願意和陳四家的親近，這一位的熱鬧和豪氣讓她很是吃不消，她可不想每天被人調笑一回。

「怎麼不行？」陳四家的不由分說，直直把陶甕塞進允瓔懷裡，一邊自來熟地看向允瓔做的野菜。「呀，妹子手真巧，這野菜還能做得這樣香，我能拿些回去嚐嚐不？」

「當然。」人家都這樣說了，又塞了一陶甕熱騰騰的飯過來，一些野菜，她要是捨不得，豈不顯得太小家子氣了？允瓔立即放下手中的陶甕，過去把鍋裡餘下的野菜都盛起來。

「真香，烏兄弟，你可真有福氣。」陳四家的接過，湊近了聞了聞，用手指掐著嚐了一口，豎著大拇指對烏承橋讚了一句。「田娃兒，走，到我家嚐嚐烏家小娘子的手藝去。」

「兩位慢走。」允瓔微笑著點頭。「陳嫂子，這陶甕一會兒我洗了給妳送過去。」

「不用。」陳四家的揮揮手，端著野菜，拉著田娃兒走了，沒一會兒，兩人就出現在隔了兩條船的位置。

允瓔記住了陳四家的那船的位置，才回身打飯。

「妳離那個田娃兒遠一些。」烏承橋接過飯，卻突然冒出一句話。

「嗯？什麼意思？」允瓔一愣，疑惑地看著他。

「離遠一些就是了。」烏承橋沒解釋，拿了筷子開始吃飯。

「人家好歹也救了你。」允瓔嘀咕道。「你怎麼不說離那陳四家的遠一些呢？」

「我會的。」烏承橋抬頭瞥了她一眼。「救人的未必都是好人，害人的未必就一定是壞人。」

「什麼邏輯……」允瓔不屑地撇嘴。「吃飯。」

烏承橋看了看她，沒再說下去。他說的可是真的，那田娃兒看她的目光裡有著別的東西，身為男人，他太懂那是什麼了，出於好心，他才會提醒她，只是……她顯然沒把他的話當一回事。

烏承橋的食慾突然消失了。

允瓔卻不管他，吃完飯，收拾了東西，把陳四家的陶甕洗得乾乾淨淨，又收拾了一些採的野菜，拎著往陳四家的船上走去。

一路從人家的船頭過去，遇到有人的，允瓔有些不好意思，船主人卻熱情地打招呼。他們的隨和讓允瓔很快就放鬆下來，微笑著一一招呼。

很快，她站到了陳四家的船頭上，船頭沒有人，可是，她剛剛踩上船板，便感受到那船突然一陣晃蕩，她嚇了一跳，忙收回腳，退回到旁邊的船頭。

怎麼回事？

允瓔定睛一看，那船還真晃得挺厲害，便是她站的這條船也被影響到了。

允瓔因為穿越前那一刻的影響，對這晃蕩有些陰影，一時也不敢踏過去，便站在這邊伸長脖子往那邊喊道——

「陳嫂子在家嗎？」

「唔……在。」船艙裡傳來陳四家的含含糊糊的回答。

允瓔皺眉，這是……一時，她不知道該進還是該退。

就在這時，船艙擋著的掛簾被撩起了一角，陳四家的髮髻凌亂、臉色緋紅地趴在船艙口，氣喘吁吁地笑了笑。「是烏家小娘子啊……嗯……把那個放到船頭……就好了，妳的盤子……就在那兒……」

她身上的衣衫倒是還在，加上掛簾的垂擋，允瓔看不清後面的情況，只是看到那船仍不斷晃著，陳四家的一臉詭異地咬著下唇，好一會兒才對允瓔笑了笑，喘著氣解釋了一句。「吃得太飽……消化消化……」

剛說到這兒，她便噢的一聲縮回船艙裡，接著，裡面傳出她豪邁的罵聲。「死鬼，你胡亂弄哪裡！」

事情發展到這兒，允瓔便是再沒有實際經驗，也明白了怎麼回事。她頓時滿臉通紅，把陶甕放到陳四家的船頭上，飛快地拿回盤子，落荒而逃。

允瓔回到自家船頭的時候，臉上紅潮還未消褪，這讓正在修整彈弓的烏承橋連連看了好幾眼。

烏承橋按捺不住心頭的好奇，問道：「怎麼了？」

最近，他似乎越來越關注她的身影了？

問完，心頭閃過這樣的念頭，他不由皺了皺眉。

「沒什麼。」允瓔搖頭，避開他的目光，匆匆收拾了一下船頭的東西。「我洗澡，你不許偷看。」
烏承橋無語，他什麼時候偷看她了？
允瓔沒理他，把掛簾調整了一下，把艙口塞得嚴嚴實實，拿盆子，倒水。
她倒也不怕他偷看，他的腿受了傷，行動不便，一動船便會搖，她隨時能警惕，不過，這次她想洗個徹底，便想著進自己的空間去試試。
準備好了東西，再次檢查了一下兩頭的簾子，確實安全無虞，才拿著衣服，端著那盆水默唸……
果然成功，衣服、水盆，一樣不少。
允瓔興奮地站起來，四下參觀，她還是頭一次進來。
這裡就像個四四方方的屋子，頂、牆、地都是黑色，可奇怪的是，她沒有帶著油燈進來，卻能一目了然。
那黑色中，帶著某種奇怪的花紋，盯得久了，允瓔忽覺一陣頭暈，不敢再看，忙閉上眼睛，好一會兒才重新睜開。
允瓔回到木盆邊，脫衣、洗澡，這次不用再藏著掖著了，只可惜，水不夠她洗個痛快，只好省著些用。
沖洗過後，好歹也舒服了許多，允瓔穿上衣服，卻突然發現自己忘記了重要的事，她沖得太痛快了，沒有考慮到排水問題……
低頭一看，果然，地上一灘子水。

允瓔嘆了口氣，拿起換下的長褲去吸地上的水，她包裹裡的褲子倒是挺多，不怕浪費一條。

好一會兒，總算把東西全拾乾淨了，允瓔才拿著東西出了空間。

如往常一樣，她打了水端給烏承橋，然後自己蹲在船頭洗衣服，一邊洗，一邊琢磨著空間的問題，時不時試著把洗好的衣服默移進去，又拿出來，變著花樣地試著。

「還不休息？」烏承橋已經洗好一會兒了，卻看允瓔一直蹲在那兒洗衣服，一會兒停一會兒搓，一會兒展眉一會兒又皺眉。

「啊？」允瓔正試出心得，突然有聲音傳來，頓時一驚。

「不早了。」烏承橋心頭又湧上不對勁的感覺，她，到底怎麼了？

「知道了。」允瓔忙把衣服清洗好，又把他的衣服拿過去飛快地洗了，晾好。

總算可以歇息了。

允瓔如昨晚一樣，背對著他睡下，只是，剛剛她才試空間試得有些興奮，一時半會兒竟毫無睡意，躺了一會兒，只好翻身，一翻過去，便看到烏承橋雙手環胸、目光炯炯地看著她，她嚇了一跳，脫口而出。「你幹麼？」

「妳怎麼了？」烏承橋盯著她看了好一會兒，才低聲問道。「從妳醒來後就不對勁。」

「我怎麼了？」允瓔心裡一愣，避開他的目光重新轉過去。

「唉……」烏承橋看著她的背，突然嘆氣，伸手就攬住她，低低地說道：「英娘，我欠妳的，有朝一日，必定厚報！」

「省省吧你，睡覺睡覺。」允瓔可不稀罕，掙扎著想推開他的手，無奈，他也不知道吃錯了什麼，手勁奇大，她推不動，只好掐，腦海裡莫名其妙想起了陳四家的那一幕，整個人更是緊繃起來。「你幹麼？快放手。」

「睡吧。」烏承橋卻不為所動，由著她又打又掐，反倒箍得更緊，心思卻已飄遠，他不是沒有過女人，可不知道為什麼，今晚他卻只想這樣抱著她入眠。

「你這樣我怎麼睡？」允瓔整個人僵住了。以前與男生同帳篷，也只是同帳篷而已啊，她還沒被這樣抱過……她有些氣惱地繼續努力著，掐不動？那咬吧，可是彎腰去咬，身子反而貼他更緊，那溫實的觸感傳來，她頓時不敢動了。

「我們是夫妻。」烏承橋低低地吐了一句。

好吧，夫妻……夫妻！

允瓔徹底熄火，她不承認，可是她能做什麼？告訴他她不是原主？估計要被滅得連渣渣都不剩了，可是，不能承認她不是原主，就只能承認他們是夫妻……

「你忘記了，我還有孝。」沒辦法，她只能用這樣的藉口，迂迴地提醒他，邵父、邵母為什麼會死。

果然，烏承橋收回了手。

接著，允瓔便感覺到他翻身的動作，才暗暗鬆了口氣，許久，才迷迷糊糊地睡去。

不知過了多久，她又迷迷糊糊地聽到一片嘈雜聲，不由皺起眉，睜開了眼睛。

烏承橋也被吵醒了，正支著身撩開掛簾往外看。

「出什麼事了？」允瓔打著哈欠問道。

「不知道，好像來了不少船。」烏承橋眉心深鎖。

「又有船來啊？都這麼晚了。」允瓔一聽，重新躺了回去，這兒是浮宅集聚地，船來了，有什麼可稀奇的。

「起來。」烏承橋盯著看了好一會兒，皺著眉，粗魯地掀開被子，伸手拉她。

「起來做什麼呀？」允瓔不滿地瞪他。「他們來他們的，我睡我的，難不成你還想讓我出去熱烈歡迎他們？擾人清夢，也不怕遭雷劈……」

「快起來。」烏承橋一臉嚴肅。「妳記不記得之前那些人？」

「哪些……你說那幫人?!」允瓔暫時的迷惘過後，瞬間明白了過來。

他說的是那些追殺他卻連累了邵家人的凶手！

她睜大眼睛，看了看烏承橋，也不用他催了，飛快爬起來，撲到艙口，撩著布簾張望。

果然，外面整整齊齊地停著十來艘船，還不是他們這種小船，而是嶄新的、有些規模的漕船，每根船桅上都掛著一串紅紅的燈籠。

「哇，那船真氣派！」允瓔眼睛都亮了，遠遠地看著船，瞬間有了初步目標：她要賺錢，換一條那樣的船。

可她的話音剛落，腦袋被人拍了，身邊的人沈聲說道：「妳還是先想想怎麼逃命吧，要真是那些人，只怕這兒所有人都要受我們牽連了。」

「呿，什麼我們，明明是你……」允瓔反駁道，一回頭，看到烏承橋的臉黑沈如那濃黑的夜，及時閉上了嘴。

然，烏承橋還是聽到了她的話，臉色越發的差了。

允瓔看了看他，心底燃起一絲愧意，她好像又往人家傷口上撒鹽了？意識到這點，她默默轉頭，看向外面。

好一會兒，烏承橋冷冷地說道：「妳出去。」

「啥？」允瓔疑惑地回頭，出去做什麼？

第六章

「妳出去！」烏承橋目光定定地看著外面那些船。

「喂！有你這樣的嗎？這可是我家的船。」允瓔頓時瞪大眼睛，手指戳著烏承橋的前胸不滿地質問著，不過聲音還是很低，她也怕那些要真是凶手，聲音大了會招人注意。

「再說一遍，出去！」烏承橋黑著臉，抓住她不安分的手。「記住，站到人多的地方去。」

「什麼意思呀你……」允瓔狐疑地掃著他的臉，怎麼聽著話裡有話。「站人多的地方去做什麼？集體當蠟燭啊？」

「妳出不出去？」烏承橋瞪著她問道。

「我不出去你出去嗎？」允瓔沒好氣地拍開他的手，解救回自己的手指，氣呼呼地說道：「等著，我出去看看。」

什麼人呀，想讓她出去打探一下消息，不會好好說呀？凶！當她是使喚丫頭嗎？

說罷，她理了理頭髮和衣衫，掀開掛簾鑽了出去。

這邊漆黑漆黑的，一時也不會有人注意到。

允瓔站在船頭，眯著眼睛努力看向那邊，數了數，一共十六艘船，船頭上挑著亮亮的紅燈籠，照亮了半個水灣，此時，中間的浮宅處已經聚集許多人，而他們面前，一條漕船停在那兒，船板上站著四、五個人，正對船家們說著什麼。

烏承橋在船艙裡看著外面的動靜，見允瓔傻傻地站在船頭也不動彈，氣得低聲斥喝道：「笨女人，動作快些，往那邊走。」

允瓔回頭，看著烏承橋那滿臉的怒意，反倒突然平靜下來，他這是幹麼？

「快去！」烏承橋皺了皺眉，要不是他的腿不能動，他肯定早就上去一掌拍昏她，把她扔人堆裡去了。

「呿，去就去，凶什麼！」允瓔白了他一眼，緩步往田娃兒的船頭邁過去，田娃兒的船靜悄悄的，想來已經過去看熱鬧了吧。

允瓔穿過幾條船頭，卻只看到船艙裡探出頭的都是小蘿蔔頭，沒有一個大人，當下繼續往前走去，走沒幾步，那邊已經喧譁起來了。

「要死了，三更半夜的不得安生。」陳四家的罵罵咧咧往這邊走來。

「妳小聲點！」她身邊跟著一個健壯的男人，聽到她這話，伸手捂住她的嘴，四下看了看，壓低聲音說道：「被那些人知道，妳還活不活了？」

「不活，活得真夠窩囊的，我們這些大活人，還不如人家的魚金貴。」陳四家的很不滿，不過聲音還是低了下來。

「婆娘，妳走快些，去看看新來的烏家。」那男人安撫地拍了拍陳四家的頭。

「我們這些都是在這兒住了幾年的老船家了，那一片水塘的禁忌，大夥兒都是知道的，誰也沒那個膽子在柯家頭上拔毛，除非是新來的不知道，誤闖了，妳去問問，如果真捕了魚，趕緊處理了，不能給人抓住小辮子，要知道，這柯家如今的靠山可是泗縣的喬家呢。」

「咦——有可能，他們今兒確實出去了。」陳四家的聽完，倒吸了口氣，連連點頭。

「快些去。」那男人說罷，在陳四家的屁股上拍了一巴掌。

「死鬼。」陳四家的笑著還了他一下，轉身往允瓔的方向走來。

「陳嫂子。」允瓔離他們很近，已經聽到他們的對話，雖然不知道他們說的是哪個烏家，可這新來的、今天又出去的、又打了魚的……應該沒別人了吧？想了想，允瓔主動走出去攔住陳四家的。

「大妹子。」陳四家的看到她，立即拉著她到了一邊，回頭看了看，低低地問：「你們今天出去了？」

允瓔點頭，至於陳四家的對她的稱呼，她一點也不在意——烏家小娘子和大妹子相比，還是大妹子比較妥當——她好奇的是那些人的來意。「出什麼事了？」

「你們今天走的是哪條路？」陳四家的急急問道。

「左邊那條。」允瓔眨了眨眼。「我們剛來，不知道路怎麼走，就出去轉轉，熟悉一下環境，怎麼了？」

「有沒去過一個很大很大的水塘？唔，就是跟我們這兒差不多大的。」陳四家的問得更急。

「大水塘？」允瓔明白了，還真的和他們有關。

可是，這麼大的陣仗能說真話嗎？再加上烏承橋似乎看到了什麼，那樣緊張，要是這些人真的是來追殺他們的……承認去過，麻煩會更大。
允瓔權衡利弊，直接搖頭。
「真沒有？」陳四家的分明就是不相信。
「真沒。」允瓔臉有些微紅，她很少撒謊，可來到這兒，她本身似乎就成了最大的謊言，這會兒為了兩條魚……嘆氣。
「那就好。」陳四家的點點頭，笑道：「我男人還擔心你們新來不知道，誤打了那水塘裡的魚，讓人發現了追上來呢，沒有就好。」
「什麼魚啊？怎麼還這樣勞師動眾的？」允瓔好奇地問。
「唉，哪是為了魚呀。」陳四家的嘆了口氣，無比鄙視地說道：「無非就是有錢人家變著法兒地折騰我們窮人，那片水塘原來就是和這兒一樣，也是大夥兒棲居避險的地方，可是那柯家自從傍上了泗縣的喬家，就把這一片大些的水塘都給圈了去，把我們趕了出來，據說是在那些地方養上了魚。誰知道他們有沒有真的養上魚，就算有，魚不會跑嗎？跑了一條，他們就有理由到處尋魚，到處找人麻煩，依我看，我們這一片呀，又被他們惦記上了，唉，也不知道這一次要遷到哪兒去……」
還有這樣的事……允瓔沈默了，方才還想著好笑的她，這會兒心情沈重起來，是因為她的無知，給大家添麻煩了？還是被那些人利用了？
「唉，我們沒錢沒勢的，也只能任人魚肉了，我就覺得做人挺沒意思，說不定今兒還有說有笑，明兒就再也睜不開眼了。」陳四家的很感慨。「所以我呢，一向看得很開，該爽的時候就是要爽，別人怎麼看我，我是無所謂的，看不慣聽不慣，可以離我遠一些……呵呵，今兒不就讓大妹子妳見笑了，我男人就那死相，興致來了也不管白天黑夜，我就喜歡他那豪爽勁兒。」

允瓔無言以對。

在這方面，她還是很保守的。也因此，二十三歲了還保留著她的初戀，如今遇到陳四家的，雖然欣賞她這直性子，卻也無法苟同她的行徑……呃，總之，太過了。

「大妹子，一會兒他們估計就要一家家搜了，妳趕緊回去，家裡有什麼貴重東西都收拾收拾，莫讓那些王八羔子撿了現成。」陳四家的見允瓔沒說話，倒是及時打住了話茬兒，催著允瓔先回自家船上去。「既然妳家也沒有打到他們的魚，到時候他們搜搜也就會走了。」

「謝謝陳嫂子。」允瓔點頭，朝陳四家的笑了笑，轉身回自己船上，那兒還有個傻乎乎的以為追兵來了的烏承橋呢。

允瓔快步回到自家的停船處，卻見那船輕微晃著，她一愣，眨了眨眼，大步邁了過去，一把就掀開掛簾，卻見烏承橋正一步一步往船尾挪去，她不由驚訝問道：「你做什麼呢？」

烏承橋一驚，猛然回頭看到是她，不由皺了眉低喝道：「不是讓妳走嗎？又回來做什麼？」

「回來湮滅證據。」允瓔接得順口，回頭瞧了瞧外面。

果然，那邊已經開始行動，十艘船分散開來，不僅擋住整個水灣的入口，還有幾艘已經駛到浮宅邊，開始挨家挨戶的搜尋。

允瓔看到這兒，飛快地鑽進船艙，提出了裝著兩條大魚的木桶。

「什麼湮滅證據？」烏承橋皺眉。

「那些人是柯家的，想來是衝著我們捕的兩條魚來的。」允瓔飛快地把事情經過說了一遍，說罷，好笑地看著他。「喂，你是不是打算逞英雄？把我支開自己引開敵人？」

烏承橋俊臉一紅，所幸在黑暗中，她看不到他的表情，才化了他的尷尬。

「真行，要不要我再替你做一個炸藥包扛著去？」允瓔好笑地說道，腳踢了踢那木桶。「快想想吧，這東西怎麼辦？留著是個禍害，這會兒生吃也來不及了，要不，就放了牠們？」

烏承橋沒理她，又陷入思緒中。

剛剛聽她說到了柯家的靠山是泗縣喬家，在他的印象中，似乎沒有這樣的事呀？要知道，喬家經營的是船塢，雖然也有自家的船隊，可與這些水塘又能牽扯上什麼關係？

「去那邊看看。」外面的聲音似乎往這邊過來了。

允瓔也有些不淡定起來，她眼珠子滴溜溜一轉，提著木桶往烏承橋那邊走去。「讓開讓開。」

「倒了？」烏承橋這時才回過神來，伸手就攔下她。

「不倒了留著惹禍呀？」允瓔沒好氣地翻了個白眼，都這個時候了，他居然還有心情發呆。

「他們又不是為了魚來的。」烏承橋雖然紈袴，可該懂的還是懂的，一轉念就明白了，無奈地擱下允瓔，低低說道：「妳趕緊走，柯家既然與喬家有關係，保不準裡面就有認識我的……」

「追殺你的那些人是喬家的？」允瓔眼一瞇，打斷了他的話。「你到底是什麼人？」

「我……」烏承橋沒承想她竟在這個時候追究他的身分，一時不知道怎麼說才好，外面的聲音已經很接近了。「如果我能逃過這一劫，我就告訴妳，可好？」

「成交。」允瓔直接抓起他的手擊了一下，繼續提著木桶鑽到船尾。「你趕緊回去躺好。」

烏承橋見她執意要放掉那兩條魚，不由嘆氣。之前他險些失手都被她咆哮了一頓，這會兒卻被迫要親手放掉，別說她了，他都捨不得。

可是，不倒掉，留著被人抓小辮子嗎？能把這些船家趕得到處搬家的柯家，絕不會是什麼好說話的人……

烏承橋嘆了口氣，慢慢地挪回艙中，靠在自己那邊的位置，拿薄被蓋住傷腿，半側著身看著外面的動靜。

「動作快些，那邊停了船，只怕會看到這邊，妳小心些往裡面倒。」烏承橋一邊觀察，一邊提醒允瓔。

允瓔聽到，不由暗笑，傻子才倒掉呢，她站到船尾處，一轉念，手上的桶已經移進了空間內，乾淨俐落，她就不信還能讓那些人找到。

「好了？」烏承橋看到允瓔回來，低聲問道。

「嗯。」允瓔回到位置上，偷偷瞥了外面一眼，伸手就要解烏承橋的髮。

烏承橋下意識躲開。

「你不是說有人可能會認得你？」允瓔瞪他，她可是好心想幫他處理，不領情？

「妳想做什麼？」烏承橋不解地看著她。

「別動。」允瓔直接伸手抓住他的胳膊，見他坐著不動後，才伸手解下他束髮的頭巾。

他的髮已然及腰，髮質也是極好，頭巾一散，長髮滑落下來，比起她這一頭雜草，允瓔心裡直冒酸泡泡，下手也重了些。

沒一會兒，烏承橋的頭髮已被撥至兩邊，只是這一來，反倒平添了一股子妖孽氣息。

允瓔瞪著他左瞧右瞧，越發嫉妒了，眼珠子一轉，就想到了一個辦法，一撐手，就搆到了鍋底，抹了一手黑灰回來。

烏承橋看到她這舉動，眉頭糾結起來，她到底在搞什麼鬼？

允瓔雙手合在一起搓了搓，便往他臉上噌去，看到烏承橋又想躲，忙狠狠地瞪了他一眼，警告道：「你不是怕人認出來？也不想想，一個船家漢子，有你這樣白的嗎？」

烏承橋一聽，也有道理，只好僵著身子由她折騰。

允瓔抹得很仔細，額頭、眼皮、兩頰、鼻梁、唇邊、下巴無一遺漏，她甚至沒有注意到自己已整個人貼到烏承橋身上，一邊抹，一邊還心裡偷著樂：唔，這樣才毀得痛快……

烏承橋整個人都僵住了，他低著頭，定定看著她。

比起以前圍繞在他身邊的那些女人，她並不漂亮，事實上，以他以前的眼光來看，她甚至夠得上無鹽的級別。

那時應下她家的婚事，也是因為他心灰意冷，自覺此生無趣，便想著隨意找個人得過且過算了，可這會兒，他竟在她臉上看到不同的神采，那雙靈動的眸、那時不時上揚的唇角，都是那麼鮮活……

允瓔已經抹完他的臉，突然，她皺了眉，撩開他的髮看了看，伸手便往他的耳朵抹去，這一下，烏承橋飛快扣住了她的手，令她不由一愣。「幹麼？就差一點了。」

烏承橋有些尷尬，他的耳朵……咳，好吧，他忍了。

「真是怪人。」允瓔卻不屑地嘀咕了一句，抹完耳朵，又往他的脖子攻去，一路往下，手都抹到了他胸口。「告訴你，這裡都是容易露餡兒的地方，一會兒記得把手也抹抹。」

「夠了。」烏承橋被她的動作撩得，心跳竟失常地加速起來，他不喜歡這樣的感覺，再一次扣住她的手，目光深邃的凝望她。

他有些摸不透她的想法，那時她敢直接說讓他做她的男人，可這幾天，她卻是時熱時冷，這會兒怎麼又……

「噓！來了！」允瓔感覺到自家的船晃了晃，顯然已有人上了船，她忙朝著烏承橋作了噤聲手勢，飛快地拉過他的手抹黑，然後抓著他的手架到她肩上，整個人都撲進他懷裡，被子也被她拉到胸前。

烏承橋一僵，隨即配合地環住她的肩。

「裡面的人出來。」這時，已經有人撩起掛簾，燈籠的亮光照進來，滿艙昏黃，所幸船艙口離他們休憩的地方還有段距離。

允瓔驚叫一聲，狀似驚慌地躲在烏承橋身側，扭頭看向來人。

烏承橋頗有興致地看了看她。

要不是烏承橋知道她之前是什麼樣的，還真會被她現在這表情迷惑。

伸手擁住她，他側頭看了船艙口那些人，只一眼，他便把那些人看了個清楚，都是些不認識的，不過，他並未因此放鬆警惕，誰知道這些人有沒有看過他的畫像呢？

「裡面的人出來！」撩開船艙掛簾的是個年輕人，瞧那身衣服，應該是護院之流，他身後還跟著兩個家丁模樣的人，那兩個家丁賊眉鼠眼的，一雙眼睛嫌棄地打量著眼前的破船。

第七章

允瓔聽到他們的話想要起來，卻被烏承橋緊緊地錮在懷裡，她不由驚訝地瞄了瞄他的臉色。

烏承橋朝她眨眨眼，表情變得驚訝迷茫，他轉頭看著那些人，聲音都有些變化。「你們……是什麼人？」

「烏兄弟，柯爺家的魚不見了，這幾位是奉命來尋魚的，大家配合些，讓他們搜搜，搜完了，他們也能早些回去休息。」此時，船外面響起了田娃兒的聲音，接著田娃兒又對那幾人解釋道：「幾位，這位烏兄弟的腿傷了，不方便，你們看，能不能通融通融？」

「腿傷了？怎麼傷的？」那護院一開始還沒怎麼在意烏承橋，這會兒聽到田娃兒的話，目光頓時凌厲地掃向烏承橋。

允瓔心裡一驚，慘，讓他們盯上了，同時，她也感覺到烏承橋整個人的僵硬，下意識的，她手撫上他的背。

烏承橋低頭瞧瞧她，狀似怯懦地縮了縮身子，不與那護院正面直視。

「是這樣的，前些天不是下雨嗎？我和烏兄弟本來想到山上打些柴禾，結果發現山上有野兔，我們一時起了心思，就去追，烏兄弟不小心踩滑了，摔傷了腿。」豈料，他們還沒想到怎麼應對，田娃兒已張口打起圓場。「說起來都是我不好，沒照顧好烏兄弟，這不，這幾天烏家小娘子看到我都不搭理了。」

「要是我，我也不搭理你。」其中一個家丁陰陽怪氣地接了一句，似乎，他們和田娃兒也有些熟，語氣沒那麼疏離。「她男人的腿傷了，辦事還能索利嗎？」

「哈哈……」外面一陣哄笑，其中還夾帶著田娃兒刻意的諂笑聲，顯得分外刺耳。

這些人……允瓔皺眉，低頭躲在烏承橋身邊當小媳婦，要不是烏承橋的傷腿不能太高調，要不是對方來的人多，她肯定一巴掌拍過去了，不過在這樣的地方，能屈能伸才不會吃虧，她只能暫且忍了，誰讓她現在是弱者呢？

「幾位，這船就這麼點大，魚可是活的，一眼就能瞧出來有沒有不是？」田娃兒陪著笑了一陣，又開口說道：「烏兄弟還受了傷，這小娘子嬌滴滴的，搖船倒是會的，可打魚……只怕連魚網也拉不起來呢。」

「我說田娃兒，你怎麼老幫著他們說話？你是看上人家小娘子了？還是本來就和她有一腿？」馬上有人調笑開來。

「看你說的什麼話，人家男人傷了腿，她一個小娘子不容易，這不都是隔壁鄰居嗎？」田娃兒笑嘻嘻地說道。

「成，看在田娃兒的面子上，我們就隨意搜搜吧。」沒想到，田娃兒在他們面前還挺混得開。

接著，幾人派出兩個人進了船艙，那撩掛簾的護院先走了進來，從允瓔身邊擠過，到船尾看了看，再回來時，突然掀開兩人蓋著的被子。

「哈哈，阿丁，你小子真是肚裡壞，沒看人家小倆口剛剛親熱著嗎？要是人家小娘子光溜溜的，豈不是被你看光光？」其他人看了又是一陣哄笑。

那護院卻不理會他們，逕自伸手按住烏承橋的傷腿，捏了捏。

烏承橋悶哼一聲，頓時痛出滿頭的汗。

所幸，那護院也只是捏一下以證事實，接著便站起來鑽出船艙。

允瓔的目光直直追隨著他的腳步，看到他們都出了船艙，她才鬆了口氣，看了看田娃兒的方向，一會兒，真得好好謝謝人家。

「咦？」就在這時，有人突然說了一句。「我怎麼瞧著人眼熟呢？」一句話，頓時又把要離開的人給吸引回來。

真多事！允瓔噘了嘴。

「你說哪個？」剛剛那位護院問道，回頭看了看。

「這人瞧著有點像喬家大公子呀，不過大公子沒這麼黑，也沒……沒這麼低俗的口味。」方才說話的人湊到了船艙口，盯著烏承橋看了好一會兒，又有些猶豫，然後又看了看允瓔，終於確定自己看走眼了。「可能是我看錯了，那一位可是無美人不歡的，根本不可能是他，抱個無鹽女還當寶貝似的。」

「真是廢話，走！」那位護院罵了一句，帶著人離開了允瓔的船。

允瓔迅速從烏承橋身邊撤離，撩著掛簾往外看，只見那些人上了漕船，集合之後，船隊緩緩離開了水灣。

被攪亂了大半個時辰的苕溪灣，安靜了下來，只是這安靜中，卻帶著一絲慌亂，中間的浮宅處仍聚著不少老船家們，剖析著這次事件隱藏的危機，商量著怎麼應對以後可能發生的事。

「烏兄弟、烏家小娘子，戚叔說了，以後誰問到腿怎麼傷的，就按剛剛我說的跟人說，知道嗎？」田娃兒的聲音在隔壁船頭響起，語氣中帶著淡淡的擔憂。「柯家不是好惹的人，咱們多一事不如少一事，大夥兒都想安安生生地過日子呢。」

田娃兒的話帶著勸告，也帶著提醒。

「謝謝田大哥，還有戚叔，等天亮了，還請田大哥幫忙帶個路，我好去當面謝謝戚叔。」允瓔忙接話道，無論如何，今晚田娃兒都幫了大忙，要不然，她和烏承橋還麻煩著呢。

唉，真是禍水……允瓔瞥了一眼身邊妖孽般的烏承橋，撇嘴，卻忘記了，這次的事好像是她惹來的。

「沒啥謝不謝的，都是水上漂的人家，誰沒個急難的時候，應該的。」田娃兒一句話，道出了真諦。

都是在水上混生計的人，再好的水性也會有不測的時候，要是他們這些船家們不互相守望，出了事誰能救你？

守望相助，已是這一帶不成文的規矩，這也是今晚這些船家們不約而同替烏承橋和允瓔隱瞞來歷的原因之一。

當然，還有原因之二——若是牽扯出了烏承橋和允瓔，也就給了柯家另一個發難的藉口，到時候，整個苕溪灣的船家們都將失去棲身之所。

「烏家小娘子，你們沒事吧？」陳四家的聲音也在附近響起，她對允瓔的稱呼再次變成了小娘子。

「謝謝陳嫂子，我們沒事。」允瓔朝那頭喊了一聲。

「沒事就好……噉，累死老娘了……睡覺去了……」陳四家的說了一句，中間打了個長長的哈欠，嘀咕了一句，聲音也漸漸消了下去。

「夜裡少折騰些，至於這麼累嗎？」田娃兒打趣著陳四家的。

「去，不折騰做人還有啥滋味？你個老光棍，是不會懂得這人間美妙的，還是趕緊回去抱你的冷被子睡回籠覺吧。」

陳四家的毫不忌諱地高聲罵了一句，引來附近幾家低低的笑聲。

允瓔聽著外面的玩笑話，她突然覺得，他們如此可愛，如此真實，連陳四家的粗俗豪邁的話語也親切起來。

「睡吧。」烏承橋已經取了濕布巾過來，洗去臉上手上的鍋底灰，這會兒正拿著帕子擦著脖子和胸口。

允瓔理了理掛簾，回頭看了他一眼，不屑也說道：「明明姓烏，偏偏白得跟太白粉一樣……」

「什麼？」烏承橋沒聽明白，驚訝地問。

了。

經歷了方才的親暱，他還以為，他們應該親近了不少。

可是，他一抬眼，又看到那個冷淡的她，心裡不由嘆氣，他懷念起剛剛那個熱情的她也變成夢囈般淡了下去。

「沒什麼，只是問你現在能說你是誰了嗎？」允瓔尋了一塊乾布帕，奮力擦去身邊被那人踩過的地方，才重新拍了拍被褥，背對著他躺下去，一躺下，眼皮子自動合上，她的問題也變成夢囈般淡了下去。

烏承橋原本還在斟酌著該怎麼開口，可一轉眸，允瓔已然沈睡過去，他微微一愣，隨即不由無奈地笑著搖搖頭，伸手拉了拉被子，把手中的布帕扔到一邊，也躺了下去，手自然而然地攬向她，可就在觸及她肩膀的那一瞬，他頓住了。

那一位可是無美人不歡的……耳邊似乎又響起了柯家家丁們的哄笑聲。

烏承橋的手收了回來，環在自己胸前，就這樣靜靜地看著她的後腦勺。

那個家丁說得沒錯，過去他就是無美不歡，女人也好、美食也罷，追求的就是完美，可現在，他卻對這個擱在曾經就是個無鹽女的女人沒有絲毫抵觸。

到底是因為他對人生失去了信心？

還是他正被這個女人的鮮活和靈動吸引？

答案……

還沒找到答案，烏承橋也陷入了夢鄉裡，夢中，溫香軟玉抱滿懷，他看到了她慧黠的眸，看到了她嬌豔欲滴的紅唇，想也不想地印了下去……

啪！

突然之間，清脆的聲音之後，他左臉上一陣火辣，棉被也被掀開來，接著便是一陣搖晃。

烏承橋猛地睜開眼睛，就看到允瓔怒氣中帶著驚慌地倚在對面的船壁上，雙手緊緊撐著船板不敢動彈。

等到船漸漸穩了下來，允瓔才放鬆下來，怒氣沖沖地瞪向烏承橋，罵道：「你個登徒子，居然趁我睡著吃我豆腐！」

說著還狠狠地用手背擦了擦嘴唇，眼中滿是怨念。

她的初吻啊！

就這樣不明不白的沒了？

烏承橋也有些無奈，他從來不作奇怪的夢，可偏偏昨晚就做了，還偏偏就真的親了她……等等，她本來就是他的妻子，親一下能死人？

「妳我夫妻，這樣親熱也是天經地義的，說什麼登徒子？」烏承橋很不滿，黑著臉看著她。「當初妳那樣大膽地讓我當妳男人，那時就沒想到會有這些嗎？」

允瓔瞪視著他，無言以對。

心裡不由哀號——邵英娘啊邵英娘，妳吃飽了撐的？

沒見過男人也不能那樣不矜持呀！

明明是古人，還向男人求婚，太沒面子了！

烏承橋也回望著她，看到她怒意中的那絲怨氣，心裡突然一軟，想起了邵父、邵母，他移開目光，無奈地說道：「好吧，我道歉，剛剛我只是作了個夢，不是故意的……」

「還說不是登徒子，連作夢也想這些，無恥！」允瓔一聽更火了，說罷，她猛地把被子甩到他頭上，氣呼呼地起來去了船頭。

這一蒙，烏承橋的脾氣也上來了，想他喬大公子什麼時候這樣低聲下氣地跟人道歉了？這女人真真不識好歹，他能親她，也是她的……哼！

想到這兒，他也不起來了，直接躺了回去，蓋上被子悶聲裝睡。

至於原本說好要坦言的來歷，已被兩個置氣的人拋到了腦後。

允瓔氣呼呼地站在船頭，搬出了灶，拿出了鍋，淘米做飯，氣呼呼地梳洗。

「死相，一大早的，好好搖船。」這時，一條船從她面前搖過，陳四家的誇張的笑罵聲響了起來。

允瓔抬頭，只見對面船尾黏著兩個人，正是陳四家的夫妻倆，陳四一手掌著船槳，一手摟著他婆娘，陳四家的整個人都掛在他身上。

允瓔不由無語，這一大早的，能不這樣刺激不？

「大妹子。」一又變成了大妹子。「我們要去集上，妳要不要去呀？」陳四家的很熱情地邀著。

那兩條魚引來了柯家，她這會兒再拿去賣，豈不是又要招狼來？還是自己留著吃吧。

允瓔嘆氣，揮了揮手，喊道：「謝謝陳嫂子，你們去吧。」

「那下次我們再一起逛集去。」陳四家的也揮揮手，抬頭湊在陳四耳邊說著什麼，惹得陳四也望向允瓔這邊。

允瓔不自在地側了身，彎腰去倒水，那位陳四家的說話太豪邁，這會兒指不定說她什麼呢，還是當作沒看見的好。

梳洗完畢，陳四的船已經離開了水灣，同時，也有無數的船正相繼出去，允瓔也不耽擱，解繩索去取水，開始一天的忙碌。

在山水坑那邊，允瓔再次見到了昨天那幾位婦人，忙向她們道謝。

幾位婦人笑著搖頭。「應該的。」在她們看來，互相幫助就是應該的。

允瓔心裡暖暖的，她已經開始喜歡這個水灣了。

取水的空檔，一番寒暄，允瓔得了不少提點。

比如說髒水不能直接往水灣裡倒，要裝在桶子裡澆到這山上的樹下，這樣夏天的時候，蚊蟲才會少些，孩子們還能在水灣裡戲水。

再比如，外面的水塘一般都是有主的，不要輕易進去，免得招惹昨晚那樣的禍患。

從她們的話裡面，允瓔對柯家的勢力也有了瞭解。

苕溪灣在涪清縣境內，最近的集鎮是瀘塢鎮，那柯家就是瀘塢鎮上的首富。最早的時候也是這一帶的船家，後來因為遇到了貴人，便買了水塘開始養魚，慢慢的，如今還開設了酒樓和各種店鋪。

早些年，柯老爺子在的時候，柯家還算厚道，可就在前年柯老爺子過世，柯家長子接了權，柯家就囂張起來，偏偏人家又有泗縣喬家做靠山，便是縣太爺也要給喬家一些面子，所以，柯家便再也沒了顧忌。

那喬家這麼厲害？

那她船上那位豈不成了真正的禍水？

允瓔想起烏承橋昨夜說的話，瞧他那反應，似乎對喬家很顧忌呀，難道就是喬家的人在追殺他？

允瓔帶著疑問提了水回船上，不過也沒想多過問，一早醒來發現自己被奪了初吻的怒氣還沒消呢，誰要關心他了。

鍋中的粥早就好了，烏承橋卻還沒有起來，允瓔也懶得理他。

反正她自己也沒覺得飢餓，做完瑣事，如昨天一樣搖著船出了水灣。

那兩條魚不能拿出去賣了，她得另外想想辦法。

第八章

這次，允瓔選了中間的那條水道，巧的是，走沒多遠，她再次遇到了那位老人。

「小娘子，這是要去集上嗎？」老人依然在打魚，看到允瓔時笑呵呵地問。

「您好。」允瓔笑著頷首。「不去集上呢，我想出來看看哪兒能打魚，我……我家當家的傷了腿，做不了別的，我只能先想辦法把生計混下去。大叔，能和我說說這一帶的禁忌嗎？」

允瓔把船停在老人的船邊上，幾次遇到這位老人，得到他的提點，允瓔心裡不由自主地覺得親近。

「當然能啦。」老人沒有絲毫猶豫，收了網，說起這一帶的情況。

聽完後，允瓔才知道自己草木皆兵了。

她以為這一帶差不多都是柯家的地盤，卻原來，苕溪這一帶的水灣不多，左邊那水道過去的，只有那一個，右邊倒有三、四個小的，而其他地方都是溪流，柯家再勢大，也不可能把所有溪流都歸納進他們柯家名下，所以在這些溪流上，他們這些船家們的日子還是能過的。

「小娘子會打魚嗎？」老人說完，又問道。

「之前看我爹娘打過。」允瓔有所隱瞞。

「這打魚可不容易啊。」老人笑道，指了指右邊的水道。「小娘子要是手頭緊，不妨去那邊的渡頭渡客，這一天下來，也會有十幾、二十幾文的，要是能遇到載貨的，送一趟，幾天的生計便有著落了。」

載客……允瓔下意識回頭看了看烏承橋。

那時，邵父、邵母不就是在載貨回來的途中遇到他才捎帶上的嗎？

如今他傷了腿，而且還帶著她不知道的秘密，去載客只怕不妥。

想了想，允瓔謝過了老人。「謝謝大叔，我曉得了，這就去看看。」

順著那河道，允瓔很快就看到了老人說的渡頭，這一處的渡頭只是野外小埠，只不過，因為處於水道匯集之地，此處便顯得頗為熱鬧。

此時，那邊正停著一艘與周遭格格不入的大船，渡頭站著一群衣著華麗的人，邊上停著的小船與之一比，就好像大樹邊上的螞蟻般，那般不起眼。

這船倒是有些氣勢了。允瓔邊看邊緩緩地搖著船，她這船上有搖櫓，這會兒走得近，竹竿太費力，她就用了搖櫓，正看著，突然，她聽到烏承橋沈沈的聲音。「停下！」

咦？允瓔停下船，彎腰瞄了一眼船艙，不知何時他竟起來了，這會兒正倚在船艙背對她看著外面的一切。

「咋了？」為什麼要停下？

「是喬家的船。」烏承橋淡淡地說道，他雖然一貫不理家事，卻也能認得自家的船上有什麼標記。

「你怎麼知道？」允瓔信了，可嘴上卻問道。

「妳沒看到船身上刻著小舟的圖案嗎？以後看到這圖案，離遠些。」烏承橋一動不動地坐著，看著那高高的船身，語氣淡然。

允瓔打量了烏承橋的背影一眼。「你跟喬家有什麼瓜葛嗎？」

「什麼瓜葛也沒有。」烏承橋這時才雙手撐著兩邊的船舷坐到船板上，淡淡地說道：「我餓了，找個地方吃飯吧。」

「呿，現在才想到吃飯。」

既然是有危險，那就退回去唄，她這才剛來，惜命著呢。

允瓔撇嘴，調轉了船頭，尋了一處平坦的岸邊停下來，也不拴繩，就這樣停下，開始吃飯。

烏承橋洗漱完，看著允瓔舀好了粥，輕聲地開口。「這幾天就找個地方先打魚吧，我的彈弓也做好了，明兒去那邊山腳試試，載客載貨什麼的，先不要了吧，太累。」

「喔。」允瓔應了一句，把粥遞過去，現在這情況，也只能先這樣了。等烏承橋接了碗，她站在船頭看了看渡頭的方向，嘆了口氣。

其實，擺渡也不是辦法，還不如做些小生意。但，做什麼生意？在哪裡做？她卻還是毫無頭緒，也就只能按烏承橋說的，暫時安頓一下。

烏承橋看著她這樣，愧疚感再次浮現，他低下頭，神情隱晦不明。

吃過了飯，允瓔收拾碗筷，尋了一只桶，把髒水倒進去。

「怎麼不直接倒掉？」烏承橋不明就裡。

「不愛惜環境，到時候哭的還是我們這些靠水吃飯的人。」

允瓔拿出之前那幾位老婦人的話去堵他，索利地收拾妥當。她也不急著走了，拿出魚網在原地試著撒網打魚，一邊網，一邊嘗試著尋找魚群的方向，倒真讓她尋到了一些軌跡。

烏承橋意外地看看她，他可是見著她幾次往溪裡倒水了，怎麼一下子又變了？對於她最近的善變，他深表無語，更是無奈。

允瓔突然拉不動魚網，忙喊道：「哇！快點幫忙，好重呢。」

烏承橋傾身，拉住那網，兩人合力拉了上來。

「看看有沒有大魚。」允瓔有些興奮，她空間裡還有兩條見不得人的大魚呢，要是這兒也能捕到就更好了，她可以乘機一鍋燉了。

可惜，網裡除了些爛草根，只有三、四尾巴掌大的鯽魚。

這個時節，鯽魚倒是真多，幾乎網網出現，倒是大大地緩解了允瓔心頭的遺憾，加上烏承橋時不時地助上一把，兩人之間的氣氛倒是修復了些。

一直網到夕陽西斜，兩人才收了網。

允瓔收好魚網，提起木桶之際，把裡面一半的魚扔進了空間，畢竟，她剛剛還說自己沒打過魚呢，要是提了滿桶回去，豈不是招人注意？

如今這時候，還是低調些好。

果然，允瓔的做法很快就得到印證，她的船剛剛進水灣，就遇到歸來的船家們，每個紛紛打招呼，同時，目光也朝著她船頭的木桶看來。

「喲，烏家小娘子也會打魚呀？」某漢子驚訝道。

「不會呢，剛學的，一下午就弄了這麼點。」允瓔不好意思地笑了笑。

「呀，大妹子還會撒網呀？」某個婦人讚道。

「不太會，撒不好。」允瓔訕笑。

「小娘子回來了。」他們又遇到了那位老人，笑呵呵地打招呼，他似乎很愛笑，允瓔幾次遇到他，他都是這樣笑著。「不錯，也有二十條了。」

「大叔，多虧您指點。」允瓔這會兒的笑倒是真心了些。

「慢慢來，總會好的。」老人點頭，緩緩搖著櫓。

「戚叔，您今兒收穫了啥？」邊上有人高喊著問。

「您就是戚叔？」允瓔驚訝地看著老人，原來，昨夜讓田娃兒幫他們的就是這位老人呀。

「是呀，我姓戚，蒙大家看得起，總是喊我戚叔。」老人笑著點點頭，回答了允瓔的話，才朝那邊提聲回了一句。「還能有啥，也就三十條小鯽魚，要是想吃，一會兒過來取。」

「不用不用，我這兒夠了。」

「戚叔，昨晚的事謝謝您了。」允瓔等著戚叔回頭，忙道謝。

「都是行船的人，不容易，大家互相幫忙都是應該的。」戚叔笑著擺擺手。

「爺爺，我肚子餓了，快回去。」之前那個小孩子從艙裡露出頭催了一句，戚叔朝允瓔笑了笑，揮揮手，加速先走了。

二十條小鯽魚，總算讓允瓔提著的心放下了幾天。

這幾天裡，清粥、鯽魚湯再加野菜，日子倒也不難熬。

空間裡扔著的魚，她也始終沒有下手拾弄，畢竟，消失了幾天的魚要是再出現在鍋裡，還是會引起烏承橋的懷疑。

這幾日，允瓔和烏承橋的相處也融洽起來。

允瓔懶得動不動就對他咆哮，他不是她的誰，她也不是他的誰，天天咆哮未免太累。而烏承橋呢，不知出於什麼樣的心情，態度也好了許多，發呆的時候少了，也會主動找允瓔說上兩句對未來的計劃，談一談他的想法。

雖然他對這些謀生的手段生疏得很，但允瓔也不是什麼高手，兩人倒也能尋到一、兩樣共同處，一起努力實踐。

清晨，允瓔去打水收拾，烏承橋便倚著船頭守船待兔，白天她出船打魚，他便拿個彈弓望著天。

這幾天，兔子倒不曾等到，飛過他們船上方的鳥兒倒是打下了幾隻，於是，晚上允瓔拾掇魚兒的時候，他也在處理獵到的鳥兒。

處理這些，烏承橋倒是內行，輕輕鬆鬆便處理完，這樣一來，倒也彌補了允瓔的不足。怎麼用鳥兒燉湯她倒是會，可下手宰殺，她卻是下不了手，不是出於不忍，而是她只懂得吃不懂得殺。

有了這些，打來的魚倒也剩下不少，允瓔便把這些魚攢起來，能養著的都養著，看著養不了的，她就清理了用鹽醃著。

漸漸的，允瓔船頭竹竿上用草繩串連起來的魚串也多了起來。

日子沒有想像中的悽慘，允瓔心情大好，加上烏承橋的配合，她對他的看法有了轉變，照顧起他的傷腿也盡心不少。

熬過了初秋，天也漸漸涼了起來，省吃儉用的米也終於告罄，允瓔決定去一趟集上。米麵要買，食材也要買一些回來，天天魚呀鳥呀，對於她這個吃客來說，都快淡出水來了。

烏承橋有些擔心，卻也沒攔著她，畢竟日子還是要過下去的，總不能因為喬家人可能出現在鎮上，他們就不去集上買糧吧？

向船家們打聽了集市的位置，允瓔便帶著那些醃曬的魚乾和野菜，搖著船前往市集。

集市外的渡頭處沒看見喬家船，也沒見到柯家的漕船，兩人均鬆了口氣。

停好了船，允瓔找了個空桶子裝魚乾、野菜，另一桶卻是活蹦亂跳的魚，用竹竿挑了，就要下船，剛走幾步，她又停下來，回頭看著烏承橋問：「你一個人等在這兒妥當嗎？」

「沒事的，我會見機行事。」烏承橋有些意外地看了看允瓔，他沒想到她會擔心他，畢竟這些天雖然相處不錯，可也僅止於討論怎麼謀劃生計，其他時候，她鮮少關心他。

「你會搖船嗎？」允瓔皺著眉。傷了腿，又在船上，喬家人要真來了，他怎麼逃？

烏承橋回頭看了看搖櫓，又看了看竹竿，無奈地搖搖頭。

「妳去吧，我不會有事。」烏承橋看著她的關心，心裡一暖，擺擺手催促道：「快去快回。」

允瓔提點到了，見他卻是一臉無所謂，不由撇嘴。「好吧。」說罷，便挑著擔子上岸，所幸這桶也不重，她挑著也不艱難。

從渡頭到集市，只有一條路，路上往來行人不少，很是熱鬧，允瓔挑著擔，一步三晃地跟著人群，倒也沒吸引哪個人注意，沒多久，她便站在了所謂的集市前。

她才知道，這集市其實也只是座村子，只是來的人多了，就成了集市。

允瓔有些失望，她不知道自己的這些東西能不能換到米麵，畢竟這一帶來的可都是船家，是船家，又哪會缺魚？而野菜更不消提了，滿山滿野的都是。

她緩了步，細細地打量著這個集市。

其實這只是片空地，來賣東西的人排成了一排排，留出中間的走道供人行走。

允瓔慢慢地走過去，沒急著找地方安置東西。

一路，她看到了賣白菜的、賣小青菜的、賣雞蛋的……凡是農家裡有的，這兒差不多都有賣，包括簍、廚具、農具、漁具等等，琳瑯滿目，應有盡有。

粗粗一圈下來，也沒瞧見什麼正式的糧鋪，倒是對這邊的市價有了大概的瞭解。

想了想，允瓔找了塊空地把擔子放下來。

空桶裡的魚乾、野菜都是用山上採的棕葉包裹著，這會兒直接拿出來擺在地上就是，活魚麼，更不用處理，連著木桶直接放在一邊。

允瓔自認擺得還不錯，便尋了塊石頭，坐著等待顧客到來。

然而，集上人雖然多，過來打量她的也不少，卻沒有一個駐足過問一下她的東西，眼見日頭偏移到了正當空，集上的人們也少了下去，自家這些東西賣出去的機率也趨近於零。

這擺攤還真不容易啊，看來今天白來這一趟了。

允瓔無奈地嘆了口氣，站起來，她看了看四周，已經有不少攤子賣完東西走了，這些攤子大多賣蔬菜，而那幾個賣魚的，顯然也和她差不多情形。

唉，也是，大夥兒都是船家，想吃魚，自己到溪上撒一網就是了，哪用這樣麻煩。允瓔終於認清現實，她想了想，開始收攤。

「小娘子，妳這魚怎麼賣？」就在允瓔想走的時候，有人站到了她面前。

允瓔驚喜地抬頭，只見面前站著的卻是那個賣米麵的中年男子，連心眉，細長眼，這會兒笑咪咪的，感覺倒是挺和善。

「這長的五文一尾，小些的三文錢。」允瓔學著她方才聽來的價說道，她雖然不知道這人為什麼捨近求遠光顧她這兒，可是能有客人上門，她還是挺高興的。

「我不要活的，我問的是魚乾。」中年男子指了指魚乾笑著說道。「瞧得出小娘子用了鹽醃的，這一帶魚乾不少，可有人捨得用鹽去醃魚的卻不多，不知小娘子這些怎麼賣？」

「這個……」允瓔猶豫了，是呀，她還沒想到這魚乾什麼價呢，不過心念一轉，她就有了主意。「這位大叔，不瞞您說，我也是第一次賣魚乾，也不知道價，您要是喜歡，就看著給我換些米麵吧。」

「也行。」中年男子笑著點頭，目光微閃。

得了中年男子的同意，允瓔挑了擔跟著他到了那邊的小攤前。

「妳要什麼米麵？」中年男子很和善地問道。

「有玉米粉嗎？」允瓔的目光轉過一邊賣魚的攤子，心頭突然閃過一個念頭，她想到了一種魚的做法，保存時間既長久，還很美味。「太白粉也可以的。」

「有是有。」中年男人有些驚訝，這時節大家誰也不好過，誰會要那些不實用的玩意兒?不過他什麼也沒說，目光在允瓔身上轉了轉，浮現了一絲笑意。「妳要多少？」

「你看我這些能換多少?米、麵粉都要一些……」允瓔說得有些不好意思。

「好嘞。」中年男子點頭，提了那些鹹魚看了看，然後從攤子下面翻找出三個小布袋，量了兩升米、兩升麵粉，然後還量了四升太白粉，遞給允瓔。「妳瞧，這樣可夠？」

「謝謝老闆。」允瓔哪裡懂這些，她只知道，比她預想的要多許多，便知足了。

把布袋子裝在那只乾燥的空桶裡，挑起擔要走，豈料，她錯估重量，起身太急，擔子突然往後傾，前面裝著魚的木桶直直往她身上撞去。

情急間，允瓔堪堪扶住前面的木桶，但濺出的水已淋在她身上。

她顧不得其他，忙蹲下身把擔子放下去。

突然的意外，讓她變得狼狽，同時也吸引了其他人的注意，那幾個賣魚的本來就在看她，這會兒，眼睛更是黏在她身上。

年輕姑娘窈窕的身段裹在濕淋淋的衣衫下，哪能不惹這些粗漢子們的眼？尤其是那位中年男子，目光微瞇，盯著允瓔看了好一會兒，這才笑著上前。「小娘子當心，要不，妳要去哪裡？我送妳吧？」

「不用了。」允瓔搖頭，她正忙著調整擔子，倒是沒注意到自己現在這樣有何不妥，重新挑起擔子，這次，穩妥多了。

在眾人打量的目光下，允瓔匆匆離開，耽擱了這麼久，也不知道他怎麼樣了。

她沒有注意到，身後的中年男子也接著收了攤，推著車經過一個角落的時候，他停了一下，接著，一個不起眼的小叫花子遠遠地跟在允瓔身後。

第九章

允瓔挑著擔，肩頭傳來的火辣讓她不由自主地顰眉，她從來沒有像現在這樣正經地挑過東西，顯然，這原主的身體也不是慣於做事的。

這一路走得有些踉蹌，不過，好在沒有出現別的意外事件，她安然回到了渡頭處，一眼，就看到了烏承橋坐在船艙口看著這邊，無來由的，允瓔心裡一鬆。

「怎麼去那麼久？」烏承橋看到允瓔挑著擔子上船，目光一掃到她身上，就皺了眉。「出什麼事了？」

「沒有，就是沒人光顧，耽擱了。」允瓔放下擔子，下意識地就去揉肩膀，一按之下，竟生疼生疼。

「那妳怎麼成這樣了？」烏承橋指了指她的衣服，一臉不信。

「嗯？」允瓔有些納悶，低頭一看，除了衣服濕了，沒什麼不對呀。「你說這個？剛剛挑擔子不小心，被水濺到了。」

「妳就這樣……」烏承橋的目光掃向後面，突然黑了臉。「還不換衣服去？」

允瓔眨眨眼，不明白他為什麼突然變臉。「這又沒事，一會兒就乾了。」

「著涼了怎麼辦？」烏承橋頓了頓，找了個理由，目光卻看向路上的行人，眉頭皺得緊緊的。

「又沒……」允瓔皺眉，可想一想，也是，這個時代一不小心感冒都能死人，還是換了吧，於是便彎腰進了艙中。

換好衣服再出來時，烏承橋瞄了她一眼，總算沒有說什麼。「走吧。」

這兒來往船隻多，確實也不方便生火做飯，允瓔解了船繩，撐著竹竿倒轉船頭，撐到河中央，才換了搖櫓緩緩往回程搖去。

「都買了什麼？」烏承橋坐在那兒，見允瓔一直沒說話，總覺得少了些什麼，便難得主動問了一句。

「什麼都沒買。」允瓔淡淡地應了一句。

烏承橋伸手搆過了木桶，看了看裡面的東西，皺眉道：「魚乾都賣了？什麼價？」

「不知道什麼價，跟人換了這些，又沒收錢。」允瓔滿腦子都在想能幹點什麼，哪有心思聽他的，這脾氣又變得冷了。

烏承橋回頭瞧瞧她，倒也沒在意。

這些天下來，他倒是摸到了些許她的脾性，時冷時熱的，也有些習慣了，至於為什麼與之前不同？他很自動地把癥結歸結在邵父、邵母身上，因為他的出現毀了她好好的家，換了別人，早恨他入骨了吧？

烏承橋想到這兒，耐著性子又問道：「妳打聽過行情了沒？」

「轉了一圈，聽到一些。」允瓔還是淡淡的。

「什麼價？」

允瓔這才瞟了他一眼，沈默了一下，還是把自己聽到的說了一遍。

「那這些米麵呢？」烏承橋很有興趣地繼續問。

「好像八文一升吧，麵粉九文，那個……不知道了。」允瓔撇嘴，莫名地有些底氣不足，她好像真的沒問價，就直接跟人換了。

「我算算……」烏承橋開始默算價錢。

允瓔久久沒等到他的下文，有些忐忑，她是真不懂，不會虧了吧？手中的搖櫓慢了下來，不安地催道：「算出來沒有？」

「唉……就這樣吧。」烏承橋嘆氣，把東西放了回去，能不虧嗎？

「喂，你給個數啊，要是虧了，好歹讓我知道，下次……不就能記取教訓了？」允瓔被他這一嘆，弄得臉上一熱，不過，為了下次不吃虧，她還是硬著頭皮請教。

「一尾活魚五文，變成魚乾要加鹽，還得曬還得費心思，怎麼著也不止五文吧？」烏承橋又是一嘆，心裡想的卻不是幾文錢的事，他是在嘆自己，曾經為博美人一笑，他一擲千金，光一晚花費，能給他們現在用多久？

年少時的輕狂啊，如今人未老，心已滄桑……

允瓔頓時噎住了。

可不是，怎麼著也不會只有五文啊，她那些足足有幾十條呢，這些米麵才多少？

不過她倒是沒有糾結太久，東西都已經換了，總不能殺回去找那個人說她虧了吧？這次的教訓，下次注意就是了。

烏承橋停了半晌，見她總是不說話，以為她心裡存了疙瘩，也不好再提，便從腰間摘了彈弓下來，倚著艙口，抬頭尋找著飛過他們船上方的鳥兒。

允瓔略一彎腰，就看到他拿出彈弓，當下很有默契地緩了速度，找了一處有樹的岸邊停下，也不拴繩子，就這樣任船漂在溪上，自己則鑽到船頭，開始點灶做飯。

一轉頭，她看到一尾都沒有賣掉的魚兒，還有那被坑了的米麵，想了想朝他問道：「你能幫我做根擀麵棍嗎？」

前世她吃過一種叫「魚餅絲」（注）的食物，下麵的時候放一些，味道又鮮又提味，她一時好奇，就搜尋過這魚餅絲的食譜。

這幾天，又是魚湯又是米粥的，這腹中空空，口中也是寡淡得很，不如今天中午就做些魚餅絲下麵來吃。

麵條，她倒是會的，她的外婆做得一手好菜，又開過小餐館，對各種吃食的做法很是了得，她耳濡目染的倒是記得一些。

烏承橋聞言，好奇地看了看她，倒是沒說什麼，只指著邊上的樹說道：「做那個，得稱手的樹枝吧？船上這些枯柴怕是不合適，妳去折一段粗些的過來。」

「那個？」允瓔起身，指著那粗粗的樹瞪眼，讓她折？拿斧頭砍還差不多。

「妳就不會選個差不多的？」烏承橋無語，他指哪兒她就砍哪兒？

允瓔瞪了他一眼，尋了船上唯一的刀具出來，把船撐過去了些，踩著那樹杈就爬到樹上，那樹不算高，她爬起來也沒什麼難度。

烏承橋看著她把樹杈踩得一搖一晃，心裡一揪，脫口說道：「當心點。」

「知道啦。」允瓔也答得自然，選了個能踩穩的位置，才開始選合適的樹杈，看來看去，最終，她看中了自己面前那根，枝杈少，樹枝也不是很歪，想來做的時候也會簡單些。

「就妳前面那根不錯。」烏承橋也相中了這一根。

允瓔當下一手扶著身邊的樹杈穩定身形，一邊伸長胳膊去砍。

這根樹杈有她的手腕那麼粗，砍起來費勁得很，沒一會兒，她便砍得手腕疲軟。

「妳搆那麼遠做什麼？不會砍自己腳前面的？」一會兒整個下來，重新拾掇就是了。」烏承橋看得心急，卻偏偏不能動彈，只好在下面指點，看她那吃力的樣子，他就渾身不對勁，只可惜，他現在是心有餘而力不足。

允瓔幾個深呼吸，調整了一下有些急促的呼吸，再次選了下刀的位置，這次，因為不用太搆出手去，倒是省力許多，沒一會兒就砍下大半。

「差不多就好了，用力折一下就能下來。」烏承橋繼續著指揮的角色。

嗯，說得有道理……允瓔點頭，偏著頭看了看，覺得差不多了，便停了刀，扶著頭頂的樹杈站起來，想也不想，就直接抬腿用力一踩，在她的想法中，拿手去折，這蹲著的姿勢不太好使力，還是用腳踩最好，又輕鬆又省力。

「別……」烏承橋見狀，忙阻止，卻是來不及了。

那樹杈在允瓔的腳下「啪」地斷下，整個直直落下，船就停在下面，船頭上還有那麼多

注：魚餅絲，將魚肉剁成泥，混和太白粉或玉米粉、蔥花、鹽、砂糖，煎成薄塊後切絲。

東西，烏承橋下意識伸手去接，但他坐的地方有點距離，又加上行動不便，這一接便偏了些、慢了些。

於是，那樹杈整個掉落在船頭上，砸到了鍋，打翻了裝魚的木桶。

「啊——」允瓔在樹上驚呼，卻無能為力，只能眼睜睜看著船頭一塌糊塗，不由苦了臉哀號著。

「妳……」烏承橋真的無語了，一抬頭看到允瓔那模樣，責怪的話也嚥了回去，他什麼也做不了，哪能再去怪她？「快些下來吧，當心腳下。」

允瓔拎著刀從樹上下來，跨回到船頭，看著一片狼藉，皺了眉嘟了嘴。「都怪你啦，沒事瞎指揮，現在好啦，真真是整個下來，全部重新拾掇了。」

烏承橋啞然，這話還真的是他說的，可是，他說的是拾掇整個樹杈好不好？又沒說拾掇船……

「我的魚！」允瓔只來得及埋怨一句，便看到樹杈下方彈跳的魚兒，已經有兩尾彈跳力好的魚兒成功跳出了船板逃生，她驚呼一聲，顧不得再說什麼，放下刀立即去抓魚。

好不容易，總算把魚收拾進了木桶，弄了些溪水養上，允瓔小心翼翼地把木桶放到前艙，又挖出那裝著米麵的木桶，這才去收拾樹杈。

別看這樹杈不長，但樹梢的葉子垂在水裡，這樣提著還真有些吃力，允瓔這番運動下來，臉上也見了汗，她皺著眉，直接抬手抹了一把，總算，把樹杈挪到了一邊。

鍋還好，沒砸破，其他東西也沒什麼損失，她皺著的眉才鬆了些。拿了一塊抹布把船頭的落葉都抹到一邊，才有空抬頭瞪視烏承橋。「盡出餿主意。」
不講理的女人……烏承橋已無力辯解。
他也沒想辯，伸手拉住那樹杈，輕輕鬆鬆地抬到自己面前，才抬頭去看她，這一看，他不由愣了一下，隨即忍不住輕笑起來。
清醇的笑聲突然漾開，允瓔不由一愣，驚訝地抬眸。
那淺淺的笑猶如一朵瞬間綻放的花，撞入她的視線，陽光下的俊顏有些晃眼，她一時忘記了懊惱，眼前只剩下那笑容，耳邊只有那清醇的笑聲，交織成某種悸動直直滲入她心底。
一笑傾城，不過如此吧？
允瓔莫名其妙地想著。
「過來。」烏承橋見她發愣，臉上還抹著那一片白，那模樣像極了戲臺上的丑角兒，不由輕笑，抬手招了招。
「幹麼？」允瓔聽到聲音，瞬間回神，臉上一陣發熱，她居然被他的笑迷到，居然對著他犯了花癡？這……太丟臉了！
「妳的臉啊。」烏承橋從艙裡的盆子裡拿出布巾示意了一下。
「啊？」允瓔以為他說的是她臉紅，忙背過身去，雙手捂臉，真的挺燙，她忙輕揉了起來。
烏承橋看著她的側臉，她剛剛拾撿了麵粉袋，手上沾了麵粉，這一揉，不僅沒有揉去原本臉上的白，反而更擴大了，他忍不住好笑。「看看妳的手吧，這樣揉哪裡揉得乾淨？」

允瓔這時才注意到自己的手沾了白麵粉，臉上不由更燙，轉身到他面前，沒好氣地抽了布巾出來，瞪著他說道：「還不是都怪你。」

「好，都怪我。」烏承橋看著她，愉悅地笑著，哄女人的話自自然然地說了出來。

「害我出糗，還害我的魚跑了兩尾，哼。」允瓔一邊擦著臉，一邊嘀咕著。

「等我傷好了，不說兩尾，妳要多少，我都賠給妳。」烏承橋點頭，見她下巴處還沾著些許的白，想也不想就伸出手，撫上了那處。

這一撫，允瓔頓時僵住了。

允瓔雖然打小搗蛋，可長大後，她便漸漸地收斂了，上了大學，她更像是個溫婉的淑女，身邊追她的男生無數，但能走近她身邊的，始終只有那幾個打小玩到大的哥兒們，與他們之間，她一向保持著距離，哪裡有過這樣的親暱？

烏承橋這不經意的一觸，如那抹笑直直地撞入她心上，讓她不由自主地僵住，他那略有些冰涼的指尖似乎帶著莫名魔力，抹著她下巴處的白麵印，也牽扯住了她的心，這一刻，慌亂如麻。

「啪。」

允瓔抬手拍開他的手，低頭轉身躲開他的目光。「餓死了，做飯。」

說罷，狠狠地用手中布巾擦了擦他觸碰過的地方，便把布巾扔到一邊，埋頭重新點灶，鍋裡倒了水燒著，再拿了木盆、舀了麵粉、打了清水，從他身邊來來往往的，就是不肯抬頭看他一眼。

烏承橋有些疑惑，他盯著她走過來又走過去，眼睛一眨不眨的，突然間，他看到了她發紅的耳根，忽地福至心靈，笑了。

那時，她理直氣壯地站在他面前說出那句話，那延至耳後的紅不就是這樣嗎？

烏承橋這幾天疑惑的心頓時放了下來。

她還是她，至於這幾天的忽冷忽熱絕對是因為他連累她爹娘的原因，可她心裡，還是有他的。

一向不在意的烏承橋想到這兒，心裡竟莫名愉悅起來，他挪過了那樹杈，拿起她放在船板上的菜刀，一邊修著樹杈一邊時不時地瞄她一眼，唇角的笑意揚起。

或許，有了她在身邊，這樣的泛宅生活也不會無趣了……

第十章

允瓔用力地揉著麵，不知是不是她的錯覺，她總覺得烏承橋在看她，竟莫名地心虛起來。

正糾結著，身邊已經遞過來一根擀麵棍，她愣了一下，下意識地回頭，便看到了烏承橋的笑。

這廝，之前除了發呆就是板著臉，這會兒怎麼跟解禁了似的，笑個沒完了？

允瓔愣了愣，瞪了他一眼，沒好氣地一把奪過擀麵棍，轉身打了些水洗了好幾遍，還湊近聞了聞。

這種新鮮樹杈做成的擀麵棍往往帶著木頭味，而且有些樹的味道不好聞，一會兒做出麵條來，可不能帶著異味，不然白浪費這麼多白麵粉。

一聞之下，雖然不臭，但多少有些樹木味，想了想，允瓔還是舀了些已燒到一半的熱水倒在盆子裡，反覆清洗幾遍，直到她勉強能接受為止，才停了手。

由始至終，烏承橋都含笑看著她，知道她還是她，他莫名心情大好。

允瓔驗證了他在看她的感覺，舉動也受了侷限似的，變得施展不開。

費了老大的勁，才把麵條擀開，用刀切得粗粗細細的，倒也算是麵條了。

清湯麵條煮好後，允瓔又拌了些野菜，這才端了過去。

「來。」這一番下來，允瓔倒是平靜了一些，除了不去看他外，臉色總算恢復如常。

「下午，還要不要打魚？」烏承橋從她手裡接了碗，很自然地問道。

「打吧。」允瓔點頭。

魚當然要繼續打，就算全賣不出去，留起來過冬也是好的。

烏承橋想了想，點頭，笑著說道：「那，找個樹多一些的地方吧，可以順帶著打幾隻鳥兒回去。」

「喔。」允瓔一抬頭，又看到他的笑，忙避開目光，坐到一邊吃麵條去了，心裡不由暗暗著惱。

她怎麼就這樣沒出息呢？

又不是沒看過男人笑，居然被他的笑容搞得這般無措，真是花癡了……所幸，烏承橋也算不上愛笑的人，吃過了飯，他便忙他自己的去了，修彈弓，挑揀允瓔給他拾的一包小石頭，做好下午打鳥的準備。

允瓔在收拾的同時，也暗暗調整心情，一個屋簷……不對，一個船艙下，老是用這樣的心態，她非得抓狂不可。

等東西全收拾好之後，她也差不多恢復過來。

搖了船，順著溪找到了一片岸邊多樹的地方，停好了船，一個對著林子執弓用心，一個對著溪水撒網用勁。

「小娘子，有收穫了沒？」溪上，戚叔的船緩緩地搖了過來，到了近前，他停下來，讓過了允瓔下的這網，等她收上了網，他才重新搖櫓催動船隻。

「戚叔好。」允瓔抬頭，笑著點頭。「還沒呢，我不怎麼會，還在學。」

「慢慢來，會好的。」戚叔笑容可掬地鼓勵道。

「借戚叔吉言。」允瓔笑著道謝。

戚叔點點頭，行出一段距離，他又倒了回來，問道：「小娘子，方才田娃兒接了一趟買賣，要送貨去一趟鎮上，人手不夠，正讓我再找一個呢，妳可願意去？」

戚叔也是有心幫襯允瓔一把，她家那位別說是現在傷了腿，就是沒受傷，瞧著也不像個行船跑生意的，她一個婦道人家，估計也不容易。

「我可以嗎？」允瓔正為生計犯愁呢，這一聽，頓時眼睛一亮。

「當然可以，只要妳搖得動櫓就行。」戚叔笑道。「妳一會兒回去問問田娃兒，就說是我說的，看看什麼時候走，這路上的清水、口糧都要早些準備著呢。」

「戚叔，到鎮上要多久？」允瓔忙問。

「也就一天的事，只不過回程也要算上，就得兩天了。」戚叔細心地解釋。

「好嘞，謝謝您了。」允瓔連連點頭，也沒問這一路能賺多少錢，反正不會比現在還要窘迫。

「謝啥，都是行船的人，互助是應當的。」戚叔揮揮手，搖著船遠去。

互助是應當的……允瓔再次被他們這些樸實的話打動。

在那些大廈林立、繁華似錦的城市裡，繁忙生活已經成了主流，人人都在忙著每天忙不完的事，連對門住著的鄰居住上三年五載也未必能相識。

而街頭，救人反挨告的事多了之後，偶爾聽到老人摔倒、孩子被車撞卻沒人伸出援手，都已不稀奇了。

人心，漸漸地冷漠，便是允瓔，也會在看到那樣的新聞後，下意識地想一想自己會不會第一時間伸出援手。

而就在這兒，這些浮船泛宅的船家們，卻如此可愛，視守望相助為理所當然。

允瓔收了網，又去岸上拾了烏承橋打落的鳥兒回來，便搖著船回程。

回到原位，田娃兒卻還沒有回來，允瓔也沒閒著，又把船撐到了山腳，開始收拾今天的收穫。

鹹魚無人問津，她便想著做魚餅絲，這樣她空間裡的那兩條大魚也能用上了，把刀和切菜板放到木桶裡，她便挑著擔上山去，在這邊處理，有烏承橋盯著，她也不好進空間。

烏承橋只以為她是去挑水洗東西，也沒在意，坐在船頭尋找著那日一晃而逝的灰影。

允瓔到了山水坑邊上，這會兒大夥兒出船還沒回來，這兒也沒什麼人影，但她還是小心觀察了一下四周，把桶裡的東西全扔進空間，然後打了兩桶水一起移進空間裡。

那裡面的魚，居然還好好地待著。

允瓔擺開架勢，開始殺魚。

她算是乖乖女了，回家的日子裡也會幫著媽媽做些家務活，對這廚房的事也算是上心，廚藝還是能過得去的，但，殺魚取魚蓉，卻是個技術活。

費了大半天的勁，才算收拾完一條，而外面，天色已然暗了下來。

允瓔不敢多待，她擔心待久了，烏承橋那邊該喊人來尋她了，到時候她平空出現，怎麼跟人解釋？

於是她又匆匆出來，至於魚麼，活的都留在了裡面，收拾好的帶出來，同時，那些殘餘的東西也帶出來尋了地方埋了。

挑著水下了山，山腳卻是圍了一堆人在她家船頭，允瓔不由一愣，這又是出了什麼事？

「大妹子，快來。」陳四家的站在她家船頭，一抬頭就看到了允瓔，忙揮手招呼道。

圍觀的眾人紛紛回頭，笑著讓出了一條道。

允瓔才看到，她家的船頭上多了一隻傷了後腿的灰兔子，她不由眼睛一亮，這一會兒的工夫，他還真打到了？

「大妹子，妳家男人可真厲害，一把彈弓、兩塊石頭，居然就把這野兔子打中了，不瞞妳說，這山上兔子還真不少呢，大夥兒看到了好幾次，這下夾子的事也做過，可就是套不中，沒想到妳家男人兩小石子就搞定了，真的是太厲害了！」陳四家的毫不掩飾對烏承橋的讚嘆，說罷，還拎著兔子的耳朵掂了掂。「喲，這分量還不輕呢。」

允瓔聽到陳四家的一口一個「妳家男人」，臉上又是莫名一紅，目光飛快地瞥了烏承橋一眼，低著頭挑著水走了過去。

在邊上圍觀的人紛紛伸手幫忙，笑著讚賞，又是道他們小夫妻男俊女俏，又是讚烏承橋本事了得、允瓔勤快能持家，樸實無華的語言，透著對他們的祝福，也帶出了他們的羨慕。

他們都是行船的行家，卻不是打獵的能手，這山上確實有野兔，也有人試過去抓，但成功者少有，日子久了，他們也不再妄想。

而羨慕，也是與他們的生活有關。以水為生，以船為家，練就了他們一身水上水下的本事，家裡多的是魚鮮；相比之下，地上種的新鮮蔬菜、肉類便成了奢望，這一點，允瓔才來沒多久，便已深深地體會到了。

附近行船打魚的船家們一多，集上的魚鮮都比大白菜賤了，賣不了錢，哪還吃得起肉？所以這會兒看到這麼大一隻肥兔，他們的羨慕顯而易見。

「陳嫂子，我媳婦不懂收拾這兔子，這事還得煩勞妳和大夥兒，也算是感謝這些天大家對我們夫妻的照顧。」就在允瓔還在研究眾人羨慕的原因時，烏承橋開口了，他一向大方慣了，一隻兔子而已，所以很大方就與大夥兒分享了。

允瓔看了看他，接到他含笑的目光，馬上轉開頭，話已出口，怎麼也要給他面子，而且他說得也沒錯，這些天全賴了他們的幫助，這兔子……分了就分了。

雖然捨不得，允瓔還是笑著附和。「是呀，要不是大家的收容，我們還不知道怎麼樣呢。」

「那怎麼好意思……」有人應道。

「怎麼不好意思了？都不是外人。」陳四家的卻爽直地拎起兔子，果真就沒有半點不好意思，她看看眾人，直接就指揮起來。「這樣，我們晚上弄個兔肉湯宴，大夥兒家裡有什麼，都拿出來一點，這樣不就不用難為情了？熬上一大鍋，大夥兒分分。」

樂。

「這樣也行。」眾人議論紛紛，沒一會兒就整合了意見，晚上弄個大鍋菜，全都一起樂

「阿康兄弟呢，他會宰鴨子，應該也會宰兔子，我去尋他來。」陳四家的把兔子放回允瓔的船頭，跳回她自己的船上，風風火火地走了。

諸人也紛紛行動起來，找人的找人，回家取東西的取東西去了。

只剩下允瓔和烏承橋。

「來。」烏承橋笑了笑，一手撐著船板，一手伸了過來。

允瓔把木桶遞上去，一邊問道：「他們怎麼都在這兒？」

「方才我打的時候，陳嫂子看到了，妳又沒回來，我只好找她幫忙拾了兔子回來，然後……」烏承橋有些無奈地笑著。「無妨，以後我們再打就是了，這次就當是答謝他們好了，這欠的人情，總得還的。」

說得好像她很小氣似的。允瓔白了他一眼。「我又不是那意思，人情當然得還，只是我擔心的是，到時候他們個個都找你來打兔子，看你怎麼忙得過來。」

不知不覺間，允瓔的語氣帶上了幾分嬌嗔親近。

烏承橋不在意地笑了笑，隨口應道：「不是他們想，我就會答應的嘛。」

「你看著吧。」允瓔搬上了東西，自己也沒上船，尋了個乾淨的地方，坐著繼續宰殺鯽魚。

兔子都貢獻了，還差這麼點魚蓉嗎？

沒一會兒，陳四家的就領著幾條船過來了。

來的除了田娃兒，還有幾個允瓔看著面熟卻不認識的男子。

「烏兄弟，這是阿康兄弟，這是阿明兄弟，他們會伺弄兔子呢，把兔子交給他們宰吧，那邊大夥兒都準備好東西了。」陳四家的大聲介紹著。

「好。」烏承橋點頭，他會打獵，也會吃，但這中間的事情，一向都是小廝找人做的，根本不懂，當然也就沒意見了，至於允瓔，他不相信她就敢對兔子下手。

阿康、阿明停好船，過來取了兔子往山邊走去，隨意地選了一棵樹，扯了草藤把兔子吊起來。

兔子受了傷，這會兒被一勒，四腿直撲愣，允瓔一看，還真有些不忍心，便低下了頭，繼續殺魚。

說起來也是奇怪，她殺魚索利得很，偏偏就見不得那兔子掙扎，一想到一會兒要喝那兔肉湯，她忽地有些反胃，瞬間便有了決定，她還是做些野菜魚丸算了，那些……還是留給別人吧。

人多力量大，柴多火焰高。

沒一會兒，允瓔便見識到了這句話的真諦，也見識到了陳四家的調派人的氣魄。

「阿康兄弟，好了沒？」

「阿明兄弟，幫忙挪一個灶。」

「戚叔……」

「王叔……」

「哎呀，你個老不修，作死啊？居然敢占老娘便宜！」

這一餐飯做下來，陳四家的嗓門足足響徹了小半個時辰，依然是精神奕奕，不見半點沙啞。

允瓔頻頻側目，她看不慣陳四家的作派，但也欣賞陳四家的那恣意自在，這一點，她就做不到。

「在看什麼？」烏承橋也注意到了，見允瓔一直留意著陳四家的，忍不住說了一句。「妳想學？」

「誰要學了？」允瓔嘀咕一句，起身把盆子裡做好的魚丸扔進沸水中。

「學什麼呢？」陳四家的風風火火的身影不知何時到了這邊，笑著過了允瓔的船頭，看了看在沸水中翻騰的魚丸子，咯咯笑道：「大妹子，妳怎麼還做飯呢？我們都準備好了。」

「我吃不慣兔肉，一會兒你們給他端些就好了，我有這個了。」允瓔笑著回道。

「那怎麼行，他們已經說了，那兔子起碼要留半隻給你們的。」陳四家的搖頭，抽了抽鼻子。「好香，烏兄弟真有福氣，有這樣好的媳婦，瞧瞧，這魚還能做得這樣精緻。」

允瓔不由狂冒冷汗，這會做魚丸跟烏承橋有福氣有啥關係？

烏承橋倒是笑了。「謝陳嫂子誇讚。」

「欸——陳四家的，妳怎麼溜了？」那邊傳來某漢子高亢的聲音，接著，平空又是一陣哄笑。

「來啦來啦，偷一會兒懶都不行啊？」陳四家的中氣十足地反擊回去，側頭對著允瓔笑了笑。「我先過去，大妹子一會兒來，快好了呢。」

「好。」允瓔點頭，她肯定會過去的，就算她不吃，這船上還有個受傷的人呢，早些讓他恢復了，她也早解脫，省得擔心糾葛太深。

陳四家的又風風火火地扭著腰走了。

允瓔抬頭瞅了幾眼，又自顧自地做自己的事了。

等到魚丸浮了起來，清水也變得微白起來，允瓔又往裡面扔了些野菜，就在她等到野菜熟透想分出一些送過去的時候，水灣入口處，竟出現了上次的那些漕船。

允瓔一驚，下意識地回頭看向烏承橋。

烏承橋也凝了臉色，盯著那些人看著。

「你進去呀。」允瓔脫口說道。

「進去做什麼？船就這麼大，該來的總會來的。」烏承橋平靜說道。

「瞎扯。」允瓔見那些船已經往船家們聚集的地方去，便移到他身旁。「上次還是你自己說的，要被他們發現了，會牽連這兒所有的人，這會兒怎麼不怕了？」

「妳怕嗎？」烏承橋聞言收回目光，盯著她問。

「我怕什麼？」允瓔撇嘴。「反正這世間也就孤身一人，怕個鬼。」

烏承橋勾了勾唇角，朝允瓔眨眨眼睛。「放心，他們不會注意到我的。」

允瓔狐疑地看著他。「怎麼說?」

「他們的目的是這一片水灣，而且他們之中沒有認識我的人。」烏承橋說得十分肯定。

「哦。」允瓔見他這樣篤定，心裡也是一安。「那你自己看著辦吧。」

「噓……他們停下來了。」烏承橋突然提醒道。

允瓔轉頭看去，果然，那些船已經停在阿康等人的船頭，一位管事模樣的人已開始對眾人喊話。

第十一章

她的船一貫停在最邊緣，這會兒也沒能聽得仔細那人說了什麼，只隱隱約約地聽到他說什麼柯家，又提了什麼船工。

接著，阿康幾人便有些激動起來，站出來對著那人一番反駁，瞧著神情，很是憤慨。

那管事聽罷，手一揮，後面的漕船裡立即鑽出無數穿著一樣衣服的人，手中都帶著清一色的棍子。

允瓔看到這兒，心都提了起來——柯家這些人顯然都不是好惹的，阿康等人與他們對上，哪來的勝算？

烏承橋也看得皺起了眉。

就在這一觸即發的時刻，允瓔看到戚叔站了出來，對著那管事又是作揖又是鞠躬，他身後也跟著出來幾個上年紀的人，分別拉了阿康等人下去。

也不知道戚叔說了什麼，那管事揮揮手，家丁們又退了回去，沒多久，這些船魚貫離開。

烏承橋看著他們離開，開口說道：「妳去打聽打聽，他們想幹什麼？」

「嗯。」允瓔也有這個意思，畢竟，他們剛剛才在這兒穩定下來，一無所有的，離開並不是最好的選擇。

拿了一個乾淨的陶罐，允瓔盛了半鍋魚丸野菜湯，捧著往那邊走去。

還沒走近，就聽到阿康憤憤說道：「他們太欺負人了，這兒又不是他們柯家的，憑什麼命令我們白給他們幹活！」

「你呀，就不能動動腦子冷靜冷靜？」阿康身邊有個略瘦的老人責怪地拍著阿康的手臂。「就你們幾個，能打得過他們？他們個個都是練家子，都帶著粗棍子呢，下起手來，眼皮子都不會眨一下的，你們拿什麼跟他們拚？」

「阿康兄弟，你爹說得沒錯，這事還得聽戚叔的。」陳四家的難得正經一回，沒有調笑，也不像上回那樣氣憤地想衝出去理論，反倒勸起了阿康。

「那……」阿康氣憤難平，不過還是看向戚叔，問道：「戚叔，那您說說，要怎麼辦？難道讓我們真的丟下所有事不幹，給他們幹苦力去？」

「是呀，柯家修壩，跟我們又沒有什麼關係，戚叔，難道我們真要去？」阿明也急急問道。

「莫慌，莫急。」戚叔擺擺手，安撫道：「辦法總是人想出來的，再說了，你們衝上去又有什麼用？他們既然來了，達不到目的是不會甘休的，你們逞好漢，到最後只傷了自己，還得乖乖地給他們做事，為什麼就不能選個對自己最有利的？」

允瓔聽罷，在心裡讚了一聲，好漢不吃眼前虧，戚叔說的沒錯。

「可是，就這樣聽他們的？」阿康聽得濃眉倒豎，頭一扭，虎聲說道：「反正我不幹！」

「你不幹，你也別給大夥兒添禍！」阿康的老爹直指阿康的腦門斥道。「不幹就一邊待著去，到時候一家抽一個，我去！」

允瓔隱隱約約明白了，柯家要修壩，要從他們這些人裡尋勞力，至於其他的，她卻是一頭霧水。

「大夥兒莫急，先吃飯，吃完了坐下來商議商議。」戚叔抬抬手，阻止了眾人的躁動。只是，出了這樣的事，大家的興致也受了影響，匆匆地分了那滿滿一碗兔肉湯後，眾人都紛紛回家去。

「戚叔，那些人是做什麼的？」允瓔等到眾人散去，戚叔有了說話的空檔，她才送上手中的魚丸湯。

「是柯家的。」戚叔移了一個小凳子過來，招呼允瓔坐下。

「原本修壩也是好事，只是沒想到今年官府卻不管了，讓柯家來主辦這件事。唉，依我看，柯家定是透過喬家得到這差事。」

「修壩？什麼壩呀？」允瓔不解地問。

「就是鎮外面那一圈壩。」戚叔嘆了口氣。「每年中元節都會有大潮汐，要是遇到天公不作美，大風大雨的，那壩就禁不住，所以每年都要加固，往年也有官府的人來徵調船工，可今年……只怕這次又要不太平了。」

「戚叔，這徵調船工……怎麼徵啊？」允瓔問道，心裡有些忐忑，她的船也算在內嗎？那樣，烏承橋被柯家人認出來的機會不就更大了？

「每條船都得出一人。」戚叔看看她。「上次他們已經搜過了，這兒有幾條船，他們居然都上了心……唉，現在想想，只怕那時候就有了這個心思。」

「那，去了要做什麼呢？」允瓔一聽，心裡一沈，忙問起細節。

「也就是運運草袋、運運土的，婦人家麼，就做做飯什麼的。」戚叔看出她的擔心，忙安慰道：「妳家男人受了傷，也只能妳去了，到時候妳就和陳四家的一起，看看能不能去做個飯，輕省些。」

「陳嫂子也要去？」允瓔驚訝地問。

「是啊，陳四出遠門了，一時半會兒的回不了，也只能她去了。」戚叔嘆氣。「先回去吃飯吧，一會兒妳過來聽聽，大家商議商議。」

「好。」允瓔點頭，把罐子留在戚叔面前。「戚叔，這是我做的魚丸湯，您嚐嚐。」

「大妹子，妳在這兒呢，我剛剛把東西送妳船上去了，烏兄弟說妳出來好久沒回。」陳四家的出現在允瓔身後，拍拍她的肩，笑著說道：「一會兒過來吧，說不定接下來幾天，我們還得作個伴。」

「我正說這事呢，阿秀，烏家小娘子新來，沒經過這樣的事，妳多照應著些。」戚叔笑著接話。

「好嘞。」陳四家的脆脆地應著，一點也不覺得去當船工是什麼難事。

允瓔不由多看了她幾眼，微笑著跟幾人打了招呼，先回家去了。

烏承橋正等著她回來吃飯，面前已經擺上一大碗肉湯，碗中大塊大塊的兔肉，如陳四家的說的，他們把大半的兔肉都還了回來。

除此，還有一大盤顏色不一的饅頭、幾個餅，再就是一盤看著就有食慾的青菜。

「方才陳嫂子送過來的。」烏承橋注意到允瓔的目光，解釋了一下才問道：「聽說柯家接管了今年的修壩？」

「嗯。」允瓔沒有意外，陳四家的來過了，他必定也聽說了事情，她好奇的是另一件。「喬家到底是什麼來頭？怎麼還能影響到官府的決定？」

「喬家……」烏承橋的眸瞬間黯了下來，想了想，答道：「喬家大老爺在京城任工部右侍郎，二老爺與其雖是堂兄弟，但感情甚好，加上本身家業頗大，結識的人多，縣太爺也是常常來往的……」

允瓔聽到這兒已經明白了，喬家因為那位大老爺，巴結的人不少，能影響縣太爺也不奇怪了。

烏承橋說到這兒，也沒有繼續，只是嘆了口氣。「吃飯吧。」

允瓔取了筷子遞給他，又盛了鍋裡的魚丸，才找了個墊子，自己盤腿坐下。

「戚叔是不是說要大家商量事情？」烏承橋拿了筷子，卻沒有下筷的意思，抬頭看著允瓔。

「對。」允瓔點頭。

「一會兒把船搖過去吧。」烏承橋說道。

「搖過去幹麼？」允瓔沒反應過來，納悶地看著他，就這麼點路，需要搖船嗎？

「我想去聽聽。」烏承橋無奈，只好說明。

允瓔恍然，也沒覺得不妥，便點點頭。

吃過了飯，略一收拾，就看到那邊有人已聚了起來，戚叔所在的位置，桅杆上也掛起了燈籠。

允瓔看了一眼，便鑽到船尾，解了繩子撐船過去。

「咦？烏家小娘子，戚叔說要大夥兒商議呢，妳這麼晚了幹麼去？」田娃兒從隔壁船冒了出來，看到允瓔撐船，不由一愣。

「就是去那邊呢，這樣方便。」允瓔笑了笑，她也沒問田娃兒運貨的事情，這會兒只怕他們也沒心思了吧？

「啥？」田娃兒一愣，隨著允瓔的船彎轉過來，他看到了船板坐著的烏承橋，才明白過來，笑道：「烏兄弟也去啊，那是這樣方便些。」

允瓔笑了笑，緩緩撐著船往中間去。

田娃兒也沒再說什麼，邁過一個又一個船頭，招呼著人一起過去，這一帶的船少說也有三十多條，拖家帶口的人自然不少。

「烏兄弟也來了。」允瓔撐著船過去，自然吸引不少人的目光，戚叔正和人說話，轉過頭來看到烏承橋，點頭示意。

「戚叔，我來聽聽。」烏承橋微笑，引得眾船女們一番側目。

允瓔停下，瞥了他一眼，又看了看那些船女們，腹誹著——前幾天老板著臉，這會兒知道四處放電了？

「烏兄弟的腿可好些了？」幫烏承橋看傷的老王頭也在。

「好多了，謝謝王叔。」烏承橋抱拳，頓時便與這些船家漢子們區別開了。

允瓔扶額，這廝，是到這兒顯示他的與眾不同來了？

「呵呵，烏兄弟一看就知道是個有見識的，來來來，幫著大家一起出出主意。」戚叔笑道，站起身招了招手，示意允瓔把船橫過去。

允瓔忙拿起竹竿撐水，船頭剛剛靠近，阿康幾人便伸手搆住她的船頭，幫著把船拉過去，慢慢地往橫引。

很快，就幫著停好了船。

戚叔周邊的大多是男人，陳四家的站在那兒，猶如萬綠叢中的那點紅，尤其顯眼，她看到允瓔，直接跨了過來，笑嘻嘻地取了允瓔的墊子坐在船頭。

允瓔放好竹竿回來，沒了墊子，也只好站在烏承橋身邊，安靜地聽著眾人說話。

「今年圍壩的事，被柯家接管了，大夥兒都說說，要怎麼應付？」戚叔見人都到得差不多了，才朝著他們高聲說道。

話音剛落，馬上便迎來以阿康為首的年輕人的反對。

但，說來說去，他們也只是翻來覆去的「不去」、「不替柯家幹」之類的話，問到如何解決？幾人也是愁眉不展，說不出個所以然。

戚叔等他們吵完，才抬抬手，制止眾人的喧譁，接著笑呵呵地轉過頭對烏承橋說道：

「烏兄弟有什麼想法？」

「好漢不吃眼前虧。」烏承橋聽得明白，戚叔一句，他已經有了答案。「該去。」

「該去……敢情自己不用去啊。」有幾個年輕人不滿地嘀咕了一句。

允瓔聽到，抬眸掃了過去，那幾人打量了她一下，私下裡嘀嘀咕咕地朝著這邊笑鬧著，也不知在說些什麼。

烏承橋也聽到了，卻沒有理會，逕自對戚叔問道：「戚叔，那壩圍起來是防颱風天的對嗎？」

「沒錯，每年這時候都會加固的，到時候我們也要避到壩內去。」戚叔點頭。

「既如此，那就更得去了，與自家安全相關，沒必要和柯家置氣。」烏承橋點頭，他雖然對這些事不熟，但好歹也是從小耳濡目染。

「烏兄弟，你是不知道，柯家太可惡了，霸占了多少水灣，把我們當狗一樣驅趕，現在他們倒好，轉頭還要指揮我們去給他們做事，這口氣怎麼嚥得下去？」阿康倒是認識了烏承橋，才沒有和其他年輕人一樣交頭接耳地議論他，說話還算客氣。

「一碼歸一碼，圍壩的事不是每年都有嗎？如今只是換了個管理的人，我們只消去做好自己的事，其他的不去理會就是了。」烏承橋微微一笑。「柯家可惡，但，壩固得好不好，卻是與我們息息相關的，再說了，我們若不去，一旦他們對圍壩做手腳，到時候苦的還不是我們和鎮上的百姓們？」

「這……」阿康還要反駁，卻說不出什麼。

「烏兄弟說得有道理。」戚叔點頭，他本來就是這個意思，今兒召這麼多人一起，也就是想勸他們，免得衝動之下惹出禍事來。

「一時之勇，解決不了什麼，唯避凶趨吉，才能化險為夷。」烏承橋繼續說道。「所以，我說不僅要去，還要做得漂亮。」

「你又不用去，苦的是你家嬌滴滴的小娘子。」有人陰陽怪氣地冒了一句話，引起眾人一陣哄笑。

允瓔顰眉，她是見識過這些人和陳四家的生冷不忌地玩笑著，但，她並不喜歡有人把這樣的玩笑話轉到她身上，當下冷冷地說道：「嬌滴滴的小女子都敢去，怎麼？你們堂堂男兒反倒怕了？」

「誰說我們怕了？」那人立即反駁。「我們只是不想給柯家幹活罷了。」

「說你怕了，還只是客氣話。」允瓔不屑地撇嘴。「依我看，你們只是不想辛苦，以柯家的藉口來逃避出船工罷了。」

「妳個小娘兒們知道什麼？」那人當眾被一小女人訓了，頓時惱羞成怒，脹紅著臉站了出來。

允瓔瞥了他一眼，繼續說道：「我一女人家，確實不知道什麼，我只知道，柯家也好，官家也罷，對他們來說，圍不圍壩並不重要，畢竟就算壩不牢固，發了大水沖進了鎮，他們又能有什麼損失？鎮上百姓的屋子都毀了，他們一樣能高枕無憂，說不定他們正盼著你們不去，壩不結牢，到時候水一泡，壩土全開，他們還能上報朝廷批一筆救賑糧食來，到那時豈不是他們的發財機會？」

「哎喲！大妹子說得對啊！」陳四家的接著話，使勁地一拍自己的大腿。「照這樣說，我們還真非去不可了，要不然不就正中了柯家人的計了？」

「這樣一說，也有道理。」有幾位年紀大些的，本來就害怕柯家的老人連連附和，多少年都下來了，今年難道還就做不了了？

「烏兄弟和小娘子說得都沒錯。」戚叔有些意外。

他看出烏承橋不是一般人，才有心問上兩句，沒想到除了烏承橋，允瓔竟然也說出了這樣的一番話，甚至提到了賑災糧，這其中的貓膩，他們這些老船家們豈能不知？

「大家都別提什麼服氣不服氣了，這事還真得去，我們不能讓柯家的歪心思得逞，去了，這壩還得好好建，要不然，我們豈不成了柯家的幫兇？」

「好。」阿康驚訝地打量著烏承橋和允瓔，細細回味了一番，他不得不承認他們說的是對的，一時意氣根本沒有用，而柯家那些人，還真的做得出那些事來，當下果斷地喝了一聲。「我們去！」

「康哥都說去，那……我們也去吧。」之前那些年輕人似乎對阿康很信服，這會兒也紛紛附和著阿康的話。

「那就明兒清點一下，到時候看看有幾個婦人、幾個男人。」戚叔擺擺手，作了總結。

「好嘞。」眾人紛紛散去，夜已深了，往常這個時候，他們早已會周公去了。

「小娘子，後日就得去了，田娃兒那趟貨只怕也去不成，妳準備準備，烏兄弟這邊，我們會照顧他的。」戚叔來到允瓔的船頭，笑著交代。「有什麼不懂的，只管問阿秀，她精著呢。」

「戚叔，有我在，還怕人欺負了大妹子不成？」陳四家的把自己的胸拍得波濤洶湧，豪氣地說道：「我絕不會讓那些臭男人動大妹子一根汗毛的。」

「陳嫂子，妳說的……是什麼意思？」允瓔一聽，頓時凌亂了，啥意思？會有什麼臭男人動手動腳嗎？

「沒啥意思，我就是說說。」陳四家的見允瓔這樣，咯咯笑開了。

「都回去歇著吧。」戚叔笑看著陳四家的，搖了搖頭，背著手回船艙去了。

「陳嫂子和我們一起吧。」允瓔見陳四家的也沒有下船的意思，便順勢說道。

「好嘞，正好省得我走路了。」陳四家的乾脆點頭。

允瓔啞然失笑，也不多說，鑽回船頭拿起了竹竿。

「烏兄弟。」陳四家的聲音從外面傳過來。「能說說，你們倆是怎麼成親的嗎？」

呃……允瓔頓時無語，看來陳四家的八卦時間又要開始了。

第十二章

陳四家的八卦功力，允瓔是早見識過的，但她沒想到，烏承橋居然很認真地回答了陳四家的問題。「自然是父母之命，媒妁之言了。」

「唉，真羨慕你們。」陳四家的突然一聲長嘆，也沒再繼續說下去，只是沈默著坐在船頭看著遠處漆黑一片。

允瓔在船尾，看不見陳四家的此時是什麼表情，但從那一嘆中，卻體會到了些許異樣的感覺，她不由重新注意起這個豪氣的女人，也許在陳四家的豪氣笑談中，還有一段不為人知的憂傷往事吧？

船回到了原位，允瓔繫好了船繩鑽過船艙，陳四家的已經站到田娃兒那邊的船頭，笑呵呵地朝他們倆揮手。「我回去了，不打擾你們小倆口親熱了。」

允瓔無語，這不過是一瞬的工夫，陳四家的就又恢復了。

「歇了吧。」陳四家的一走，烏承橋看允瓔還在瞧著那邊，便提醒了一句，不過，他還是坐著沒動，她有個習慣，每晚必要洗漱，他這會兒當然也不方便回艙了。

「喔。」允瓔收回目光，轉身鑽進船艙準備。

烏承橋倚在艙口看著遠處發起了呆。

允瓔也有些習慣他時不時的發呆，也沒在意，倒了水，取出了衣服，就要去固定那布簾。剛剛走到這邊，便聽到他問道：「妳是從哪兒聽來那些的？」

「什麼？」允瓔的手頓了頓，不解地看了過去。

「妳方才說的那些，是自己想出來的還是從哪兒聽來的？」烏承橋回頭，目光帶著一絲探究，她只是個船家女，怎麼會懂那些？

「我說的哪些？」允瓔被他看得一愣一愣的。

「妳方才對戚叔他們說的。」烏承橋盯著她看，心裡疑雲重重。

他雖然和邵英娘相處不過七、八天，但邵英娘的性子都是透明的，什麼都表現在臉上，她想要的，就直接說；不喜歡的，也會明明白白地點出來，但無論如何，她也說不出今天這樣的話來。

到底……是哪裡出了差錯？

「對戚叔他們說的？」允瓔眨眨眼，恍然。「你說這個啊，這不簡單明擺著的？戲文裡都這樣演的。」

說罷，就縮回了頭，塞了布簾，還順帶著命令一句。「不許偷看！」

烏承橋啞然，他自己的媳婦，要看不會光明正大地看？還每次提醒他一句，顯得他多那個……唉。

允瓔掩在布簾後，才暗暗地吐舌，他這人還真不好糊弄，她一不小心就招他懷疑了，只是不知道這粗劣的藉口能不能讓他相信？

懷著一絲忐忑，允瓔移了東西，進空間匆匆地洗了澡，匆匆收拾了才拉開布簾。

該來的總會來的，與其提心吊膽，不如早些解決完。

抱著這樣的心態，允瓔來到烏承橋身邊，卻發現人家根本沒注意她，這會兒又陷在自己的思緒中了。

是在琢磨她的真假嗎？

允瓔心虛，連想法也被牽著走了。

烏承橋卻如入定般，皺著眉一動不動地看著黑暗中。

「喂！」允瓔側身看了看，忍不住伸手在他面前晃了晃。「你怎麼老是發呆呀？」

「沒什麼，歇了吧。」烏承橋動了動，低頭撐著船板，就要把傷腿往船艙裡搬。

「等會兒，還沒換藥呢。」允瓔脫口說道，天天給他換藥似乎有些習慣了，冷不防的就說了這一句。

「嗯，隨意洗洗就好了。」烏承橋卻沒什麼興致，淡淡地看了她一眼，坐著不動了。

允瓔被他這樣一看，反而有些不安起來。

難道，他已經確定她不是原主了？

所以，知道了她不是他真正的媳婦，才有這樣的態度？

允瓔絲毫沒有發現，自己今天也有些異樣，之前巴不得他不用她管，可這會兒卻不由自主地問道：「你怎麼了？」

「沒事。」烏承橋有些驚訝，看了看她，微微一笑。「我只是在想柯家的事，沒什麼的，幫我打些水吧，好早些歇息。」

「好。」允瓔狐疑地看看他，點點頭，把水打好送到他身旁，轉身就去準備草藥。

四周的燈光已然只剩下戚叔那船頭桅杆上一盞，允瓔坐在船頭，捧著那權當藥罐子的陶罐搗著藥，一邊隨意地打量著四周。

喧囂過後，這一片水灣回歸了寧靜，水面泛著燈籠微暗的紅影，折射出粼粼水光，浮躁的心頓時寧靜下來。

烏承橋洗漱完畢，才發現允瓔忘記幫他取衣服出來，便抬了頭看她，就看到她安安靜靜地坐在那兒，他剛要出口的話頓時也嚥了回去。

她並不是極美的女子，可此時看在他眼中，卻格外的賞心悅目。

在他的記憶裡，只有她直白熱情的那一面，這幾天又看到了她的反反覆覆，而此時，她卻這般嫻靜。

烏承橋定定地看著她，突然覺得自己有些莫名其妙。

因為記憶中她的熱情，他便覺得她理當是傻傻的大膽、蠢蠢的簡單……卻忘記了，自己原來也不過是和她萍水相逢，又談何對她的瞭解？

興許，這才是她本來的性情呢？

若這才是她的真性子，那麼，他以後的日子怕是不會無聊了。

烏承橋想通了其中細節，心頭的疑惑頓時消散無蹤，不由勾了勾唇角，笑道：「在想什麼呢？再坐下去，天都亮了。」

「哦……來了。」允瓔回神，才發現他已經結束了，忙抱著陶罐走過來。

「去裡面吧。」烏承橋坦著胸膛移進去，逕自在自己的位置上坐好，伸手去摸艙中的暗格，裡面放著他們的換洗衣服和日常用品。

允瓔放下陶罐，知道他要換衣服，便又轉身去換清水。

只是讓她意外的是，當她掌上了燈，提著水轉身回來的時候，卻看到他大剌剌的只穿著一條褲子坐在那兒，衣服也沒穿上。

燈光下，白皙的肌膚、健碩的線條、六塊腹肌無一不在告訴她這個男人果然是個禍水。

來自現代的她，在電視上、沙灘上，見過多少袒胸露背的男子？可偏偏，卻被他吸引了目光……

允瓔有片刻的晃神，不過很快就恢復過來，避開了他，低頭鑽進船艙，全神貫注地幫著換藥。

她今天已經夠花癡了，再花下去，那就真的糗大了。

但，心已然不穩，她克制住了目光又如何制得住心？

今晚的藥換得很不順利，允瓔兩次把長布條纏到打結，一次忘記夾木板上去。

「我來吧。」烏承橋奇怪地看看她，伸手握住允瓔的手。

「喔。」允瓔像被燙到一樣，飛快地縮回了手。

「累了就早些歇下吧，我自己來。」烏承橋有些擔心地看看她。

「好。」允瓔也不強撐著，飛快地收拾自己的位置，鋪上被褥，背對著他鑽進薄被中。

太丟臉了……允瓔鼓著腮幫子，長長一嘆。

在他腿傷好之前，這日子還得繼續下去，她天天這樣哪能行？

不行，她得淡定，他只不過是路人甲，頂多就是暫時同在一條船上罷了，待他傷好之後，他走他的陽關大道，她撐她的小河道，再不相干！

到時候，她就能無拘無束奔著她自己的夢想去了，也不用天天擔心著被他揭穿她不是邵英娘……

胡思亂想中，允瓔沈沈睡去，次日一早起來，她已忘記了昨夜糾結的事，開始忙著想今天要做的事。

聽戚叔的意思，明兒就要出工，那麼自家船上清水、食物都得先準備好，只是，允瓔對這些毫無經驗，她想了想，決定去請教陳四家的。

「也不用準備什麼，剛剛我從戚叔那兒出來，戚嬸已經說了，妳家男人的飯他們會照應，妳就收拾好自己等著就行了，到時候我撐船去，妳跟我一起，清水什麼的我都會備的。」

陳四家的挺高興允瓔的到來，噼哩啪啦地便說了一大堆，總結一句，也不過是什麼也不用帶。

允瓔如今聽著陳四家的這帶著些許誇張的笑，也習慣了不少，安靜地聽她說完往年出工惹的各種笑話，又問清明日出發的時辰，她才回轉。

「他們都安排好了。」一回來，就看到烏承橋已經把艙中被褥收拾好放了起來，允瓔不由驚訝地多看了一眼，這位公子哥兒，幾天來一直都是等著她去收拾的，今天怎麼有些不一樣了？

「怎麼安排的？」烏承橋沒穿自己的長衫，倒是翻出了邵父之前的衣服，灰色短打布衫、黑色長褲，長髮隨意綰在腦後，普普通通的船家男兒打扮，他卻穿出了不同尋常的味道。

允瓔怪怪地看他一眼，這張臉還是太顯眼了，柯家人裡要真的有認得他的人在，不是一眼就能注意到他的不同？

「陳嫂子說戚嬸會過來給你送飯，我明天坐陳嫂子的船走。」允瓔打量了他幾眼，便往船頭鑽去，別的不用準備，今兒的瑣事卻還是挺多的。

「這太麻煩了。」烏承橋皺了皺眉，目光追隨著允瓔。「要不，妳幫我熬上粥放著，明天我自己吃就是了。」

他不太願意欠別人太多。

「行吧。」允瓔想了想，也點頭，她倒是隨意得很。

花了一天的工夫，允瓔把家裡的魚都處理了，加上太白粉做成了魚餅，鋪曬在笸籮中擱在船頂上，餘下的兔肉倒是挺多，所幸這個時節已過了秋老虎時的酷熱，東西放著倒也不會隔夜就餿。

這一忙就是深夜，允瓔只覺得有些不可思議。

想之前，她做事講求效益，對生活也重視規劃，比如說明兒要做什麼、完成什麼，都會一一想好，然後盡心盡力去做，可如今一整天下來，她也沒創造出什麼效益來，忙來忙去，不過是把船上的東西整理了一遍，把清水蓄存起來，兜裡依舊是空空的。

因為累極，她倒是沒空再去注意烏承橋，之前的那絲異樣暫時被她拋到了一邊。

到了出工這一天，苕溪灣上早早地就沸騰了起來，到處都是吆喝聲、叮囑聲，要出工的都開始準備船隻，挑選優質竹竿和繩子，留在家裡的則開始給出工的家人準備早點和清水。

允瓔也早早地起來，她自己沒什麼要帶的，但烏承橋不喜歡欠別人人情，她還得給他準備今天的吃食，早餐、中飯她必定是回不來了。

「大妹子，走嘞。」陳四家的撐出了她家的船，遠遠的就在喊允瓔。

「來了。」允瓔應了一聲，帶著裝水的竹筒，走了幾步又不放心地回頭去看烏承橋。「東西都放在那邊，要實在不行，就待戚孀他們過來。」

「知道。」烏承橋微微點頭，看了看她，又補了一句。「自己當心些。」

允瓔不以為意地揮揮手，正好陳四家的撐了船過來，她便邁過去，而其他人也已經三三兩兩地開始出發。

「烏兄弟，你放心，大妹子跟著我，肯定是怎麼去的怎麼回，一根頭髮都不會掉的。」陳四家的看到烏承橋一直看著這邊，不由笑了起來。

「如此，拜託陳嫂子了。」烏承橋朝陳四家的拱拱手，朗聲應道。

「放心吧。」陳四家的揮揮手，對著允瓔笑道：「妳家男人待妳不錯啊。」

允瓔臉一紅，避開陳四家的目光，朝烏承橋那邊瞪了一眼，這一大早的，他又在放什麼電？

烏承橋有些驚訝，不過還是朝她微微一笑，揮了揮手。

陳四家的笑盈盈地看看烏承橋，又看看允瓔，倒是沒再說調侃的話。

這次一起出工的船共有二十七條，陳四家的緩緩搖著船混在中間，時不時和旁邊船上的漢子們調笑上兩句，便是那些葷段子，她也是接得極順溜。

倒是允瓔，臉皮薄，聽著一陣不自在。

半個時辰後，他們都匯聚到了一處堤壩外，那兒已經有不少別處徵調來的船工，而正中間，正停著柯家的那些漕船。

允瓔知道烏承橋和喬家有所牽扯，所以便多關注了柯家人一下，這一眼，居然讓她看到了那夜上她家船查看的那個護院。

陳四家的不知何時來到允瓔身邊，順著她的目光看了看那邊，好奇地問道：「妳在看什麼呢？」

「陳嫂子，那人……有些像那夜來搜船的。」允瓔輕聲回了一句。

「柯家的嘛。」陳四家的不覺得奇怪，撇撇嘴，瞇著眼打量了那人一眼，嘖嘖了一下。「身段不錯。」

允瓔頓時無語，又不是挑紅樓姑娘，看什麼身段啊？

說話間，柯家已經派出小管事開始核對這邊的人數了，那小管事手裡拿著一張紙，每個船頭晃了晃，點了人又點了船，才回到那邊回報。「回管家的話，二十七條船，二十八個人，沒錯。」

「算你們識相！」那管家約莫四十多歲，兩撇八字鬍垂到嘴角，他一手反覆摸著那八字鬍，一邊往苕溪灣的這些船家們掃過來，目光透露著一絲不屑和陰沈，掃視一番後，他突然指向允瓔和陳四家的這邊，高聲說道：「呔！那兩個小娘兒們，過來過來！」

允瓔一聽這稱呼，頓時不喜地皺了眉。

陳四家的卻突然扣住她的手，把她往身後一扯，自己擋在前面。「這位爺，叫我們什麼事呀？我們在這兒也聽得清楚呢，要做什麼，您吩咐。」

「妳們兩個。」那管事指了指她們倆，又四下尋了尋，找到了另一邊的三個婦人，高喊了一聲。「還有妳們仨，都過來。」

「走吧。」陳四家的也知道拖是拖不過的，朝允瓔遞了個眼神。

允瓔點頭，抽回手，兩人一起把船撐過去。

那邊的三人也過來了。

「喏，灶臺就在那邊，妳們自己去想辦法搭起來，食材一會兒就有人送過來。」那管事嫌棄似的打量著幾人，隨意地往岸上一指，也不再管她們，逕自去安排其他人。

「哎呀，大兄弟，讓一讓呀。」陳四家的看了看其他三個婦人，朝一旁的船甜甜一笑，招呼了一聲。

只是，那邊的船被堵住了，哪裡能讓得開。

「妳幹什麼呢！」那管家大喝一聲。

允瓔回頭，只見那管家已經衝到她們船頭，指著她們唾沫四濺地開罵了。「沒腦子啊？不會把船拴到這兒嗎？從這兒走過去不就行了？妳沒腿嗎？」

陳四家的眉頭一皺，瞇著眼看了那管家一眼。

允瓔以為她要發難，可沒想到，陳四家的卻笑了。「這位爺，我不是不懂嘛，幹麼生這樣大的氣啊？我不撐了就是嘛。」

這變臉之快、聲音之嗲，讓允瓔眼珠子都快掉出來了。

第十三章

陳四家的顯然很懂得對付男人，這一笑一嗲之間，那管家的表情已柔和下來，目光微閃地打量了陳四家的一番，揮揮手，讓她們過去。

「謝謝爺。」陳四家的繫好了船，笑嘻嘻地上了渡頭，對著管家福了福，拉著允瓔上了岸，沒一會兒，那三個婦人也跟了過來。

到了管家指定的地方，地上隨意放著幾口大鍋、大炒勺和一些木盆。

允瓔粗略地掃了一眼，便皺起了眉，對著陳四家的問道：「陳嫂子，連個灶都沒有，怎麼做飯？」

「這妳就不明白了吧。」陳四家的咯咯一笑，指了指一邊的大石頭。「一會兒叫上幾個兄弟把那些大石頭抬過來圍一圍，不就能做灶了？」

允瓔過去看了看，那幾塊石頭搭到一處，倒還真可以做成臨時灶臺。

「噯，幾位大嫂怎麼稱呼？哪兒的呀？怎麼也被徵調到這兒來了？」陳四家的這會兒已經和那三個婦人寒暄上了。

而那邊，船工們也被調動了起來，堵塞的船也漸漸疏通開了。

允瓔也不知道自己要做什麼，心想著既然是要做飯，那必是與做飯有關了，這會兒石頭還沒有搭起來，水似乎也沒有提過來，鍋也沒洗，食材也沒有到位……

她不由皺了眉，這兒總得有個掌事的人吧？不然，誰洗菜誰切菜？誰來安排？

允瓔看了看陳四家的，陳四家的倒是個好人選。

想了想，她走過去。「陳嫂子，接下來該做些什麼？」既然來了，就把事情早些做完好回家去不是？

「妳跟我去打水吧，這兒讓幾位大嫂子來。」陳四家的已經和那三位熟了起來，笑語間便把事情分派了，她和允瓔去打水，讓她們留下洗鍋洗東西。

那三人中最瘦的婦人看了看陳四家的，唇角流露一絲不屑。「還是我們去打水吧，妳倆留下洗。」

「打個水，不用三個人吧？」陳四家的看看她，一點兒也不讓。

「我們三個人打水更快些吧？妳倆也不用跑來跑去的，洗洗刷刷，簡單。」那婦人壓根兒沒把陳四家的放在眼裡，倒是多看了允瓔兩眼。

「金嫂子，這話不能這樣說，三個人打水，留下我們洗這麼多東西，還得搭灶，妳覺得這公平嗎？」陳四家的依然笑嘻嘻的，但語氣間已經強硬了不少。

「喲，那妳的意思是，妳倆去打水躲懶，這兒都交給我們？」金嫂子一下子尖銳了起來。

「金嫂子，我可沒這樣說。」陳四家的打量了金嫂子一眼，笑道：「敢情妳提出去打水是為了躲懶去的？」

「我……」金嫂子被抓住了話柄，不由一滯，一張臉脹得紅紅的。

「都在幹麼呢？還不動手！」管家打發走了那邊的事，回到這邊一看，見五個人還站著，也不幹活，不由瞪著眼斥喝了一聲。

「爺，我們正商量著誰去打水呢。」陳四家的甜笑著，伸手抓住允瓔的手就往那邊走。「我們倆去打水，這兒有金嫂子她們。」

「趕緊去。」管家打量了陳四家的一眼，不耐地揮揮手。

「好嘞。」陳四家的搶得先機，朝臉紅紅的金嫂子眨眨眼，拉著允瓔提了桶就走了。

回到船上，允瓔站在船頭，她看到金嫂子正對著管事說著什麼，不由好奇地問道：「陳嫂子，妳認得她們？」

「認識，那女人是南邊那塊水灣的，往年遇到好幾次，每次都被她指手畫腳的，現在呀，哼哼——」陳四家的不屑地說道：「她那老相好不在了，她今年也別想指手畫腳了。」

允瓔頓時無語，出個船工做個飯還這麼多事啊？

「妳離她遠一些，那女人陰著呢。」陳四家的看她不說話，又叮囑了一句，轉頭看了看那邊，金嫂子還和管事的嘀嘀咕咕，而另外兩個婦人已經開始做事了，陳四家的看到，不由撇嘴。「妳看吧，一會兒她就沒影了。」

「沒影了？去哪兒了？」允瓔聽不懂她的話，好奇地問。

「噗——」

陳四家的一陣大笑，過了許久，她忍了笑，問了句無關緊要的話。「我說妹子，妳和妳家男人什麼時候成親的？我怎麼看妳走路行事還像個姑娘家呢？」

「呃……」允瓔莫名臉上一燒，這個問題，她還真不好回答，她總不能說，她本來就是個姑娘吧？

「怎麼？真被我猜到了？」陳四家的頓時瞪大了眼睛，八卦道：「是不是因為你們剛成親，他就傷了腿，行動不便了？」

直白的問題，讓允瓔有些招架不住。

好在，陳四家的也沒有逼她回答的意思，逕自笑著繼續說道：「也難怪妳上次看到我們就逃得那樣快，也難怪妳會不懂……哈哈，一會兒那女人要是不見了，我讓妳見識見識他們幹麼去了。」

「他們？」允瓔聽得稀裡糊塗，怎麼又扯到他們了？不是說金嫂子嗎？又扯到誰了？

「妳瞧瞧，還能是誰？」陳四家的朝金嫂子和管家的方向呶了呶嘴，語帶曖昧。

「不會吧……」允瓔突然覺得自己今天的思維特別遲鈍，為什麼陳四家的說的話，她一句都聽不懂呢？

「妳瞧著吧。」陳四家的卻神秘一笑，不再繼續說下去，只撐著船往外圍繞去，行了一段路，從另一邊的堤壩上去，尋到了一口方井。

允瓔剛剛上岸，正要提著水桶過去打水，就聽陳四家的喊道，她回頭一瞧，只見陳四家的拉住了在這邊挖土裝草袋的幾個年輕人。

「欸，兄弟，幫幫忙。」陳四家的笑容滿面地看著他們。

「沒問題。」那幾個人回頭瞧了瞧陳四家的，雖然不認識，但他們還是放下手中的鐵鍬，走了過來。

「謝謝。」允瓔的木桶被接了過去，她退到一邊，客氣地朝幾人道謝。

「沒啥。」幾個年輕人打量了她幾眼，樂呵呵地去打水了。

有他們幫忙，幾個水桶很快就滿了，幾人還熱心地幫著提上船，招呼道：「一會兒再來吧。」

「好嘞。」陳四家的巧笑嫣然。

允瓔跟著上船，朝幾人點點頭，以示感謝。

船離了岸，那幾個年輕人還湊在一起嘀嘀咕咕，目光一直追隨著這邊。

「哈哈——」陳四家的搖著船，一邊大笑著。

「陳嫂子，什麼事這樣可樂？」允瓔有些無奈，她明白陳四家的在笑什麼，她也明白陳四家的拉著她一塊兒來打水的用意了，比起留在那兒洗東西，來這兒確實輕鬆多了。

「沒啥。」陳四家的笑咪咪地打量著她，轉向遠處的渡頭，意味深長地說道：「過幾天，妳就能見識到更多的樂事了，這有女人的地方啊，就會有江湖，妳呀，好好一邊看著，我不會讓妳吃虧的。」

如陳四家的所言，當她們回到岸上時，金嫂子和管家果然不見了。

陳四家的朝允瓔陰陽怪氣地擠了擠眼睛，古怪一笑，也沒說什麼，就和允瓔一起提了水上去，幫著那兩位婦人清洗東西。

這兩位婦人，一個夫家姓劉，人家都慣喊她劉二嫂，而另一個夫家姓周，大夥兒卻習慣喊她翠姑。

允瓔從善如流，一一招呼過，她也不和人多話，坐在一邊洗東西，聽著陳四家的和她們胡侃。

劉二嫂和翠姑都是能幹的，她們這一會兒的工夫，已經搭好一個石灶臺，這會兒另一個也在收尾中，陳四家的倒也沒有旁觀，一邊搭話，一邊幫著搬石頭，三言兩語的，就把金嫂子的下落給套了出來。

「她呀……當然是找地方消遣去了。」翠姑帶著一絲不屑，笑道：「本來就不是幹活的人，我們就別指望她了，不給我們添亂就很好了。」

「老相好沒了，她不得重新找個呀，不然多無聊。」劉二嫂卻噗地笑了出來，回頭朝堤壩下方不遠的小林子呶了呶嘴。

顯然，那位金嫂子的口碑並不怎麼樣。

「妳們是哪邊來的？」翠姑對允瓔很好奇。「這位姑娘這麼水靈，家裡人也捨得讓她來當船工？」

「噗——」陳四家的樂了，對翠姑說道：「妳瞧她像姑娘不？她呀，家裡男人上山傷了腿，沒辦法才讓她來的，不然，她男人可嬌慣著她呢。」

允瓔不由汗顏，聽聽陳四家的都說了什麼，烏承橋何時嬌慣她了？

「陳嫂子。」允瓔忍不住出聲喊了一句。

陳四家的抬頭看看她，笑道：「哈哈，不說了，她呀，面皮薄著呢。」

惹得劉二嫂、翠姑齊齊笑了起來，接著聊起了別的事。

允瓔才算鬆了口氣，只要不把話題扯到她身上就好。

四人說說笑笑間，很快就把灶臺搭起來，鍋也洗完擺了上去，這會兒，柯家的家丁送來了食材，扔在她們面前，那幾人就走了。

允瓔剛好站在一邊，伸手提了過來，打開一看，卻是些發黃的麵粉，和一大袋菘菜，其餘再沒有別的。

「天殺的，就拿這些東西，當我們是豬啊！」陳四家的上前一看，就罵開了。「一年不如一年。」

劉二嫂也湊過來，伸手掏了一把麵粉看了看，又扔了回去，嘆著氣說道：「唉，沒辦法，今年是柯家的人接了這事，妳還能指望他們給我們吃什麼好東西？有這菘菜就不錯了。」

「那這些，要怎麼做？」翠姑一臉為難。

「做餅吧，然後燉個菘菜湯？」劉二嫂遲疑地應道。

「做餅沒油不好吃啦，不如饅頭。」陳四家的搖頭，回頭看了看允瓔。「大妹子，妳做的吃食香，妳說要做些什麼？」

「我們總共要準備幾個人的飯菜？」允瓔先問道。

「我們這邊來了二十八個。」陳四家的倒是清楚，立即應道，又把目光投向劉二嫂和翠姑。「你們呢？」

「我們二十四個。」翠姑也清楚。

「不如做菘菜包子吧，要是能打些魚上來，再熬成湯，就好了。」允瓔想了想說道。

「魚湯啊，這我們天天喝，早膩了。」劉二嫂有些猶豫。

「大妹子的手藝好著呢。」陳四家的卻極力推薦允瓔，連聲讚道：「她做的魚丸湯可香了，讓人恨不得把舌頭也吞下去。」

「真的？那就嚐嚐大妹子的手藝。」翠姑笑著點頭。

劉二嫂自然也沒意見，四人分頭行動，揉麵的揉麵，撒網的撒網，洗菜的洗菜。

當金嫂子從那邊樹林裡出來的時候，她們已經把麵揉好、菜切好、魚都打回來洗好了。

「這是要做什麼？」金嫂子的氣息有些不穩，頭髮雖然整理過了，但明顯比之前要亂了些，背上還沾了些枯草，她走過來，左看看右瞧瞧，嫌棄地看著那些菜問道：「好好的菜，弄得跟豬食似的做什麼？清炒多好啊。」

「妳說得倒是輕巧，這沒油沒肉的，拿水炒嗎？」陳四家的笑著就回了過去。

允瓔正蹲在壩邊上洗著魚，這些魚都是劉二嫂去撒網捕來的，有大有小，處理起來有些費勁，所以她也沒注意到金嫂子挑完了那邊的刺，已然移到她身邊。

「妳做什麼？」金嫂子皺著眉，衣襟還未完全整理好，露出了桃紅的肚兜，而她還算白淨的頸間，也多了可疑的紫痕。

允瓔一看到這些，立即就領會了陳四家的那些話，顯然剛剛金嫂子離開之後，發生了什麼。

不過，這些和她也沒關係，當下，淡淡應道：「做丸子。」

「真是吃飽了撐著，沒事幹了。」金嫂子不屑地歪歪嘴，坐到一邊，逕自對著水中倒影整理起頭髮，一點做事的意思也沒有。

允瓔看看她，心裡反感，便低頭繼續做她的事。

可偏偏，有人卻不放過她。「我說，妳會不會殺魚啊？這魚哪能這樣殺呢？真是浪費。」

允瓔不理她。

「唉唷，這兒還沒剔完呢！」

允瓔置若罔聞。

「喂喂！這個怎麼能扔了？留起來還能燉個湯呢，敢情不是妳自家的東西，一點兒也不心疼呀？」

允瓔皺了皺眉，手中的刀卻是沒停下來。

「欸，我說話妳沒聽見啊？」金嫂子也不知道是哪根筋搭上了，一個勁兒地挑著她的刺，這會兒見允瓔不理她，居然真較上了勁，伸手就要奪允瓔手中的刀。

陳四家的遠遠看到，立即往這邊快步走來，但，她再快也沒金嫂子手快。

這一會兒，金嫂子的手已經觸碰到了允瓔的手背。

允瓔聽得煩了，本就對這金嫂子進樹林的事反感，這會兒金嫂子手伸過來，她更是不想忍了，直接揚起手中的菜刀一轉，刀鋒停在金嫂子的手上方。「那妳來。」

這一手，頓時把金嫂子嚇傻了，她愣愣地看著允瓔，微張著嘴不敢說話了。

「要麼妳來，要麼就滾蛋！」允瓔挑了挑眉。「別妨礙我做事。」

金嫂子沒想到這看似文靜老實的小姑娘居然有這樣的氣勢，哪裡還敢繼續待下去？她飛快地縮回手，撐著地面往後挪了挪，才迅速爬起來往別處跑了。

「哈哈！」陳四家的見允瓔非但沒吃虧，反把金嫂子治住了，不由樂得大笑，連連對著允瓔豎了豎大拇指。「妳行！」

允瓔無辜地撇撇嘴，笑了笑，蹲回去繼續沒完成的事情。

第十四章

允瓔這一手讓陳四家的等人大感意外，同時也重重得罪了金嫂子，陳四家的和劉二嫂、翠姑驚訝之後，又不由替她擔心起來，而允瓔自己卻跟沒事人一樣，依然有條不紊地洗著魚，準備著餡料。

少了金嫂子的找事，四人之間的合作越來越融洽。

允瓔在魚蓉裡摻進了剁碎的菘菜，調了味後接著攪拌魚蓉，那邊劉二嫂也燒開了水，允瓔端著盆子到了鍋前，抓了一把拌好的魚蓉，一手拿著勺子，手微微一握，虎口處便擠出一小團魚蓉來，接著用勺子一剜，直接甩進沸騰的水裡。

「這手藝確實了得。」劉二嫂在邊上一看，豎起大拇指。

「一會兒嚐過了，妳就知道是不是真了得了。」陳四家的正蹲在一邊揉著盆子裡的麵團，聞言抬頭看了看她們，接了一句。

「聞著就香。」翠姑負責調餡兒，聞了聞，也笑著讚了一句。

「爺，就是她。」幾人正說話間，金嫂子的聲音響了起來。

允瓔抬頭，只見金嫂子正對著管家癟嘴，一臉受盡委屈。

金嫂子邊說邊拉著管家的袖子，撒嬌道：「爺，您可得替我作主啊。」

「咳咳……妳鬆手。」管家卻明顯顧忌著，從金嫂子手中抽回衣袖，避開了兩步後，才看著允瓔等人問道：「又是妳們，到底怎麼回事？」

金嫂子見管家避她，馬上不高興了，在一邊又是噘嘴又是跺腳，那模樣說不出的彆扭。

允瓔忍著雞皮疙瘩，皺眉打量了金嫂子一番，心裡著實無言得很，這樣的女人啊……還是陳四家的可愛些。

金嫂子注意到允瓔的眼神，不由驚了一驚，她想到剛才允瓔那一揮，總算正常了些，飛快地瞥了她一眼，抿著唇走到一旁。

世界總算清靜了。允瓔掃了她幾眼，微微一笑。

卻不料，管家剛剛訓過了劉二嫂和翠姑，轉身便看到允瓔的笑，不由皺著眉問道：「妳笑什麼？」

「回管家，我沒笑什麼。」允瓔斂了笑，低頭。

「沒笑什麼？妳當我眼瞎嗎？」管家一瞪眼，兩撇小鬍子扯了扯。

「不敢。」允瓔暗暗撇嘴，淡淡應道。

「妳說，剛剛為什麼拿刀砍她？」管家又逼近一步，閃爍的眼神在允瓔身上轉了轉。

「回管家，沒有的事。」允瓔抬頭，似笑非笑地看了看金嫂子，意味深長地說道：「我方才在殺魚，金嫂子似乎挺累的，從小樹林回來就坐在我面前，至於刀……我只殺過魚，沒砍過她，是她自己不小心險些砸在我刀口上的。」

允瓔說罷，又看了看金嫂子。

金嫂子並沒注意到這話，她被允瓔的目光刺到，不由自主地縮了縮脖子，避開了頭。

而管家，卻清清楚楚地聽到了允瓔說的話。

小樹林！顯然她們都看到了，這事要是傳出去，那娘兒們是沒什麼，可他……回去少不了要被公子罵，再說了，傳到他那悍婆娘耳裡，他就更慘了。

目光滴溜溜一轉，管家已然變了臉色，緩聲對允瓔說道：「原來是這樣，那好吧，我就不追究妳們偷懶的事了，動作都快些，等著吃呢。」

「爺！」金嫂子一聽不對，忙貼了過去。

管家黑著臉，斥道：「去去去，一邊去，光天化日拉拉扯扯的，成何體統！」

「爺——」金嫂子頓時委屈了，這才多久的事？怎麼一轉眼就翻臉了？

「不做事就一邊去，淨搗亂！」管家看了看允瓔，若無其事地斥了金嫂子一頓，走了。

「噗——」陳四家的頓時噴笑，不過，她賞了金嫂子一記嫌棄的白眼之後，便逕自忙自己的去了，並沒有落井下石。

允瓔本來就懶得理會金嫂子，當然也不會主動去搭理。

劉二嫂和翠姑更是事不關己，自顧自忙去了。

金嫂子看看離開的管家，又看看不理她的四人，一張臉陰沈得可怕。然而站了一會兒之後，也沒有人來理會她，她想了想，只好無奈地蹭到灶後，拾起柴禾往石灶中添去。

半個時辰後，新鮮的魚丸湯和菘菜包子就出爐了。

陳四家的站在堤壩上張望了一番，在忙碌的船工中尋找熟悉的臉龐，沒一會兒，便發現了阿康，她立即揮起手。「阿康兄弟，開飯啦，喊他們快來啊。」

「好嘞。」阿康正做得鬱悶，聽到這話，立即把手中的草包往堤上一扔，踩著船舷蹲身洗了洗手，朝後面就高喊道：「兄弟們，開飯啦！」

「哎哎哎，幹什麼呢？誰說要開飯了？」管家從一艘漕船裡追了出來，瞪著眼對著阿康等人罵道：「哪個說要開飯了？趕緊幹活去！一群吃貨！」

「你！」阿康怒目而視，正要說什麼，便被身邊的人拉住，他回頭看了看，想起允瓔和烏承橋說的話，嘴唇動了動，把怒氣嚥了回去。

「一群吃貨！」管家瞪著他們返回幹活，才怒意未消地轉頭看了看允瓔的方向，冷哼了一聲，那小兒娘們居然敢拿話擠兌他，哼，看他怎麼收拾她！

「欸，那人怎麼這樣啊，這包子都好了，涼了哪好吃啊。」陳四家的皺了眉。

「陳嫂子，之前都是怎麼做的？」允瓔淨了手，一邊走一邊甩著水滴，走到陳四家的身邊問道。

「原來就這樣啊，做好了就喊他們，吃完了就繼續做事。」陳四家的費解地看著不遠處的管家，不屑地說道：「顯然，這柯家鐵了心要為難我們。」

允瓔頓時沈默。

柯家鐵了心要為難他們這些人，她初來乍到的都知道了，不過，閻王好說話，小鬼更難纏，她剛剛對那管家說的話，會不會才是管家為難大夥兒的真正原因呢？

這一等，直到日頭偏移，包子冷了又熱、熱了又冷，那柯家的管家才算發了話，准了船工們暫停下手頭上的活兒過來吃飯。

允瓔看著鍋裡已經煮得混濁的魚丸湯輕聲嘆氣，原本多好的湯啊，就被破壞了。

「豈有此理！」阿康走過來，看向那邊坐著大魚大肉的管家等人忿忿地咬了咬牙，拳頭虛握著狠狠地捶了一下空氣。

「阿康兄弟，來，你的。」陳四家的看到，笑著遞上了包子和湯。「都餓了吧？快些吃吧，一會兒早些做完事早些回去。」

「謝謝嫂子。」阿康雖然氣憤，但仍接過吃食，朝陳四家的道了謝，就和其他船工一起蹲到一邊的空曠處吃飯。

阿康大口大口地咬著包子，眼睛盯著不遠處的管家，那樣子，就好像把包子當成了管家般，狠狠地咬下才解氣。

允瓔幾人倒是還好，因為之前沒什麼事，早已吃過了，這會兒分派完了包子和湯，便去收拾東西了。

「這樣就沒了？」她們正洗著，一個黑黑壯壯的漢子走到這邊，掀開鍋蓋看了看，只鍋裡空空的，不由皺起了眉，瞪著劉二嫂問道：「怎麼就這麼一點？」

「他們給的就這麼多。」劉二嫂無奈地搖頭。「柱兄弟，忍忍吧，一會兒就能回家了。」

「真他娘的摳！」被喊作柱兄弟的漢子，瞪著鍋看了好一會兒，才無可奈何地忍著氣把碗往鍋裡一扔，罵了一句，走了。

「唉，沒辦法啊。」一邊上有老成穩重些的人輕嘆了口氣，連連搖頭。

「我真想現在就回去了，不給他們幹！大不了，今年不往這兒來。」阿康身邊圍繞著幾個年輕人，這會兒也正討論著這些，其中一人說道：「我就不信這颱風會年年來。」

「這哪說得準？」另一人接話。「小心些總是好的。」

「應該沒那麼巧，這幾年最大的風也不過是吹倒些莊稼嘛，應該不會有事。」

允瓔離他們近，聽得最清楚，正好，此時陳四家的收了幾個空碗過來，她連忙問道——

「陳嫂子，這邊的風會很大嗎？」

「也不算大吧，我只聽說過十幾年前有場颱風很厲害，不過那時候我還不在這邊。」陳四家的搖搖頭。「這些年倒是沒遇到過大的，我們到了這邊，也是有驚無險地過。」

允瓔點點頭，心頭卻浮上一絲絲的酸澀和無奈，無根的浮萍啊。

在現代，就算有強颱來襲，至少還有安穩的家能待著，可這兒呢？

家家戶戶以船為家，便是那浮宅也是漂浮在水面上，要是強颱一來，他們該怎麼辦？

「都幹麼呢？吃個飯還磨磨蹭蹭的！」就在這時，管家已經派了兩個家丁過來，邊走，邊橫眉怒目地斥呵著兩邊正歇著的船工們，所到之處，換來船工們白眼無數，但，他們卻不自知，依然強橫地驅趕著船工們去做事。

允瓔皺了皺眉，這柯家也未免太囂張了，居然這樣對待來固壩的船工們，也不怕惹了眾怒？

「哎喲！」此時，陳四家的驚呼一聲。

允瓔還沒回頭，便被陳四家的急跳過來的身子撞了一下，她猝不及防地踉蹌幾步，才險險站住，一抬頭，便看到陳四家的正抽著氣揉著手背，她不由一愣，定睛一瞧，只見陳四家的手背上多出一條紅痕，而前面不遠，則站著手拿竹鞭的家丁。

阿康等人本來就火大，這會兒看到陳四家的吃了虧，手中的碗重重地往地上一摜，團團圍住，瞪著兩個家丁怒斥道：「喂！你幹什麼！」

「我……」那拿鞭子的家丁看到這情景，心裡一虛，氣勢便弱了幾分。「這臭娘兒們……」

「你敢再說一遍！」阿康直接大手一抓，抓著那家丁的衣領提了起來。

「你……你們想幹什麼！」家丁嚇了一跳，扳著阿康的手。

「你想幹什麼！」阿康又把人提高了一點。

這會兒，這家丁的腳尖都踮了起來，一張臉也有些脹紅。

那邊的管家一見情況不對，已經扔下酒杯，帶著人匆匆地跑過來。

允瓔有些擔心，她拉著陳四家的站在一旁，她最不喜歡這樣的場面，一看到，便覺得指尖發涼，整個人說不出的不舒服。

「我沒事。」陳四家的對著允瓔笑了笑，亮出自己手背上的傷看了看，自認晦氣地甩了甩手。

「造反啊你們！」管家看到這麼多人圍住兩個小家丁，心裡有些虛，他帶的人雖然多，可沒府裡的人好用呀，而且人也不多……管家權衡了一下，心裡已做出妥協，只不過面上卻還是帶著絲絲惱意。「還不鬆手！」

阿康鄙夷地看看他，抿著唇，不予理會。

「鬆手鬆手。」管家站在阿康面前，中氣不足地瞪著阿康。「都什麼時候了還在這兒磨蹭？都幹活去，要不然休怪我不客氣！」

「老子不幹了！」阿康聽到這話，本就不情願的心思瞬間爆發，他使力地把手中提著的這人推出去，那人這一跌頓時摔在管家身上，把管家壓在地上不算，還連帶撞倒了兩個站在管家身後的家丁，惹得眾人罵聲一片。

「你！」管家掙扎著，他想指向阿康，可是，因為上面的人還沒起來，他掙脫不出來，這會兒指的方向便偏了許多，只好尖著嗓子喊道：「來人，給我拿下！」

拿下？允瓔心頭直跳，看來，這場大衝突是不可避免了，而柯家來的這些人除了家丁，還有那許多虎背熊腰的護院呢，上次那個登上她船的護院也在那兒。

允瓔轉頭看去，只見那護院也正往這邊看過來，她不由微驚，飛快地移開目光。

「兄弟們，咱們不幹了，走！」阿康火爆脾氣一上來，就不管不顧。

「走！」這些漢子們都正青壯，血氣方剛，早就看管家不順眼了，這會兒阿康振臂一呼，眾人紛紛附和。

「欸……」陳四家的愣了一下，有些無措。

「走吧。」允瓔看了看那護院，扶著陳四家的往邊上讓了讓。

「妳倆先走。」阿康轉過頭朝兩人揚揚頭，他自己卻沒動。

陳四家的也不含糊，謝都沒有說一句，就反手拉著允瓔往外走，與此同時，同一片水灣的船工們也配合著圍過來，把兩人護在中間。

一步，又一步地往前，那些護院則一步又一步地後退。

「攔住他們！」管家總算掙扎起來，衝著眾人便喊道。

可奇怪的是，那護院們卻沒有動，連當夜搜船的那位只是平靜地看著這一幕，偶爾抬眸看看允瓔的方向。

允瓔有些緊張，心裡暗暗嘀咕，難道他已經認出了她？所幸，允瓔的擔心只是多餘的，那護院也只是掃了這邊一眼，便轉過了頭，而且他也沒有聽管家的話上前攔下他們。

陳四家的緊拉著允瓔上了船，飛快地解了繩子離開，沒一會兒，那些船工們也紛紛地退出來。

當然，留下的人也不在少數。

一路上大家始終沈默著，都以最快的速度往回趕，今天得罪了柯家，這接下來會有什麼事要發生，他們誰也不敢想，但，後果卻不得不提前預想到。

回到水灣浮宅，眾人直接到了戚叔的船邊，戚叔已在那兒等待了，看到他們回來，忙站起來朝水灣口眺望。

「戚叔。」一見到戚叔，阿康立即垂下頭，有些喪氣地道歉。「對不起，我沒忍住，把事情搞砸了。」

「怎麼回事？」戚叔驚訝地看看他們，不明所以。

「戚叔，這事怨我，那些人打傷了我，阿康兄弟幾個看不過去，才和那柯家管家起了衝突。」陳四家的在這邊船頭急忙幫著說話。「都是我不好……」

「有什麼事，一個一個慢慢說。」戚叔擺擺手，看了看眾人，指著陳四家的說道：「阿秀，妳先說，到底怎麼回事？」

陳四家的忙把今天發生的事細細說了一遍，末了哭喪著臉問道：「戚叔，現在要怎麼辦？」

戚叔轉向阿康。

阿康的脾氣其實和他有些相像，當初，他在阿康這個年紀的時候，又何嘗願意受人擺布？

「大家都回去休息吧，這事……」戚叔掃了忐忑的眾人一眼，長長地嘆氣，朝他們擺擺手，打發他們散去。

「戚叔，明天還要去嗎？」

阿康也知道自己犯了錯，出發之前，戚叔還耳提面命地讓他忍耐，只是，看到柯家人那囂張的樣子，他卻還是沒能忍住。

這會兒，他心裡不安了起來，柯家，可是什麼事都做得出來的。

第十五章

「還去什麼？」戚叔睨了他一眼，無奈地搖搖頭。「就這樣吧，船到橋頭自然直，我們該怎麼過還怎麼過，走一步算一步吧。」

阿康等人頓時無言了。他們都知道戚叔說的是實話，還是大實話，可是，事情已經到了這個地步，再悔還有什麼用？

「都回去歇著吧，也累了一天了。」戚叔倒是沒有過分責怪他，只是朝眾人揮揮手，催他們散去。

允瓔一直安靜地待在陳四家的船上，此時眾人散光，那些船隻如同歸巢的鳥兒般，紛紛四散開來回歸到各自的位置上。

沒一會兒，整片水灣便恢復了平靜。

陳四家的難得正經，看著戚叔輕聲問道：「戚叔，我們明天不去……能行嗎？」

戚叔看看她的手背，嘆口氣。「現在這光景，就是不行也得行了。」

「都是我……」陳四家的悶悶不樂地低了頭。

「好了，也不是妳的問題，柯家人早就想找我們的麻煩，好占據這一帶，今天就是沒出這些事，他們也夠嗆的了。」戚叔笑了笑。

陳四家的也是無奈，她明白，戚叔說的都是真的。

這邊沒什麼事，陳四家的也不多留，撐了船慢慢撤離。

船停在陳四家一直停的位置，允瓔謝過陳四家的，穿過幾家的船頭，回到自家船板上。

烏承橋從艙中坐了起來，看著剛剛踏上船頭的允瓔，輕聲問道：「回來了？」

「嗯。」允瓔點頭，彎身進艙，很自然地問道：「吃飯了嗎？」

「中午戚孀送的吃食，還在那兒呢。」烏承橋今天算是休息了大半天，這會兒也沒了睡意，便把被子往邊上一疊，撐著身子往艙口移了移，關心地問道：「今天怎麼樣？還順利嗎？柯家都什麼人在那兒？」

「是柯家的管家，本來好好的，到後來鬧僵了，估計接下來的麻煩事也快了。」允瓔檢查了一下船上的吃食，準備做晚飯。

「妳先別忙了，跟我說說，到底怎麼回事？」烏承橋卻有些意外，攔著允瓔追問起具體的事情。

允瓔有些奇怪地看了看他，見他神情間的急切不似作偽，想了想，還是把食材放到一邊，坐在船板上說起今天的事。

「妳說的那個護院，他沒攔妳？」烏承橋聽完，若有所思地問道。

「沒錯啊，我還奇怪呢。」允瓔說完了事情便站起來，一邊應著一邊繼續剛剛沒做完的事。

烏承橋所指的戚孀中午送來的吃食，有米飯有魚有肉，倒是挺豐盛，他卻一口沒碰的放著，這會兒倒也不用浪費，騰一騰就可以了，而她一早留下的粥也有剩餘，兩人倒也能將就了。

等到允瓔把吃食都騰上，戚叔那邊的人群已然散去，顯然已經討論完畢。

允瓔有些好奇，這明天還要不要去？

正想著，田娃兒回來了，一臉陰鬱。

「田大哥，戚叔怎麼說？明兒還要去嗎？」允瓔忙問道，如果明天要去，她今晚還得準備東西呢。

「不去了，還去個鳥……」田娃兒脫口而出，話出口才想起允瓔不是陳四家的，忙不好意思地笑了笑。「不用去了，明兒我再去接那趟生意，聽戚叔說妳也要一起去是不？」

「是的。」允瓔連連點頭。「還請田大哥幫忙。」

「沒問題，明兒我問了就告訴妳。」田娃兒點頭，見允瓔沒再問什麼，他才彎腰進了船艙。

既然無事，允瓔便放心了。

一晚安然，翌日的水灣浮宅又恢復了往常的熱鬧，卻又顯得比平時壓抑，要出船的船家們也不像平時一樣引吭高歌一曲，而是低調地打著招呼，各自出了水灣尋今天的活計去了，而留守的婦人們，則三三兩兩地湊到一起，說著昨天的話題。

允瓔做完了每日必做的瑣事，也沒想出船去，這些天忙來忙去的也不見什麼好處，還不如先歇一歇，準備些吃的，等田娃兒那邊有了消息，她就能少事些了。

「烏家小娘子。」黃昏時節，田娃兒笑呵呵地回來了，停好了船就朝允瓔笑道：「主雇聯繫好了。」

「什麼時候走？」允瓔一聽，頓時大喜，能出船就代表有銀子進帳了，這消息確實挺好的。

「明早就走呢，我們得到鎮上裝了貨，然後運往縣裡，要是順利的話，估計著也就十來天吧。」田娃兒樂呵呵地解釋一下。「你們準備準備，這船的前艙得騰出來，到時候要裝貨物的。」

眼見能有現銀入手，允瓔的興致提了起來，整理船艙、收拾船頭，該扔的扔，該藏的藏，直忙到深夜，她才匆匆洗漱歇下。

而烏承橋，由始至終都沈默著，自從知道要去縣裡，他就是那個樣子。

允瓔已很習慣他發呆的時候，所以，也沒有多關注。

次日，天還沒亮，外面就傳來田娃兒等人說話的聲音，在他們的大嗓門中，允瓔猛地坐了起來。「遲到了?!」

烏承橋其實早就醒了，這會兒看到她這樣子，忍不住好笑。「剛好，他們也是剛起。」

「你早醒了？那你不喊我。」允瓔白了他一眼，微嘟著唇埋怨了一句，渾然不知她此時的樣子有多嬌媚，說罷，她便自顧自地掀了被子要起來。

烏承橋眸光微凝，緩緩坐了起來，側身看著她低低說道：「要不，我們別去了吧。」

「為什麼呀？」允瓔頓時瞪大眼睛，身子一扭，就跪坐在他對面，不高興地說道：「你不知道我們現在的處境嗎？之前那些曬的魚乾根本賣不出去，那些米糧麵粉還是那人喜歡鹹魚才換給我的，下次就算我們願意吃虧，也未必能遇上這樣的人，這次田大哥和戚叔幫扶我們才給了這樣的機會，不去的話，我們吃什麼？你的藥又用什麼買？」

烏承橋看著她，聽罷之後無聲嘆氣，她說得也對，但她不知道……

「我們或許可以想想別的辦法，不一定非要去縣裡。」他的語氣有些無力。

「為什麼？」允瓔狐疑地盯著烏承橋研究了一下，突然靈光一閃，急忙問道：「怎麼？你有仇家在縣裡嗎？」

烏承橋只是看著她，嘆著氣不說話，喬家勢大，他怕……

「要不，你留在這兒？」允瓔見他不說話，語氣也軟了下來，他行動不便，如果那兒真有他的仇家，他還真去不得。「只是，你留在這兒，晚上住哪兒呀？」

烏承橋哪裡會一個人留下，一來，他不習慣擠到別人家去；二來，這次去運貨的只怕都是大男人，此去縣裡一個來回起碼得三、五天，她一個姑娘家，混在那麼多男人裡面，又不方便又不安全。

「不，我跟妳一起去。」烏承橋的思緒轉了幾轉，便妥協了。

允瓔見他一會兒不想去一會兒又說去，不由撇撇嘴，正要笑他兩句，便聽到外面傳來田娃兒的喊聲。「烏兄弟，起來沒啊？該走了。」

「來了。」烏承橋看了看允瓔，提聲應了一句。

這時，外面傳來笑聲，有人大笑道：「田娃兒，你個壞胚子，一大早的吵人家小倆口，也不怕壞了人家好事。」
「他天天在人家隔壁，說不定天天心癢癢著呢，恨不能天天拆了人家好事。」
「滾！」田娃兒笑罵著，漸漸的，聲音有些小了下去。
難道是先走了？允瓔一愣，立即翻了外衣穿上，胡亂綰了髮就要出去，被烏承橋一把拉住。
「妳就這樣出去？」烏承橋皺著眉，目光在她身上轉了轉，伸手就往她衣襟處探來。
「你幹麼！」允瓔下意識地雙手護胸，怒視著他。
「自己看。」烏承橋無語，縮回手，看也不看她，自己開始收拾。
允瓔低頭，只見自己前襟微敞著，露出些許白皙，衣衫也是鬆鬆垮垮地繫著。
這要是在現代，倒也沒什麼，可如今她身在這保守的古代，就是陳四家的那樣豪氣的人，出門也是包得嚴嚴實實的。
允瓔意識到自己的不妥，無來由的臉上一熱。她確實是大意了，這些天似乎一直都是這樣在他面前晃的？
烏承橋已經移到了艙口，坐在那兒和田娃兒幾人打招呼，一邊微撩了簾角催道：「快些吧，他們都等著呢。」
「來了。」允瓔一聽，再顧不得去反思自己在他面前漏了多少春光，迅速整理了衣襟，把被褥疊好，塞進了夾層裡面。
出了船艙，果然就看到田娃兒和另外五條船等在前面，此時，幾人正悠閒地坐在船頭吃早飯。

田娃兒注意到允瓔出來，笑著招呼了一聲。「烏家小娘子，莫慌，還早呢，卯時趕到就好了。」

允瓔歉意地笑了笑，也不多客氣，立即解了船繩，撐船到了山腳，處理每天的瑣碎事情。

一刻鐘之後，允瓔收拾妥當，加入了田娃兒等人的隊伍。

田娃兒照顧她，讓她走在隊伍中間，七條船，就這樣迎著晨光出了水灣。

允瓔如今搖櫓倒是有了些心得，再沒有初來時那般畏畏縮縮放不開手腳。

興許是允瓔的存在刺激了眾漢子，船出了水灣，便有人帶頭唱起那簡單而又豪邁的歌謠，一人帶頭，眾人便接了起來，唱到精采處，眾人還會自動合音。

允瓔聽著這些甚至可以說得上單調的旋律，忽地心頭一熱，這一刻，心裡的歸屬感油然而生。有山有水有人心的地方，就是窩一輩子，又有何懼？

允瓔唇邊浮現淺淺的笑意，目光不自覺地瞟向了倚坐在船頭的烏承橋。

烏承橋倚在那兒，受傷的腿如往常一樣伸著，雙手環抱在胸前，目視著前方。

從允瓔的方位看去，只能看到他的側臉，可是她卻神奇地感覺到他的心情，他似乎不開心？

腦海中閃現今早他的阻攔，允瓔突然想：她是不是太自我了？

而下一瞬，她又開始好奇烏承橋的經歷。到底是發生了什麼樣的事情，才讓這樣一個明顯出身大家的公子哥兒落到如今的局面？

允瓔的注意力頓時從眾人的歌聲中，完全轉移到烏承橋身上。

到了鎮上埠頭，眾人靠了岸，田娃兒獨自上岸找到了一個中年管事，說了幾句，便大步回到這邊，揮手指示允瓔幾人把船撐往右邊，那兒，已停了幾輛馬車，馬車上滿滿堆著鼓鼓的袋子。

允瓔幾人的船依次靠了過去，馬上有人過來扛貨。

烏承橋抬頭看了看那管事，挪到船尾這邊的艙口坐著。

費了大半個時辰，馬車的袋子都被分裝上了船，允瓔又受到大家的照顧，船上只裝了人家的一半，田娃兒那艘裝得滿滿的，吃水極深。

「給我當心點，出了事，唯你是問。」那管事皺著眉，看了看田娃兒的船，一臉苦惱地叮囑道：「這批糧可是我們老爺千叮萬囑的，你務必後日送到，不可有任何一點閃失，記住沒？」

「哥，你就放心吧，我辦事又不是頭一天了，哪次沒幫你送到？」田娃兒拍著胸膛豪氣地保證。

「出發吧，記住了，不能動任何一個袋子。」中年人最後叮囑了一句。

「明白了。」田娃兒重重點頭，回到自己船上，吆喝了一聲，引著船隊緩緩離岸。

允瓔還是頭一次掌櫓運這樣多貨物，船吃了水，搖得有些吃力。

烏承橋回頭，看了看她。「要不，我來吧？」

「你會？」允瓔狐疑地看著他，他那腿還傷著呢，居然想著搖船，這方便嗎？

「會。」烏承橋點頭，又不好意思地補了一句。「我划過小舟……妳再幫著掌掌方向唄。」

好吧，小舟……允瓔忍著笑，打量了他一番，倒是沒打擊他的熱心，既然他要划，那就試試吧，要是能行，以後就讓他搖船，也算是給他找些事做，省得他一閒下來就發呆。

「那你來試試。」允瓔點頭，緩了緩速度。

烏承橋雙手撐著船板，倒著挪過去，允瓔停了一下，幫著他從雙槳中鑽過去。

「烏家小娘子，搖不動了？」後面的年輕人看到，笑著問了一句。

「沒呢，他……」允瓔側頭，笑了笑。「輪流。」

「必定是烏兄弟心疼自家媳婦了。」另一邊有人接話，善意地大笑。

允瓔笑而不語，等烏承橋坐到船尾，傷腿也安置好，她才踩著船舷繞過船槳，站在烏承橋前面，有些擔心地看著他。「你試試，不行就別勉強了。」

「我是男人，不能說不行。」烏承橋朝她一笑，雙手握住船槳，學她的樣子搖了起來，這麼多天下來，他早看熟了。

然而，這看似簡單的事情做起來卻不簡單，烏承橋搖了兩下，船竟然往後倒了倒。

「錯了錯了！」允瓔忙喊聲道。

烏承橋俊臉微紅，忙往前推去，只是，兩隻手也不知道怎麼回事，船竟然歪了歪，眼見就要打橫，而這時，後面的船竟急速地駛來。

「當心後面！」允瓔嚇了一跳，忙伸手扶住船槳，想著要導正過來，可是慌亂之下，反而更助長了船隻打橫的速度。

就在這時，後來的船卻突然往左邊偏去，堪堪避過了允瓔的船。

「烏兄弟，你兩口子做什麼呢？」那避開的船也是和他們一起的，避過之後，驚叫著問了一句。「當心啊！」

烏承橋有些尷尬，朝那人看了看，不好意思地垂眸，重新研究起船槳來，他細細地回憶了一下允瓔平日搖船的方式，才漸漸把船的方向導正過來。

「還是我來吧。」允瓔見前面的船都遠遠地緩了下來，嘆了口氣，算了，要練習還是等平日有空吧，今天可是辦正事呢。

「不，我來。」烏承橋卻堅持道。

「好吧，你注意雙手使的力氣，要平衡，力道也緩些，莫要一下子太快了，後繼無力。」允瓔很簡單地說著心得。

烏承橋卻古怪地看了看她。「放心，我不會後繼無力的。」

「嗯，那就好。」允瓔點頭，這時她才注意到，她剛剛一慌之下，竟然一直握著他的手，這會兒會意過來，她就像觸到火般，飛快地收回手，避開他的目光轉身，偷偷臉紅。

第十六章

烏承橋沒留意，他的全副注意力都放在搖槳上。

他一直以為搖船很簡單，像之前他們遊湖划小舟，不就簡簡單單的嘛，可真上手了，才知道以前的想法太過簡單了。而以前的他，也從來沒想過會有今天這樣的局面……

允瓔背對他站在那兒，好一會兒，才算藉著那迎面拂來的風消去了臉上的熱意，抬頭打量前面的水路。

田娃兒等人並沒有走遠，他們在前面緩下速度，直到允瓔的船跟上，他們才恢復速度。

半天之後，烏承橋的技術終於練得有些像模像樣，整個人也放鬆下來，有空去打量別處風光。

烏承橋的目光從遠處落到了船艙前，在那些鼓鼓的袋子凝了凝，輕聲喊道：「英娘。」

他喊著英娘，允瓔一時沒反應過來，只顧著看兩岸風景，連頭也不曾回一下。

「英娘？」烏承橋沒聽到回應，不由提高聲音，她怎麼了？

「啊？」允瓔這時才聽到，回頭看他。「幹麼？」

「在想什麼呢？喊妳都不理我。」烏承橋狐疑地看著她。

「嗯？你累了？」允瓔轉身。「那我來吧。」

「不用。」烏承橋忙搖頭拒絕，他喊她又不是因為累了。

「不用？」允瓔有些迷糊，那喊她做什麼？難不成是餓了？她抬頭看看天色，果然豔陽當空，算算時辰也該到用餐的時候了吧？「你是餓了嗎？我這就去做飯。」

「不是……」烏承橋無奈了。

她這是怎麼了？怎麼有些心不在焉似的。

「那你怎麼了？」允瓔皺皺眉，目光在烏承橋身上打量一番，突然靈光一閃，想到了一個可能。「你是要方便一下嗎？」

話一出口，她便覺得尷尬了。她和烏承橋充其量只是同船人，吃住一起，卻不是真夫妻，而且自那日他一笑迷了她的眼，她在他面前，便越來越愛臉紅了，處處放不開，這幾天倒是緩過那勁兒，可多多少少還是影響到她。

烏承橋倒是沒覺得什麼，她更直白的話也當他面說過了，說這一句又有什麼稀奇的，看到允瓔這尷尬模樣，反讓他驚訝了一下，笑道：「不是，我是想讓妳去看看那些袋子裡裝的都是什麼。」

「看那個做什麼？」允瓔也知自己想歪了，不好意思回頭看他，藉著他的話，彎腰鑽進了船艙。

「瞧瞧是什麼東西。」烏承橋只是催她去看，卻沒說別的。

行船要的還是平衡，尤其是像這樣簡陋的船，更不能讓重量過偏，所以裝貨的時候，他們只給船艙留出一線，方便允瓔穿梭船頭船尾。

允瓔點點頭，側身擠到中間，直接坐在袋子上，伸手摸了幾下，又按了按，接著轉頭對烏承橋說道：「好像是米呢。」

「妳找中間的袋子拆開看看，當心些，別讓人看出來。」烏承橋看著前面的船，因為之前的小插曲，他們已經從船隊中間的位置落到後面，這會兒田娃兒他們也沒注意到這兒。

「喔。」允瓔很奇怪地看了看他，皺了皺眉，不過還是聽從他的話，使勁把上面的袋子挪開些，揪出中間的袋子。

這每一袋足有五十斤重，真把她累得夠嗆。

真是怪人，都說是米了，還有什麼可看的？

允瓔側頭瞥了烏承橋一眼，納悶地猜著他的用意。

烏承橋看著她，手上搖船的動作雖然沈著了，可那眼神，也一樣透露著幾許讓允瓔費解的傷感。

允瓔想了想，還是開始動手拆袋子的封口，封口處是用草繩繫的，好解得很，拆開之後，最上方放了一片密密的竹簾，下面則是白白的大米，瞧品質，應該是精白米之流。

「往下翻翻。」烏承橋催促道。

他在等她的結果。

「都是米，讓我翻什麼呢？」允瓔嘀咕一句，不過還是乖乖把手伸進去，翻了翻。「什麼也沒有呀。」

「換一袋。」烏承橋皺了皺眉，目光落在其他袋子上。

「還翻？」允瓔驚訝地問。

「嗯，多翻幾袋。」烏承橋點點頭。

「你到底要翻什麼呀？這些不都是米嗎？」允瓔很是費解。好好的讓她做這些無用功做什麼？嫌她太閒了？

「稍後告訴妳。」烏承橋安撫了一下，眉間卻是緊鎖，不見絲毫鬆懈。

允瓔側頭打量他一番，好吧，那就翻，翻完之後，再好好聽聽他的理由。

按著烏承橋的指點，她翻著下面袋子尋了好幾個，卻是一無所獲，直到第六袋翻完，她最終沒忍得住，坐在袋子朝烏承橋撇嘴。「我翻不動了。」

「歇會兒吧。」烏承橋盯著那些袋子，似乎有些失望，又似乎鬆了口氣。

「你到底要找什麼呀？」允瓔揉著手臂，雖然只翻了六袋，可這些是從中間挑出來的，就這一下子，手臂痠軟，整個人也是熱熱的不舒服，估計她這形象也好不到哪裡去了。

「我……」烏承橋正要說，便聽到前面傳來田娃兒的大嗓門。「前面歇會兒——」

「把東西先封回去。」烏承橋已看到前面的船都緩了下來，而遠處有個小小的埠頭，似乎還有間茶棚，他收回目光，忙提醒允瓔。

「喔喔。」允瓔伸長脖子往前面張望一下，忙挽了袖子重新封袋口，她剛剛拆得挺順手，這會兒想要原封不動地封回去，卻需要些工夫了。

烏承橋緩下了船速，他頭一次搖船，想來慢一些他們也不會懷疑的。

等到允瓔把袋子封好，重新疊回去，看著與之前並沒有什麼區別時，烏承橋才把船緩緩地靠過去。

田娃兒等人蹲在船頭，中午的乾糧也吃得差不多了。

「烏兄弟，快歇歇。」田娃兒笑看著烏承橋。「吃點東西，放鬆放鬆。」

「好。」烏承橋微笑著應道，停下了船。

「我……去那邊一下。」允瓔四下看了看，見茶棚那邊過去有個小林子，便想著過去方便一下。

「當心些。」烏承橋點頭。

允瓔遞了裝著清水的竹筒給他。「先喝著，一會兒回來熱一下餅再吃。」

烏承橋接了竹筒，他倒是不覺得餓，也不差這麼一會兒。

允瓔跳上岸，快步往茶棚那邊走，田娃兒等人只當她是去買茶水，看了幾眼也就不說什麼了。

到了茶棚裡，裡面只有幾個路人在閒坐歇腳，一位跛腳的老漢提著茶壺周轉在他們中間，一邊的灶後，白髮蒼蒼的老婦人正顫巍巍地往灶腹裡塞著柴禾。

允瓔從門口經過，直接往小林子裡快步走去。

林子有些幽暗，雜草叢生，允瓔也不敢深入，找了處看起來隱密又乾淨些的地方解決了需要，尋著山泉坑洗了手，順帶看了看附近有沒有野果子。

不過，她也沒敢多耽擱，畢竟是大家一起出來送貨的，哪容她這樣清閒，轉了一圈沒見著什麼，便直接回去。

再從那茶棚門前路過時，之前那幾個路人已然走了，而此時，茶棚門口停著四輛馬車，茶棚裡坐著十幾個人，雖稱不上個個錦衣，卻也能一眼瞧出來不是普通人家的家丁。

「欸，你聽說沒有，喬家大公子被趕出去了，現在當家的是二公子，連大公子原來的未婚妻柳家三小姐，也被二公子接收了，這幾日就要成親呢。」

有人的地方就有八卦，允瓔繞過那幾輛馬車，便聽到留守在馬車邊的兩個馬夫在說著八卦。聽到他們說喬家，允瓔的腳步緩了下來。

喬家，不就是烏承橋在意的那家嗎？

「你們也是去參加喬家婚禮的？」兩個馬夫似乎還不是一家人。「我家老爺也是，費了多大的勁兒才遞進名帖。哎，你說，這喬家是有多大的家業，這麼多人去捧著、供著？」

「你不會不知道吧？喬船塢遍布了整個江南道，聽說他們家在京裡都有人的，跟這樣的人家沾些關係，能得多少便宜啊，瞧瞧這鎮上的柯家，不就是個好例子？」

「也是。」之前那個點頭，又道：「可惜了，我們只是馬夫，進不了喬家門，要不然我真想看看那柳三小姐是個什麼樣的天仙人物，先前占了喬大公子未婚妻之名，現在又成了二公子的正室。」

允瓔的好奇心被挑起來，她有心想聽聽喬家的八卦，步伐便慢了下來，無奈，這幾步路太短，而這兩個馬夫知道的也不多，聊了幾句之後便轉了話題。

允瓔這才低頭加快腳步往埠頭走去，邊走邊想著那兩個馬夫說的話。

喬家的大公子是個恣意放縱、招朋引友玩樂的紈袴子弟，為某花魁一擲千金的敗家子。

自從喬家老爺子過世，他就變得更放縱，據說還插手生意，以次充好，毀壞喬家聲譽，導致喬老爺子親手培養的主力商隊憤而離開。二夫人忍痛，冒著容不下嫡長子的名聲，請族長開宗祠清理了門戶。

如今，二夫人所出的二公子掌管喬家，而之前與大公子訂親的柳家三小姐，如今也快要嫁入喬家當喬家的女主人了……

允瓔不由扯了扯嘴角，這喬家也未免太扯了吧，這樣也能行？

「英娘，快上船吧，讓幾位兄弟久等了。」烏承橋坐在船頭，看到她出現忙喊了一聲。

「來了。」允瓔反應過來，忙應了一聲加快腳步。

田娃兒幾人早就各回各船等著了，這會兒都笑呵呵地看著允瓔。「沒事，還早著呢，不用著急。」

允瓔一聽，反倒有些不好意思了，忙跳上船，他們便撐船離岸。

船重新上路，允瓔搬出小灶，煮了兩碗魚餅絲的湯，蒸了昨天準備的乾糧，端到船尾。

兩人輪流吃過了飯，烏承橋依然掌著櫓不讓。

既然他願意出力，允瓔也不和他搶，就坐在船舷，看著兩岸緩緩倒退的風景，一邊輕聲說道：「方才我看到茶棚裡好多人呢，看起來都不是一般人家出來的，他們在說一件事。」

「什麼事？」烏承橋好奇地看了允瓔一眼，不明白她為什麼好好的提茶棚。

那個茶棚他也看到了，聽田娃兒說，似乎生意還是不錯的，畢竟一路上沒幾個這樣的歇腳處。

「那些人好像不是一家的，我經過的時候，聽到兩個馬夫在說喬家的事。」允瓔雙手撐著船舷，歪頭打量著烏承橋，頗有深意地說道：「聽說喬家大公子被逐出了宗族，還說現在二公子當家，而大公子原來的未婚妻柳三小姐快要下嫁二公子了。」

烏承橋平靜地聽著，手中的櫓依然不疾不徐地搖著，這大半天下來，他竟已掌握搖櫓的竅門，這會兒搖起船來比允瓔還要穩當。

允瓔打量著他，想從他臉上看出點什麼來，她直覺烏承橋與喬家有關，之前曾覺得他與喬家有仇，可剛剛一聽，她突然有種感覺，烏承橋似乎更符合這位喬大公子的形象。

這念頭來得突如其來，也讓她心裡的好奇心陡然提了起來，她想知道他的過去，想知道他的遭遇。他……會是那個放縱的紈袴公子嗎？

「那些人家……總會有這樣那樣的閒言碎語，妳還當真了？」烏承橋目光一掃，看到允瓔如此模樣，眸色一凝，微頓了頓，還是開口解釋道：「我只聽說過喬家以次充好的事情，剛才才讓妳去檢查的。」

「你怎麼知道的？」允瓔追問。

烏承橋略一停頓，輕聲嘆了口氣，這才說了起來。「這件事說來話長，我只能告訴妳，因為我發現了一些不該發現的秘密，喬……二夫人才下狠手，說穿了，就是我知道了些不該知道的東西罷了，這些，妳還是別打聽了。」

「你真和喬二夫人有關係？」允瓔眨眨眼。「那麼，你就是喬大公子嗎？」

「我是烏承橋。」烏承橋淡淡地應了一句，抬頭看向遠處，再沒有搭理允瓔。

「那你認識喬家大公子嗎？」允瓔的好奇心正強著，哪會輕易放過他，半側過身子看著他繼續追問道：「他是個什麼樣的人？」

「認識。」烏承橋沒有看允瓔，目光落到前方某處，看似專注，可隱隱地卻帶著一絲迷茫，他似乎被這個問題難到了，又似乎是不知道該怎麼回答，好一會兒了，才低低說道：「他……敗家、輕狂、目空一切……總之，跟妳聽到的差不多。」

哪有這樣說人的？允瓔狐疑地打量著烏承橋，心裡的疑惑又確認了三分。

「你們怎麼認識的？」允瓔是打定主意當一回記者，採訪這位禍水般的便宜相公了。嗯，既然對他有點感覺，那她也是可以試著去研究研究他嘛，看他值不值得她關注啊。

「從小認識……」烏承橋收回目光，語氣淡淡的如同在討論天氣。「也是因為他，我才知道了一些不該知道的事，才會有後來的事，那些人就是想殺人滅口、斬草除根……」

「不會吧，你們打小認識，你出事了他都不管的嗎？」允瓔配合地順著他的話問道。

「興許也出事了吧。」烏承橋看了允瓔一眼。「妳問這個做什麼？」

「我好奇呀。」允瓔撇嘴。「好歹你現在也是我夫君，我想知道一些你的經歷，不行啊？」

說罷之後，允瓔心裡竟有些莫名緊張，不由自主地臉上微紅。

「等得空了，再與妳細說。」烏承橋聽到那一句「夫君」時，眼中微亮，打量了她一番，才淡淡地點頭應道。

「小氣。」允瓔目的沒達成，忍不住賞了他一記白眼，轉回去觀看岸上風景，也懶得理他。

看到她孩子氣的舉動，烏承橋卻笑了，她雖然沒了以前的爽直勁，可現在這樣還是挺可愛的。

允瓔敏銳地捕捉到他幾不可聞的笑聲，她翻了個白眼，收回懸在外面的雙腿，撐著船板站起來，這兒太無聊，他又不配合，她還不如回艙歇歇去。

「英娘。」烏承橋看到她沈著臉，以為她不高興，心裡多少有些不安，這會兒看到她回艙，情不自禁地喊了一句。

允瓔停下腳步，側身睨著他。「我叫允瓔，不是英娘。」

她說的可是大實話，她不是什麼邵英娘，她是允瓔。

可是，烏承橋哪裡會知道這些，他只是有些驚訝地看著允瓔，過了一會兒才笑道：「英娘，總有一天，我會把我的所有事情都告訴妳，但現在，還不是時候。」

「算了吧，沒興趣聽你的故事，愛說不說。」允瓔平白無故地心裡惱火，冷冰冰地扔下一句話鑽進艙房，進去後又鑽出頭來說了一句。「記住，我不是英娘，我叫允瓔。」

烏承橋一點反應也沒有，他只以為英娘是邵父、邵母對她的暱稱，而允瓔，想來應該是她的大名吧？

允瓔瞪著木頭一樣的烏承橋，張了張嘴，突然又失去解釋的興致，她縮了回來，背對著他坐下，趴在袋子上閉目養神。

第十七章

黃昏時，田娃兒領著他們停靠在一處小埠邊上，他們到的時候，這一片已然停了不少船，看著都是和他們這樣送貨的船。

隊伍裡只有允瓔一個女人，晚上做飯便成了她的任務。

田娃兒幾人也閒著，拿著網四下裡看了看，一網下去，魚蝦都解決了，這也是他們這些船家們的特點，累了，船就是家，餓了，水是他們的生存之處，有水有船，哪裡都去得。

允瓔在船頭架起了小灶，拿出野菜乾、魚餅絲、魚乾，燜上了飯，等他們把收穫的魚送過來，她鍋中的飯也燜好了。

蝦挑出來以清水煮了下，大些的魚都削成魚片，做成了溜滑魚片，野菜和魚餅絲煮了個湯，晚上就這樣簡單解決了。

「哇……烏兄弟好福氣，小嫂子做的飯菜……好吃。」兩個年輕些的船家一邊往嘴裡扒著飯菜，一邊朝烏承橋連豎大拇指，對允瓔的稱呼也升了一級，變成了小嫂子。

「好吃……」另外幾個也是頻頻點頭。「烏家小娘子，這幾天的飯就煩勞妳了，家裡帶的乾糧實在嚥不下去呢。」

「好。」允瓔笑著點頭，不過是多放些米、多做兩道菜罷了。

「這手藝，連鎮上的小飯館也沒這麼好呀。」

允瓔有些驚訝，抬眼看了看那說話的小夥子。

小飯館？她的手藝有那種等級嗎？如果有，倒還可以試試開一家飯館。

不過她也只是想想，很快就拋開這個想法，如今身上連一文錢也沒賺到呢，談什麼做生意呀。

「快些吃了休息吧，明兒還要早起呢。」田娃兒身為領隊，還頗有些帶頭人的氣派，站在那兒催促眾人，幾人才沒有繼續說下去。

吃完飯，幾人便各自休息去了。

允瓔收拾了東西，端了熱水去給烏承橋換藥，船上堆放了東西，烏承橋吃飯什麼的都只能在這邊解決，全靠允瓔照顧。

等到所有事情做完，埠上已是一片安靜，眾人都安睡下了。

允瓔拿出被子，左右瞧了瞧，貨物讓船的空間更小了，連一個人睡覺的空間都沒有，只能為難地看著烏承橋問道：「要不，你睡那些袋子上？」

「好。」烏承橋也不挑，點頭應下，待允瓔鋪好被子，他才慢慢地移過去。

他的腿傷已結了痂，但傷筋動骨一百天，如今無論如何也不能太大意了。

被褥只有一床，允瓔安排烏承橋去休息，自己便只能縮在一角休息了。

她有些無奈，不過一想到這批貨送到之後，馬上能拿到第一筆工錢，又有些高興起來，倚靠在那兒，盤算這一趟能有多少錢。

她並沒有問田娃兒會有多少工錢，但她相信，絕不會只有幾文，這樣一來，該怎麼利用這有限的錢去無限地生蛋呢？

允瓔正想著未來的生財大計，便聽到身後有動靜，她漫不經心地回頭，卻見烏承橋坐了起來，正慢慢地往她這邊移，她不由納悶地問道：「你不休息幹麼呢？」

「這邊躺著不舒服。」烏承橋的目光掃了掃她單薄的衣衫，隨口應道。

「那你去前面？」允瓔轉身看了看船頭，那邊倒是還有些位置，只不過放著小灶還沒收拾。

「不用了，就這兒吧。」烏承橋搖頭，緩慢地挪過來，擠在她身邊，被褥也拉了過來。

「來，這兒鋪一鋪。」

允瓔看看他，撐著袋子起身，把被褥鋪到船尾上，只是這邊的空間不多，兩人也只能坐著背靠著袋子。

「來。」烏承橋倒是滿意，笑著拍拍他身邊。「歇息吧，明兒還得早起。」

「喔。」允瓔猶豫了一會兒，磨蹭了一下才坐過去。

烏承橋卻似沒注意到她的尷尬，逕自手一甩，替她蓋好被子，一邊傾身掖好邊緣，這邊的船舷倒是稍稍高出些許，這樣一掖倒不怕被子會滑下水去。

允瓔古怪地看看他。這麼多天的「同船共枕」下來，她還是很不習慣這樣的親近，尤其是最近她已無法忽視他的存在，這讓她很不自在。

可是，她想不出好辦法解決這尷尬的局面，她是他拜過堂的妻，而且既不能告訴他有關她的秘密，又不忍心再用邵父、邵母的死亡去刺傷他的心……

「在看什麼？」烏承橋掖好被角，很自然地往後一靠，手往她背後一搭，便攬住她的肩將她帶進懷裡。

允瓔整個人僵住，下意識伸手擋在他胸前，有些心慌地瞪著他問：「你想做什麼？」

「怎麼了？」烏承橋不解地看著她，好笑地問：「這兒睡得不踏實，妳當心掉進河裡。」

允瓔臉一紅，側頭瞄了一下，這船頭本就窄，一個弄不好確實有掉進河裡的危險。

「睡吧，明早還得起來做早飯呢。」烏承橋很自然地往後一靠，將她的頭按在他自己肩膀上。

允瓔僵著身子不敢動彈，這些日子她可沒離他這樣近過呀，她想離遠些，可身旁就是……無奈之下，只好這樣半癱似的靠著，感覺著他氣息漸漸平緩，她悄悄地抬頭，打量了一下他的側臉。

他睡著的樣子可比平日裡柔和多了，薄唇不再緊抿著，濃密的睫毛微微顫著，眉宇間也不像平日那樣緊緊顰著。

允瓔見他睡著，整個人才慢慢鬆懈下來，依著他的肩膀，看著他的臉，納悶地嘀咕了一句。「一個大男人長這麼妖孽……為什麼會娶邵英娘呢？一個船家女，什麼都沒有，又不能幫你做什麼……唉，真是奇怪的人。」

烏承橋呼吸平緩，明顯是睡著了，當然無法回答她的話。

允瓔看了好一會兒，眼皮有些沈重，才收回目光，略略調整了一下姿勢，靠著他的肩膀閉上眼睛。

很快的，她便沈沈地睡了過去。

她不知道的是，許久許久之後，烏承橋卻睜開眼睛，低眸看了看她，嘴角揚起一抹笑意，在她額上落下一吻，低低說道：「笨女人，那時的勇氣如今都到哪兒去了……」

清晨，天際初初透了些許亮光，允瓔便醒了，甫一睜眼，入目的便是烏承橋的睡顏，此時的他似乎作了惡夢，眉心深鎖，薄唇緊抿。

允瓔眨眨眼，凝望了他一番，便準備輕身離開，她得起來做早飯了。

只是，她只輕輕一動，烏承橋便醒了，微眯的眸中帶著些許慵懶，低啞著聲說道：「還早呢。」

「得做飯了，一會兒就該啟程了。」允瓔指了指田娃兒他們的方向，起身離開，想著一晚上枕著他的肩安眠，心裡有些悸動，偷偷瞄了他一眼，低頭去收拾被褥。

烏承橋緩緩放下了手，揉了揉痠麻的肩，活動了一下手臂。

允瓔撇嘴，裝作沒看見，臉上不自覺地浮現笑意。

簡單地洗漱後，允瓔先點了灶做好飯，端給眾人之後，才匆匆上岸，找了一處隱密的地方解決生理所需。

再回來他們已吃得差不多了，紛紛收拾著啟程上路。

烏承橋已經掌櫓啟程。

允瓔坐在船頭，慢悠悠地吃著早飯，看著遠處風景。

遠方的黑幕慢慢變薄，那些許亮光也帶著淡淡的橙色照亮了東方，如船行時推開水面的漣漪般，層層暈染。

允瓔閒坐船頭，手裡還端著碗，著迷地看著那天空的變化。她看過不少日出，絢麗的、壯觀的，卻獨獨沒有像此刻這樣，給她寧靜的感覺。

河道曲折，兩邊時顯寬闊的田野，時而綠樹成蔭，偶爾看到遠處稀稀落落的房屋，炊煙裊裊而起，勞作的人們扛著農具緩步而行。

日出而作，日落而息，鑿井而飲，耕田而食……

允瓔突然想到這幾句，心生嚮往。

烏承橋坐在船尾，看著安靜的她，目露探索，他從來沒想過坦率如她也有這樣嫻靜的時刻，目光不由凝住。

一上午，兩人就在這種寧靜中度過。

中午依然是找了個地方休息，由允瓔做飯。

田娃兒等人體諒允瓔身為女子的不便，停下來歇息的地方都尋得挺好，方便允瓔解決生理問題，行程上也給了允瓔極大的縱容。

船家漢子豪氣的外表下，藏著一顆細膩的心，這讓允瓔大大地欣賞，和他們的交流也漸漸多了些。

下午時，允瓔替下了烏承橋。

就這樣，一路日出而行、日落而息的行了三日，他們終於到達縣城外的石陵渡。

田娃兒領著他們停到一個空曠處，先上岸和人家接頭去了。

允瓔站在船頭，打量著這石陵渡。

這兒雖說是縣城外的渡口，可看起來也不氣派，石頭築就的臺階蜿蜒，往上是一排已顯得老舊的石屋，此時，人來人往的很熱鬧。

而地勢較低的埠邊，已停靠了大大小小的商船。

田娃兒很快回來了，跟他一起來的還有一個管事模樣的中年人，身後帶著十幾個挑夫。

卸貨的事自然就不用允瓔等人動手了，費了兩刻鐘，船上的貨全部清空，那中年管事左瞧右瞧地檢查著每個袋口，倒是磨蹭去了小半個時辰。

允瓔看著有些緊張，她那拆過的幾個袋子會不會被看出來？

所幸，那中年管事看來看去也沒找出什麼毛病，連數量也點了好幾遍，才不情不願地掏出兩串銅錢扔給田娃兒。

「多謝劉爺。」田娃兒接住那串錢，掂了掂，笑著送走了幾人，才樂呵呵地跑回來。

「好嘞，可以回家了。」

「田哥，我們這就回啊？」有個小夥子有些猶豫地問。

「你有事要辦？」田娃兒看看他，開始動手拆那長串銅錢。「來，按著每船的數量發，這是你的……」

田娃兒數著銅錢一一派發。

允瓔這才明白，原來是按著運送的數量算的。

「烏兄弟，你家的。」田娃兒數了數銅錢，留下自己的，餘下的連繩子也扔給了烏承橋。

「多謝。」烏承橋手一伸，直接接住，看也沒看就轉遞給了一邊的允瓔。

田娃兒等人見了，又是一陣哄笑。

允瓔迫切想數數這一趟賺了多少錢，也無顧忌地當著人家的面點了起來，點完之後，她疑惑地抬頭看著田娃兒。「田大哥，這不對呀，你是不是數錯了？」

「少了？」田娃兒一愣。

「不是呀，剛剛你們說的，按袋數算，我這兒還多了好些呢。」允瓔老實回道。

「我還以為數少了呢。」田娃兒哈哈一笑。「那是給妳的，這幾天多虧有妳在，讓我們兄弟幾個都吃了幾天的熱飯，這點是妳應得的。」

「這怎麼行呢……」允瓔皺了皺眉，到底不是厚顏的人，白拿人家這麼多，她都覺得不好意思。

「小嫂子，妳就拿著吧，要是覺得不好意思，晚上再給我們做些好吃的就行了。」那邊幾個小夥子也笑著勸道。

「拿著吧。」烏承橋看看他們，朝允瓔微微點頭，在他看來，這點錢真算不上什麼，想當初他打賞叫花子也不會這樣寒磣……

「那好吧。」允瓔想了想，自己家如今真是需要錢的時候，而且他們都這樣說了，她再推便顯得矯情了，當下點點頭，把銅錢收起來。

「田哥，我們晚些回去吧，難得來一次縣裡，我想帶些東西回家給我爹娘。」最早叫允瓔小嫂子的小夥子開了口。

「是呀，田哥，我也想去買些花布給我媳婦。」另一人也附和。

田娃兒看看日頭，正是午時，倒也還早，便點頭同意。「成，一個時辰之後，我們再上路吧。」

「好嘞。」幾人歡呼，連兩個比田娃兒年紀大的也高興地拴船繩準備登岸。

「小嫂子要去嗎？」幾人把船停到一邊安靜處，朝允瓔問道。

「不了，你們去吧。」允瓔搖頭，她沒什麼要買的，雖說她也好奇這縣裡是什麼樣子，可她有些不放心烏承橋。

「那……有勞烏家小娘子幫著看顧船。」田娃兒笑著把船都託給了允瓔，他倒是猜到允瓔不會扔下烏承橋一個人跟他們去，所以也不意外。

「沒問題。」允瓔點頭，目送他們上了臺階離開。

「我先躺會兒。」烏承橋仰望著那排石屋好一會兒，才收回目光，雙手撐著船板往艙裡挪。

「等會兒，我先收拾一下。」允瓔忙搶先鑽進去，這船艙裡放過那麼多袋子，都沒清洗呢，就這樣鋪上被褥，多髒呀。

收拾好了船艙，烏承橋逕自進去休息補眠。這幾天下來，他還真有些不適應，只不過在允瓔面前，他不想吭聲罷了。

允瓔卻不想大白天和他混到一處，便坐在船頭，洗洗刷刷的，一邊幫著看顧其他船隻。

大半個時辰過去，田娃兒他們還沒回來，允瓔該洗的已經全部洗完了，該收拾的也收拾得差不多，坐著無聊，她便想著上岸去看看，當是活動活動。

「我上去走走，就回來。」允瓔往船艙裡伸了伸頭，也不管烏承橋是醒著還是睡著了，說了一聲，就轉身跳上了岸。

一排石屋隔斷兩邊風情，順著那臺階，允瓔輕快地走進了中間的石屋門，入目的便是寬寬的石頭路，約莫兩丈之外，亦是一排石屋鋪子，兩邊延伸過去，中間開出一條兩丈寬的大道直通遠處。

剛剛坐在船上看這石陵渡還以為只是個破敗的渡頭呢，沒想到這石屋之後，竟然還有這樣氣勢的情景。允瓔很驚訝，站在那兒左顧右盼了一會兒，跳著下了臺階，順著那路往左右鋪子看了起來。

只不過與她想像的不一樣，兩排石屋看完，她也沒發現什麼商店，那些鋪子看起來更像是倉庫，其中有一家，正是他們交貨的那一家。

允瓔看到鋪子裡有個眼熟的夥計，便特意抬頭看了看鋪子的招牌——喬記倉。

鋪子裡也是有貨架有櫃檯的，貨架上還擺了無數扁筐，裡面擺著各種各樣的五穀雜糧。

難道是糧鋪？

允瓔無奈地眨眨眼，好吧，她不懂這些古代的玩意兒，而原主的記憶裡明顯也沒有這些東西，甚至可以說，邵英娘根本沒上岸過，他們一家子一向都在為人家擺渡，平時吃用，不是在水裡撈的，就是邵父一個人去鎮上帶回來的。

允瓔收回目光，晃著雙膀倒退著往另一邊走去，這一會兒也沒見到田娃兒他們回來，她也不用急著回去。

就在這時，縣城方向的大道上遠遠傳來喧天的鑼鼓聲，吸引了允瓔的注意力，她轉身快步跑過去，滿心的好奇。

這是遇上了古代的婚禮嗎？那她倒是要好好見識見識了。

第十八章

允瓔站在路口張望了好久，那鑼鼓聲才算近了，紅紅的隊伍也漸漸出現眼前。迎親的隊伍，看起來還不是一般人家。

白色的高頭大馬上，坐著身材高大的新郎官，胸前戴著大大的紅綢。

允瓔興趣大起，一抬頭，陽光中一片紅色，刺得她眼睛一眩，一時不適，她忙眯起眼，伸手擋在眼前，避開了陽光抬眸再看。

那匹白馬已經到了她面前，馬背上的新郎官不經意側頭，劍眉星目挺鼻，輪廓分明……

只一眼，允瓔便愣住了，這人竟與烏承橋那般相像，只不過，眼前這人比烏承橋要更白淨、儒雅。

如果說烏承橋是俊逸的貴公子，那麼，眼前這一位便是清朗的雅公子。

這一刻，人家明明穿著大紅新郎官服，她卻有種錯覺，似乎看到了一位白衣飄飄的公子，手搖水墨畫扇坐於馬背上搔首弄姿。

「讓一下、讓一下。」後面跟著的家丁在兩邊清道。

允瓔這一晃神沒注意，險些被推到邊上，所幸她及時反應過來，連退了幾步，才避開那家丁的推搡，不自覺地，她便皺了眉。

公子是挺雅，可瞧著這家丁的素質……哼哼，估計也不是有底蘊的人家，頂多就是暴發戶。允瓔很輕率地就給這戶人家下了定論，一時也失去了再看的興趣，遠遠地退開來。

這會兒的動靜，已經吸引不少圍觀群眾，附近商鋪裡的夥計們、在渡頭邊停靠的船家們都被引了出來。

「瞧，那就是泗縣喬家的二公子呢，果然一表人才。」人群中議論紛紛。

允瓔不經意地聽到這一句，頓時停下腳步，喬家二公子?!

她轉身，舉目望去，那白馬已經停在石屋的臺階下，吹鼓手往兩旁排開，後面跟著八人抬的花轎，到了這兒卻不放下，八個轎夫依然穩穩抬著，後面跟著看不到頭的嫁妝隊伍。

原來他就是喬家二公子？允瓔心起疑慮，這喬家二公子怎麼和烏承橋如此相像呢？

「瞧瞧，這會兒柳家更要得勢了，有喬家當親家，這生意還不得往京城做了去啊。」

「你這話說得外行了吧，這喬家無論是大公子當家還是二公子作主，柳家三小姐那都是實打實的當家主母，這生意早進京了。」有人反駁道。

「聽說柳三小姐長得跟天仙似的呢，你們看到了沒有？」

「呿，那些家丁都不讓我們靠近，更別說了，花轎遮得嚴嚴實實的，我們哪能看得到？就別作夢了。」

「就是……」

允瓔好奇心作祟，頓時忘了剛剛那家丁給她帶來的不好印象，她想了想，緩緩往渡頭邊走去。烏承橋應該會想知道這件事吧？

更何況她出來夠久了，方才他也不知道有沒有聽到她的話，等急了可不好。

允瓔想到這兒，就想著從臺階繞過去。

「來來來，發利市嘍——」就在允瓔走到臺階旁，想從吹鼓手身後繞出去的時候，迎親隊伍出來十幾個手抬紅筐的家丁，走向人群，隨著一人的高喊聲，十來個家丁伸手抓起筐裡的東西齊齊散向了人群。

允瓔愣了一下，她還沒看過這樣的儀式呢，可還等她細看，後面湧上來的人群硬生生把她捲了進去，她嚇了一大跳，奮力地想要往外擠去，無奈這蜂擁而至的人群，根本不是她一個人能撼動的，她只能被擠著往前推去。

離得近了，允瓔才發現那些筐中裝的都是銅錢，她不由愣神，這是這兒的風俗？還是喬家財大氣粗？

地上撒的錢已被人哄搶而空，這時那些家丁們又撒了第二把，而且正朝著允瓔這邊，允瓔想要避開，卻是來不及了，人群一擁而上，後面一些有力氣的漢子更是頂著後面扒著兩邊的想要多撿幾枚銅錢。這一來，場面頓時失控。

允瓔被直直地推了出去，失去著力點的她，不由自主地往花轎跌去，無巧不巧的撞到花轎側面。

那轎子本就由八人抬著未落地，被這一撞，那八人頓時驚惶起來，還好幾人都是有經驗的，急急避讓，抬著花轎往前行。

只是，允瓔卻撞倒了後面一個轎夫，她結結實實地跌到地上，手肘著地，疼得她整個人都蜷縮起來。

而那轎子，也因為後面一個轎夫倒地，失去平衡，其餘幾人忙紛紛落轎，雖然沒讓花轎傾倒，可是裡面的新娘子也著實受了驚嚇。

允瓔沒看那邊的情況，她只知道自己無辜被撞到，手肘還受了傷，等緩過神，她才坐起來，發現手肘和膝蓋都擦破皮，一陣一陣的刺疼。

倒楣！

允瓔緊鎖著眉，怒目看向那邊的人群。

這會兒，他們已經搶光了銅錢，正傻愣愣地看著這邊，目光中似有同情，又似有戲謔。

這些人……允瓔抿著唇，掙扎著站起來，拍了拍身上的灰塵，正要走開，就聽到一道尖銳的聲音在她身前響起。「哪來的乞丐婆！居然敢衝撞我們家三小姐的花轎！」

聲音就在面前，允瓔一抬頭，一根青蔥般的手指頭已指到了她的鼻尖。

眼前站著的小姑娘單手扠腰，看著不過十五、六歲，清清秀秀的，只可惜此時柳眉倒豎，破壞了她的俏麗，平添了幾分凶悍。

允瓔皺著眉，她才是受害者好不好？

「今兒可是我們三小姐的大喜日子，妳個乞丐婆，居然敢來驚擾我們三小姐，來人，拿下！」小姑娘的手指直指允瓔的額，不過她個子比允瓔要矮些，怎麼指也氣勢不足。

允瓔抿唇，輕飄飄拍開小姑娘的手指，諷刺地問道：「拿下？妳當妳是誰？說拿下就拿下？」

「妳……」小姑娘的手被允瓔拍開，她似乎沒料到允瓔會這樣對待柳家的人，不由一愣，隨即反應過來，就像沾了什麼髒東西似的，拿出手絹直抹自己的手指，一邊退後兩步，嫌惡地看著允瓔，連連喊道：「來人，拿下，送官！」

「好一個送官。」允瓔不由樂了。「請問我是殺了妳家的人，還是搶了妳家的錢？送官？總得有個罪名吧？」

「妳衝撞了我們家小姐！」小姑娘挺了挺小饅頭似的胸，怒目而視，就好像允瓔衝撞了柳三小姐是什麼驚天大罪似的。

「那是因為你們製造的混亂，妳眼瞎了？沒看到我受傷了？」

允瓔打小嬌養，來到這兒又憋了一肚子委屈，平日在烏承橋面前，她為了不被他懷疑才不得不學著克制，可這會兒又沒有人認識她，這無端被撞還被人斥罵為乞丐婆，心頭的火哪裡還壓得住，口氣也衝了起來。

「妳個乞丐婆，賤命一條，能與我們家三小姐比嗎？」小姑娘高傲地揚頭，鄙視地看著允瓔說道。

「我乞丐婆？」允瓔瞇了瞇眼，上上下下打量了小姑娘一番。「我就算是個乞丐婆，也是個知禮的人，至少我不會狗眼看人低。」

「妳罵誰是狗？」小姑娘頓時急了。

「誰對號入座就是誰了。」允瓔撇嘴，繞開了她，準備離開。

她手上、膝蓋上還帶傷呢，哪來的空跟一小瘋丫頭糾纏不休。當然了，她也知道喬家、柳家勢大，她討公道是不可能，現在能做的也就只有說上這小姑娘兩句解解氣。

「妳！」小姑娘想來也是柳三小姐身邊的貼身丫鬟，一聽這話，眼睛就紅了，衝上前揚手就要打允瓔的臉。

允瓔側身避開，隨手一擋便抓住小姑娘的手，很自然的，另一隻手已然揮了出去。

「啪！」

清脆的巴掌聲響起，驚住了那囂張的小姑娘，也震驚了圍觀的眾人，他們怎麼也沒想到，這個不起眼的寒酸姑娘居然敢對柳家的人動手！

有人私下議論允瓔的膽大，也有人唏噓著允瓔可能有的下場。

允瓔打完巴掌，皺著眉甩了甩手，打得太用力，震得她自己掌心疼，還牽動了手肘上的傷，真是太不划算了。

「妳……妳敢打我！」小姑娘捂著臉半晌才反應過來，指著允瓔顫聲說道，眼眶已然泛紅。

允瓔警惕地退後一步，防備著這小姑娘再傷人。

只是她卻料錯了，她等了好一會兒，以為那小姑娘要暴起傷人的時候，卻見那小姑娘「哇」的一聲，痛哭著撲到了花轎前。「小姐幫奴婢作主啊！」

「小丫頭，今兒可是妳家小姐大喜的日子，妳這樣哭哭啼啼的不好吧？」允瓔不由好笑，這跟打敗了回家找娘的孩子有什麼區別？

「趕緊起來。」花轎邊站著好幾個丫鬟，一直沒人出來幫那小姑娘一把，這會兒允瓔說罷，倒是出來一個勸道，但仍不見她們上去拉一把，顯然那小姑娘與她們並不融洽。

「小姐……」小姑娘被允瓔一說，倒是嚇得不敢再哭，卻也不想起來，可憐兮兮地看著花轎門。

允瓔看不慣這些，她還真不信那柳三小姐會在這樣的情況下為個小丫鬟出頭，今兒可是出閣的日子，喬二公子就在這兒看著，圍觀的人還這麼多，這柳家三小姐能白癡成那樣？

不過看那小丫鬟的囂張程度，她覺得，這柳家似乎也並不怎麼樣啊。

允瓔撇撇嘴，打算離開。這時，花轎門簾竟掀開了。

圍觀的眾人一聲低呼，紛紛提醒著。「柳三小姐要出轎了！」

允瓔對這柳三小姐倒還算有興趣，轉頭瞄了一眼。

花轎門簾掀開一角，一邊的丫鬟立即湊過去，接了一樣東西出來，腳步匆匆地往允瓔這邊走來。

來到允瓔面前，丫鬟竟微笑著遞過兩樣東西。「這位姑娘，我們家三小姐讓我向姑娘道歉，詠荷不懂事，衝撞了姑娘，這些，姑娘還請拿著去醫館治治傷吧。」

說罷，雙手攤著往允瓔面前一遞，手上赫然是兩錠大大的銀錠子和一只碧綠碧綠的玉鐲子。

允瓔驚訝地看著她，沒有伸手，她是缺錢，可這東西若是接了，倒燙手得很。

「這些就不用了，讓她道個歉，以後別這樣仗勢欺人就行了。」允瓔撇嘴，退開一步。

「姑娘若不收，我不好向我們小姐交代呀。」丫鬟堅持著。

「妳的意思是，我不收，她就不放我走了是吧？」允瓔翻了個白眼，這天底下還有這樣可笑的事嗎？逼著人收錢？

「詠蓮，退下。」就在這時，一直站在臺階上看著這一幕的喬二公子動了，他緩步而來，停在允瓔面前時，輕輕地拂了拂袖。

他的笑如同春日的風，瞬間暖了丫鬟的心，詠蓮白皙的臉染了紅霞，捧著東西柔順地退到一邊。

允瓔卻是提防地看著喬二公子，心裡琢磨著他的用意。之前從烏承橋隱晦的話裡，她聽出了蛛絲馬跡，這喬家只怕並不是善茬，而眼前這位代替兄長掌了家，又娶了兄長未婚妻的喬二公子，能是什麼君子？

「姑娘受驚了。」喬二公子彬彬有禮地朝允瓔拱拱手，依然是那招牌的微笑，臉上竟顯出兩個淺淺的酒窩。「喬某思慮不周，原想趁著大喜的日子與民同樂，卻不想引發了混亂，傷到了姑娘，還請姑娘恕罪。」

與民同樂？

允瓔古怪地打量著這位喬二公子。

溫文爾雅的喬二公子竟對著一個寒酸的貧家姑娘賠笑行禮，頓時引起眾人更大的喧譁，只不過有喬二公子在面前，他們的喧譁便顯得有些壓抑，只敢私下裡打聽著這膽大的姑娘是哪家的，議論著喬二公子不愧是喬家新任家主、如此平易近人云云。

允瓔聽到這兒，不覺好笑，平易近人？與民同樂？看來，還真的是她小覷了人家啊。

「姑娘受傷了，不如隨我們一起上船，我們船上有隨行的郎中，可以為姑娘診治。」喬二公子笑意和煦，客氣地提議道。

「謝公子好意，我這點小傷，自己處理一下就好了，哪敢再攪了公子的喜事。」允瓔立即搖頭。

因為烏承橋，她對喬家便存著一分戒備，要是追殺烏承橋的那些人真的出自喬家，那麼她今天跟著上船，必是上得，下不得。

「那如何是好？」喬二公子打量了一下允瓔，臉上掛著濃濃的擔憂。

「謝二公子，莊戶人家，從小田野裡長大，摸爬滾打慣了的，這點傷真不算什麼。」唉，她怎麼就沒忍住呢？打了人家丫鬟，鬧了人家的婚禮，這下好了，被喬二給盯上了。允瓔突然有些後悔了。

此時此刻，她莫名覺得這看起來應該是個雅公子的喬二，並不如表面上那樣溫和。想到這兒，允瓔抬頭看了喬二公子一眼。

孰料她只是猛然抬頭，卻意外捕捉到喬二公子眼中來不及掩飾的不屑，心裡頓時涼了一片，徹底清醒了。

看來，騎白馬的真不是只有白馬王子和唐僧，也有可能是扮演王子的人……允瓔瞬間了悟，自然更不肯跟喬二公子多說什麼了。

「公子，該上船了。」後面的管家看了看日頭，忙上前提醒。

喬二公子這才點點頭，不再勉強允瓔跟著上船，而是示意管家取了些碎銀子遞給允瓔。

「拿著去看郎中吧，要不然我心難安。」喬二公子微笑著朝允瓔說道，就好像她是多重要的人似的。

「多謝。」允瓔略一猶豫，也不再堅持，這些碎銀子看起來也沒有那兩錠銀子和鐲子那麼貴重，拿著就當是醫藥費吧，當下坦然接過。

喬二公子見她收下，才滿意地點頭，朝允瓔拱拱手，又朝圍觀的眾人拱手，才含笑退場。

只不過，允瓔留意了一下，喬二公子在經過管家身邊時，給了一個眼神，令她不由皺了皺眉，捏了捏手裡的碎銀子。

在管家的指揮下，鑼鼓再次敲打起來，媒婆高亢的聲音響起，之前的凌亂就像一顆石子投入水中般，只是激起了小小的漣漪，便被徹底淹沒。

埠外，喬家的船不知何時已停靠在那兒。

船身比埠頭高出一丈，整個船披紅掛彩，兩層高的船樓上也掛滿了彩燈，顯得喜氣洋洋。

「小姐！」柳三小姐的花轎被抬上了船，就在這時，一聲哀求的抽泣聲吸引回允瓔的注意力，那人，正是領了她一巴掌的丫鬟詠荷。

第十九章

此時，詠荷正可憐巴巴地跟在轎子後面，那位前來打賞的丫鬟詠蓮擋在她面前，目光似乎有些同情又帶著小小的得意。允瓔只是多看了一眼，便沒了興趣。

大戶人家，可不只是主子們之間的鬥爭，還有丫鬟、下人們的，看來，還是她現在的日子舒坦。允瓔心生感慨，微微一笑，她想到了守望相助的船家們。

「都是妳這個乞丐婆！」迎親的隊伍都上了船，餘下的是柳家送親的人，這會兒都朝著高高的船揮手告別。詠荷被棄在後面，她絕望地看著收起的登船木階和長板，心生怨懟，一回頭卻又看到允瓔的笑，頓時從地上爬起來，尖叫著衝向允瓔，嘴裡還憤恨地罵道：「都是妳，要不是妳，我不會被小姐扔下，我好不容易爭取到的陪嫁，就被妳這乞丐婆給毀了，我要殺了妳！」

允瓔嚇了一跳，機靈地跑開去。「妳這人怎麼這樣不講理，妳自己沒眼力，關我屁事？」

「就是妳！」詠荷的髮髻凌亂，雙眼紅紅地瞪著她。「如果不是妳，我就不會這樣……」

允瓔聽罷頓時無語，這樣的瘋子，她可奉陪不起，當下收起碎銀子躥上石階，跑到了石屋外，站在臺階上，她張望了一下，遠遠地看到自家的船上，烏承橋倚靠在船艙口一動不動。

「去死吧！」陪嫁似乎真的對詠荷很重要，這會兒允瓔已經到了外面，她居然還追出來，看到站在臺階上的允瓔，發了狠地一頭撞過來。

「當心！」此時身邊有人猛地扯了一把她的手臂，把允瓔拉到一邊。

詠荷撞了個空，整個人從臺階上跌滾下去。

允瓔一回頭，才發現拉她的人是田娃兒，他們幾人不知何時到了這邊，一個個的都大包小包的，正一臉緊張地看著滾落下去的詠荷。

「小嫂子，妳趕緊走。」最早叫允瓔小嫂子的年輕人頭一個反應過來，急急地催促她快離開。

喬家、柳家今兒結親，卻鬧出了這樣的事，他們不惱才怪了。

擔心允瓔的幾人紛紛反應過來，自動地擋在允瓔面前，想掩護著她離開。

允瓔卻站著不動，今天的事並不是她挑起的，剛剛無論是柳三小姐還是喬二公子的態度，無疑已經告訴她，他們要面子。所以，就算她打了詠荷，他們還是選擇了安撫，這是為什麼呢？

答案很簡單，就是因為大庭廣眾之下，這麼多人都看到了事情發生的經過，他們想不被人詬病，就必須這樣選擇。比起他們的家譽，小小一個丫鬟算什麼？

允瓔清楚看到了，所以，她站著沒動。

詠荷滾下去，是因為她自己心存歹念，想置人於死地，而田娃兒更沒有錯了，他只是隨手拉了一把而已。
果然，如允瓔所想的，無論是喬家還是柳家，都沒有人過來為難她，他們自顧自地互相道別，喬家的船在熱鬧的炮竹聲中伴著喜樂緩緩離岸。
等喬家船一走，柳家人才返回縣裡，這時，人群裡才出來一個老管事，帶著兩個家丁匆匆步下臺階，架起了不知死活的詠荷。
「不會……死了吧？」允瓔看到一動不動被拖著走的詠荷，心裡多少有些不忍，方才的篤定也動搖起來。只這半天工夫，她見識到了那些所謂富貴人家的虛偽和冷漠，一個活生生的俏丫頭，就這樣犧牲了？
「這樣歹毒的人，死了就死了。」田娃兒卻不屑地哼了一句。「剛才要不是我拉妳，她非撞死妳不可。」
「是呀，小嫂子，對這種人不用憐憫的，剛剛的事我們都看見了，明明是她不對。」幾人連連附和，要不是後來見喬二公子還算禮遇，他們肯定衝出來了。
什麼喬家，什麼柯家，大不了，賤命一條！
「走吧。」允瓔嘆了口氣，他們說得沒錯，詠荷確實有些自作孽了，但，她心裡多少還是被影響了。
這，也是人命如草芥的世界……
在田娃兒等人的相護下，允瓔回到了船上，烏承橋第一眼就看到她身上的傷，不由皺眉。「怎麼回事？」

他剛剛大老遠就看到詠荷對允瓔動手，卻沒有往深裡想，只以為是意外，沒想到她居然帶著傷回來。

「出門沒翻黃曆，遇到個瘋丫頭罷了。」有田娃兒他們在，允瓔也不好詳細解釋，只是隨意地說了一句，鑽進船艙尋盆子倒了水準備收拾傷口。

「柳家那小丫鬟欺人太甚了。」幾個小夥子不服氣，紛紛給烏承橋解說起剛剛發生的事。

「先離開這兒吧，回去再說。」允瓔心裡有些不安，她總覺得這喬家、柳家不是什麼善茬，方才詠荷就這樣沒了，他們卻無動於衷，他們會放過她？

「沒錯，先離開。」田娃兒也是一臉慎重。

他跑縣裡比較多，深深知道喬家和柳家是什麼勢力，這會兒，他顯然也想到了可能存在的危險，催促著眾人先啟航返程。

烏承橋若有所思地看了看喬家大船離開的方向，什麼也沒問，挪著去了船尾，這一趟船跑下來，他已能熟練地掌控船櫓。

田娃兒細心地回頭看了看，朝幾人打了手勢。幾人領會，紛紛解了纜繩搖船離岸。

允瓔坐在艙中，捲起褲腳，膝蓋處除了擦傷，還烏青了一片，所幸船上有給烏承橋治傷用的草藥，尋了一些出來，揉爛了敷在洗淨的傷口處，找了布條包紮好，只是手肘那一處卻有些艱難。

烏承橋坐在那兒搖船，眉頭皺得緊緊的，目光時不時地往允瓔身上瞟上一眼，他很好奇，她怎麼就跟喬家、柳家的人對上了？

允瓔好不容易把手肘包紮好，用牙齒咬著布條一端，總算把結固定好，才長長地吐了口氣，頭也沒抬就說道：「想問就問吧，看什麼？」

「那些人對妳怎麼了？」烏承橋聲音低沈地問道。

「也沒怎麼啦。」允瓔嘆氣，把水端出去倒在盛髒水的桶裡面，才揉著手肘回到烏承橋面前，他就算不問，她也準備和他細說的，因為她認定烏承橋與喬家有關。「我剛才在那邊看到了，接糧的人正是喬家的，他們在那邊有個鋪子，叫喬記倉。」

「嗯，那是糧倉。」烏承橋應得很順溜。

允瓔古怪地看看他，心裡越發好奇他是不是就是那個被驅逐的喬大公子？

「是他們傷了妳？」烏承橋見她停住不說話，又問了一句。

「沒，這傷是意外。」允瓔摸了摸手肘處，有些無奈地把事情經過都說了一遍。

「喬二還有問妳什麼嗎？」烏承橋聽罷，鬆了口氣，眉心略展。

「事情經過就是那樣了，沒別的。」允瓔搖頭，她說得夠詳細了。

「以後遇到喬家、柳家、柯家的人，離遠一些。」烏承橋看了看，扔下一句話，不再言語。

「欸，我剛剛還聽到了一些消息。」允瓔出於好奇，只好主動探他的話。「他們都在說喬家還有位大公子，那位柳三小姐原來是大公子的未婚妻呢，你知道喬家的，那這事是不是真的？」

「知道。」烏承橋沈默了好一會兒，才淡淡地應道。「喬老爺在世時訂下的親，父母之言罷了。」

「這樣啊……」允瓔恍然地點頭，繼續看著他說道：「你說，那喬大公子據說被趕出了喬家，那他會不會投奔柳家呢？怎麼說也是準泰山家裡嘛，現在柳三小姐卻嫁給了二公子，唉，他要真去了，柳家人可怎麼跟他解釋呢？」

烏承橋聽罷，抬眸看了她一眼，淡淡地問：「妳很閒？管人家的閒事做什麼？」

允瓔見他迴避，心裡有些不爽，當下翻了個白眼。「知道就是知道，不知道就不知道，這麼凶幹麼？」

烏承橋頓時無語，他剛剛凶了嗎？

就在這時，走在後面的兩條船飛快地趕上來，對著烏承橋說道：「烏兄弟，前面有個岔道，記得往左拐。」

「為什麼呀？」允瓔很奇怪，剛剛來的就是這條路，難道有新活計？

「後面好像有人跟著，不知道是不是喬家、柳家的人，我們繞開他們。」說罷，兩條船已經超過他們追著去跟田娃兒報信。「你們當心些。」

後面有人追？

允瓔也顧不得和烏承橋糾結他凶不凶的問題，心一下子提了起來，她想起了邵父、邵母遇害的事，有些緊張地看了看烏承橋，快步到了船頭，往後面張望了一下。

「烏兄弟，這邊。」

田娃兒等在前面分岔口，其他船也已拐了進去。
烏承橋轉彎的技術有些生疏，船搖得有些偏過頭了。
允瓔側頭看了看他，想也不想，直接走過去趕他下來。「我來。」
好歹，她也是受過培訓的。
烏承橋也不強求，停下了船，讓出掌櫓的位置。
允瓔一彎腰就鑽了過去，使力地搖起櫓，調轉了船頭，順著分岔水路跟了上去。
田娃兒在後面斷後。
前面有那幾個船家帶路，允瓔只消全神貫注操控船隻便好，一路七拐八繞的，也不知道繞了幾個彎，他們來到一片蘆葦蕩中。
「這邊。」允瓔看著他們鑽進去，略一猶豫，馬上便有人招呼她，她忙跟上。
蘆葦蕩中，小道縱橫，他們卻沒有繼續的意思，都停在厚重的蘆葦下，沒一會兒，田娃兒也鑽了進來。
「他們……」允瓔正要說話。
一邊的人便制止了她。「噓！來了。」
允瓔忙捂了嘴，有些緊張地蹲身下去，死死盯著外面，心跳如擂鼓。
如果是那些殺人不眨眼的黑衣人，躲在這兒豈不是更讓他們好下手？怎麼辦？她的空間也不知道能不能裝人……
這時，外面有了動靜，一艘小船划了進來，船上只有兩個人，到了這邊，小船便停下來，左看右看沒見著什麼，兩人都有些驚訝。「咦？哪兒去了？」

「那邊有條道，估計進去了，走。」

「那小娘子也不知哪兒來的，居然這麼大膽，害了詠荷不說，偏偏還得了三姑爺青睞，你說，我們就是找到她，又能怎麼樣？」

「多做事，少說話，能長命！快走。」另一個不耐地催促。

「好吧。」

小船在兩人有一句沒一句的對話中往前疾駛而去。

允瓔有些著急地站起來想退出去看看，被烏承橋伸手拉住，他就坐在艙口，神情隱晦不明。

允瓔不解其意，只好又蹲下。

「走。」田娃兒手搭帳篷朝著那邊張望了一番，見遠處的蘆葦叢上方飛起了鳥兒無數，才低低地吆喝一句，帶著眾人退了出來，往原路返回。

入夜，田娃兒也不敢隨意地宿停河道，兜兜轉轉地尋了一處隱密的水灣才停下來。

幾人安排了放哨，輪流值夜。

「抱歉，都是我惹的麻煩……」允瓔很不好意思，要不是她好奇心太重，乖乖地待在船上，就不會有這些麻煩了。

「小嫂子，妳不用這樣說，他們那些人就這樣的。」幾人正吃著允瓔做的飯，見狀忙朝允瓔擺擺手，笑道：「或許並不是喬家和柳家的人呢，今兒在那兒看的人那麼多，喬二公子又當眾賞了妳銀子，被人惦記上了，等我們回到苕溪灣，就沒事了。」

「沒錯，等我們回到苕溪灣，他們還找得著我們？」幾人倒是樂觀，很快便岔開話題，說起了別的。

「烏家小娘子，妳快去歇著吧，還帶著傷呢，那傷不處理，這天兒又不是很涼快，化了膿就遭罪了。」田娃兒倒是細心，看了看允瓔身上的傷，催促道。

允瓔也不強撐著，她雖然用了草藥包紮，可這一路搖櫓，多少還是影響到了傷口，這會兒還真有些疼。

當下打了水進船艙，兩頭的布簾都捏得嚴實，允瓔才褪去衣衫，只是外面還有那麼多人，她心裡也不踏實，也沒敢進空間去，就這樣匆匆地擦了擦身子，換了乾淨的衣服。

腿上的傷倒是還好，不必再重新換，可手肘上……

她試了幾次，也沒法綁得貼實，不由有些洩氣。

就在這時，烏承橋的聲音在外面響起了。「英娘，好了沒？」

「好了。」允瓔忙應道，暫時不去計較那鬆鬆垮垮的布條，開始收拾船艙。

田娃兒等人已經主動地收拾了碗筷，這會兒都回各自的船休息去了，烏承橋一個人坐在船艙口，等她一出來，目光便直直地掃了過來，隱隱有些擔心。

允瓔沒有多說什麼，收拾東西，安排被褥，休息。

明早還得早早起來離開這兒呢。

烏承橋挪了進來，手裡多了一個不知道從哪裡拿的葫蘆，到了她身邊，淡淡地說道：

「把衣服脫了。」

「什麼?!」允瓔以為自己幻聽了，他從來沒有……不由下意識地往後靠了靠，雙手護住衣襟，戒備地看著他。「你不許胡來！」

烏承橋本是無心，此時見她這樣，一瞬的愕然之後不由失笑。「田大哥給的藥酒，妳的傷不單是擦破吧?不揉開，瘀血如何散得開？」

「我自己來就行了。」允瓔不自在地伸手去接他手中的葫蘆。

烏承橋卻手一伸，避開了她的手，只示意她快些。

「我自己來就是了。」允瓔瞪他。

烏承橋只是看著她，也不吭聲。

「我自己有手。」允瓔被他看得有些發怵，微斂了眸伸手去搆那葫蘆。

烏承橋卻一傾身，湊在她耳邊低聲說道：「妳若想讓他們誤會，只管搶。」

「什麼意思？」允瓔不解。

烏承橋勾了勾唇角，手拿著葫蘆晃了晃，藏到了身後。

「你……」允瓔不由氣結，身子一歪，就背對著他躺下，可是偏偏壓到她手上的傷，一躺之下，疼得她整個人都縮了起來。

烏承橋見狀，瞬間沒了笑臉，一把拉起她，沈聲說道：「脫！」

第二十章

「你有……」允瓔火大了，脫口便要罵人，可目光一觸及烏承橋黑沈沈的臉，頓時有些心虛，「病」這一字也及時嚥了回去。

「妳我是夫妻。」烏承橋沒了耐心，帶著些許譏諷的語氣說道：「當初妳那麼直白地讓我當妳男人，那勇氣去哪兒了？現在這樣忸忸怩怩，我真懷疑妳是不是換了個人。」

一語驚得允瓔心頭狂跳。

天哪！她怎麼就忘了這茬兒，這些日子的恣意，讓她漸漸放鬆下來，自己的本性漸露，倒是忘記邵英娘本身是個什麼樣的人，現在怎麼辦？他懷疑她了……

「需要我幫忙嗎？」烏承橋一改平日的隨意，目光灼灼地看著她，似乎想要把她看透般。

「不用。」允瓔憋屈地撇嘴，看他這不依不饒的樣子，今天她要不配合，他會不會當一回霸王？

「嗯？」烏承橋挑了挑眉，手動了動，似乎她再拖，他就要替她動手的意思。

「說了不用。」允瓔無奈，狠狠地白了他一眼，略側過身，緩緩拉開衣帶。

費了好大的勁，總算把外衫給脫下來，身上只剩下肚兜，允瓔的臉也莫名地燙了起來，不敢抬頭迎視他的目光。

所幸，烏承橋也沒繼續為難她，示意她背過身，把傷口那邊朝向他，拔開葫蘆口的木塞，倒了些酒在手掌心，抹上允瓔的手臂。

香醇的酒氣撲鼻而來，滴酒不沾的允瓔瞬間有些恍惚，手臂上傳來的溫熱厚實如星火般，挾帶著醉人的酒氣從臂上直滲入心間，允瓔不由自主地顫了顫。

烏承橋明顯地感覺到了，他的手頓了頓，抬眸看看她，才繼續抹酒揉搓。

酒只是普通的高粱，可在此時，卻成了最香醇的催化劑。

允瓔低著頭，克制著心頭的悸動，然而，凝滑的肌膚上傳來的觸感卻是真實的，她無從逃避，無從躲閃，這一刻，她盼著早早熬過去，又在潛意識裡隱隱希望能停止在這一瞬……

烏承橋也沈默著，手上的勁兒已在不知不覺中柔了下來。

邵父、邵母雖然嬌養著她，可也不是什麼都不用做，所以她的手臂結實而柔滑，不似那些柔弱女子，除了柔還是柔，以前他接觸的女子都是那種類型，兩者相較，就好像她們是棉花，而她是溫玉。

一瞬間，他迷上了這種感覺。

手掌漸漸變成了指尖的摩搓，一圈一圈，徐徐往下，掌下的酒早已乾了，他卻忘記了再添……

「好了。」允瓔也察覺出他的異樣，心裡一陣慌亂，這會兒，她倒是清楚地記起了他們是夫妻。

是夫妻，這後面順其自然發生點什麼事，都是很正常的，可偏偏，真夫假妻呀。

允瓔的本意是提醒他就此打住，可誰知道，她這一開口，便成導火線似的，點燃了烏承橋心裡的火，他倒是停了下來，目光黝黑地盯著她看了許久，忽地一伸手，把允瓔攬在懷裡。

允瓔心頭一亂，下意識地便要去推，卻被緊緊錮在他懷裡，還不待她有別的反應，他的手已扣住她的下巴，火熱的唇也印了下來。

天地萬物，在這一刻消失無蹤，允瓔只覺腦中一片空白，唯一的感覺，便是那不知從何處直滲入心底的酥麻，讓她無力還擊，甚至忘記了還擊。

前世時，允瓔的仰慕者無數，敢於主動追求的也不少，但很奇怪的是，不知是因為她的氣場還是性子，往往幾個月下來，仰慕者便自動升級，最後都成了她的哥兒們，所以真正的戀愛，她還真沒體驗過。

烏承橋的熱情鋪天蓋地，如火如荼地融化她心頭的冰，讓她避無可避，無處可逃，貝齒在不知不覺間被撬開，她想要抗拒，然而丁香舌一觸及那團溫潤，瞬間便被反捲，呼吸被奪，空氣漸漸稀薄。

窒息……

就猶如一個夢中被重物壓住想要掙扎的人，努力地想要推開，卻發現自己的掙扎都是徒勞。

就在這一刻，烏承橋突然鬆開了她。

清新的空氣陡然灌入，允瓔如同甫被救上岸的人般，胸口急促起伏，大口大口地貪婪吸著氣。

烏承橋低眸看著懷中的人兒，心潮起伏，連他也被自己剛剛的渴求嚇到了。

世人都道他是紈袴，流連花叢閱人無數，可又有誰知道，他偏是那種「萬花叢中過、片葉不沾身」的人呢？

可今晚，他卻失控了。

對這樣一個女子，曾經在他眼中只能算無鹽女的尋常船家女，卻輕易地挑動了他那根筋。

該不該繼續？

烏承橋在猶豫著。

眼前的她，似乎越來越順眼了，那雙靈動的眸此時充滿了迷離，雙頰染了紅暈，微張的雙唇似在邀請他。

烏承橋微微俯身，手下意識地撫過她的背，停在她頸後的繩結處。

他們是因你而死的……

突然，烏承橋想起那天她說的話，她這些日子以來的拒絕、對他的忽熱忽冷，一一浮現在心頭。

他的手有些無力地滑了下來，改而托住她的後腦勺，長嘆一聲後將她緊緊按在懷裡。

她對他有怨懟，因為他的到來，毀了她原本平靜溫馨的家，而今天她還受了傷，他……又什麼也給不了她，此時此地，外面還有那麼多的船家漢子，在這兒要了她，對她太不公平了。

烏承橋有了決斷，心頭充斥的渴求漸漸熄了下去。

允瓔無力地依在他懷裡，呼吸還未平復，她不敢動彈，怕自己一個不小心就惹得他再次爆發，那時她會被怎麼樣？

吃乾抹淨？

未免太悲哀了……允瓔不想這樣。

雖然她對他有好感，也不排斥這輩子與他就這樣守著船、守著苕溪灣相伴到老，但，她還是不想糊裡糊塗地把自己交出去，偏偏，她似乎對他毫無抵抗力。

「睡吧，明兒還要早起。」烏承橋第一次這樣擁著她歇息，他有些期待，天明時有個人在自己懷裡醒來的感覺會是怎樣的？

「嗯。」允瓔聽到這話，頓時放鬆下來，雖然這樣的姿勢讓她還是不自在，可總比擔心自己被吃乾抹淨安全。

這一夜，算是安安穩穩地過去。

清晨天未明，外面便傳來田娃兒幾人的說話聲，烏承橋便醒了，他沒有動，側頭看著允瓔安然的睡顏，心底升起淡淡的滿足，飄浮的心在這一刻平靜了下來。

她或許並不美麗，但她卻是鮮活真實的，他喜歡這樣的她，無論是當日那震撼他的直白宣言，還是如今時冷時熱的她，都是因為在意，才會這樣反覆不是嗎？

烏承橋揚起一抹淺笑，微微傾身，唇貼上她的眼簾。

只一貼，允瓔整個人便震了一下。

這一大早的，不會想……

「醒了？」烏承橋的胸膛在振動，語氣帶著笑意，看來，她那日的宣言也是下了不少決心的。

允瓔瞪著他，石化了好一會兒，才想到了什麼似的，猛地推開他跳起來。

烏承橋沒注意，被她推得手一甩，撞在艙壁上，他不由皺了眉，方才滋生的那絲柔情也被推得一乾二淨。

這麼大的動靜，整條船如何還能保持平穩，頓時便劇烈地左右搖晃起來。

允瓔還沒站穩，便被晃得跌坐回去。

船在左右傾著，允瓔的臉也變得煞白，穿越前那一幕，宛如重現。

只是這一次，她還能幸運地再得一次機會嗎？

作為二十一世紀的現代人，允瓔看多了穿越小說，但在她心裡，其實還是不相信穿越之說的，縱然她親身經歷了一次，也不認為自己能好運到再穿越一次。

所以，她很惜命，所以，她後悔了。

不就是被他抱著睡了一晚而已。

自己該在的都還在，又有什麼可大驚小怪的？

現在好了，萬一船覆人亡，她不知道會不會就此完蛋呢？

事。

允瓔緊緊貼著艙壁，雙手撐在兩邊，試圖穩定平衡。

但，船在搖晃時，她的重量幾乎都在這一邊，想要立即讓船隻穩定，根本是不可能的事。

烏承橋見狀，忙起身略側到另一邊，試圖讓船兩邊的重量相仿，只是，船依然晃得厲害，兩個同樣沒有經驗的人，頓時傻了眼。

「哈哈，烏兄弟，好興致啊！」就在這時，外面響起田娃兒幾人的哄笑聲，顯然，他們想歪了。

烏承橋顧不得尷尬，高聲應了一句。「田大哥，幫忙扶一下船頭。」

「哈哈哈——」外面幾人又是一陣哄笑。

不過只一會兒，船倒是穩了下來，顯然是田娃兒幾人動了手。

「多謝。」烏承橋高聲道謝，伸手拿過允瓔的衣服遞過來。

允瓔又是臊又是心慌，穿衣服都顯得有些亂，好不容易找對了正反面穿上，又發現衣帶繫錯了方向，待繫上了，卻又發現打了死結。

「來。」烏承橋整理好了被褥，見她還在糾結，實在看不下去，往中間挪了挪，伸手探向她腰間。

偶然的失控，不僅讓允瓔亂了方寸，還讓田娃兒等人多了一段談笑的話題。

當然，因為允瓔是女子，他們也知道她與陳四家的不同，當她的面倒也沒說什麼過分的話，只私底下與烏承橋笑鬧成一團。

烏承橋與他們也打成了一片，稱兄道弟，很是親熱。

允瓔有些鬱悶，她幾次看到那幾人吃飯的時候湊到一起，朝她這邊笑，烏承橋還時不時地回應上兩句，言笑晏晏的，讓她看著就覺得刺眼。

因為每次看到他這笑，她就想起那一晚的迷亂。

接連幾天，她都對烏承橋視而不見，做好了飯也是遠遠地避到一邊吃飯，晚上睡覺也是背對著他，不言不語，也不讓他多觸碰一下，哪怕是換藥，也是板著臉強自鎮定。

烏承橋有些無奈，幾次試著緩和一下，都碰了軟釘子，他只好保持緘默，暫時不去觸碰刺蝟一樣的允瓔。

終於，幾天的兜兜轉轉之後，他們順利地回到了苕溪灣。

只不過離開幾天，再回到這兒，且不提田娃兒等人如何高興了，便是允瓔的心情也大大好轉，多日陰鬱的臉也揚起了一抹笑。

在她心裡，這苕溪灣已給了她一份如家般的溫暖。

「大妹子，聽說妳受傷了？」允瓔的船停下後還沒來得及收拾，陳四家的便匆匆而來，朝烏承橋笑了笑，便問起了允瓔的傷勢。顯然，她已從田娃兒那兒知道了事情的來龍去脈。

「小傷，已經好得差不多了呢。」允瓔不好意思地笑了笑，那些只是擦傷，結了痂，只是瘀青處還有些隱隱作痛，但她還記著那一日的教訓，便一直忍著，沒在烏承橋面前露出一絲一毫。

「妳呀，幸好沒事。」陳四家的聽罷，長長吁了口氣，也沒多說什麼，只告訴允瓔一個消息。「風向有些變了，過幾天又是大潮汐，萬一要是運氣不好，下場暴雨，我們都得避到鎮上圍壩裡面去，這兩天多備些口糧吧。」

「大潮汐？暴雨？」允瓔驚訝地問。

「是呀，每年多多少少都會有幾場風雨，不過都不會很大，放心吧。」陳四家的笑著安撫道，生怕允瓔初來乍到被嚇到。

「多大的風？」允瓔倒是想到了颱風。

在前世，每年的颱風季節，防颱工作都是家家戶戶每年要注意的事，只是不知道在這兒又會是什麼情況？

「幾年前倒是有場挺大的風，颳倒了不少樹。」陳四家的偏著頭想了想。「我們反正要避進圍壩的，那兒避風，地勢也高，不會有什麼事的，多備些口糧也是為了以防萬一。」

「好，謝謝陳嫂子。」

允瓔當然懂儲糧的重要，正好這趟去縣裡，除了工錢還得了一筆意外的錢，去集上走一趟，應該能帶回不少東西吧。

陳四家的離開後，允瓔立即開始清點家裡的存糧，一邊想著防颱都需要準備些什麼。

雖說陳四家的一直提可以避進圍壩，她卻還是覺得多準備一些更好。

「英娘，明兒要去集上嗎？」烏承橋轉頭看著允瓔。「方才田大哥說最近可能要起大風，我們要不要備些糧食？」

「嗯，去吧。」允瓔淡淡地應了一句，依然忙她自己的。

換洗衣服是必須的，風雨一來，身上的衣服必保不住，便連船艙也未必能保持乾燥。糧食也是，只是船上不夠多，還得去集上採買。

加固船隻頂篷的繩子也要備些，眼下這些不過是竹簾搭成，風稍大些，都能把頂給掀了去，到時候更麻煩。

允瓔心裡有了個譜，才停下來，出去準備晚飯。

一頓飯的工夫，允瓔留意到船家們來來去去的忙碌，甚至看到不遠處竟有人在拆除浮宅，她不由愣了一下，為什麼不加固反倒拆除呢？

「這是做什麼？」烏承橋和允瓔有著同樣的疑問。

「不知。」允瓔依然惜字如金。

她倒不是因為那晚的事生氣，只是純粹不知道該怎麼和他相處。

她曾想等他傷好以後就各走各的道，可在不知不覺中，心竟似有了牽絆，這樣朝夕相處下去，她到時候能走得瀟灑嗎？

「田大哥，他們為什麼要拆了那些？」烏承橋從她這兒沒得到答案，正好看到田娃兒從那邊船頭過來，便高聲問了一句。

浮宅處，已不少人在拆卸東西，便是那些停歇的船家們，也都紛紛解下船上多餘的桅杆、風帆，能收的全收了起來。

「風向變了，興許這幾天就會有一場風雨，大夥兒都準備著撤退到圍壩裡去呢，以免屋子被風颳走了，等過了這個時節，我們再回來，到時大夥兒幫個忙，也費不了多大的勁。」田娃兒到了他們面前，手裡還拿著一捆纜繩。「戚叔讓我們通知下來，讓大家做好準備，你們可知道了？」

「方才陳嫂子來過了。」烏承橋順著田娃兒的目光看了看允瓔，打岔道：「田大哥，我們初來乍到，有許多不懂之處，還請多多提點。」

「放心，我們曉得的，只要是在這苕溪灣住的船家，就算是一天，我們也不會不管。」田娃兒說得豪氣沖天，就只差沒拍胸膛保證了。

「多謝。」烏承橋隨意地拱手以示謝意。

允瓔綜合陳四家的和田娃兒說的話，終於確定了自己的猜測，他們說的大潮汐、暴雨、風雨，就是颱風來襲的意思呀。

既然是防颱，她倒是有一些想法，不待田娃兒離開，她便轉身鑽進船艙，開始準備，能帶的帶，不能帶的……反正在船上，除非船沈了，不然東西也不會自己長腿跑哪兒去了。

第二十一章

允瓔次日便去了集上，這次手裡頭有了些錢，底氣也足了不少，挑著幾樣便宜些的食材各買了些，她再次來到那位換糧給她的中年攤主面前。

「小娘子來了。」中年攤主看到她，眼睛一亮，笑容也殷切起來。「好些天不見了，這次可需要換些什麼？」

「跟上次一樣。」允瓔笑著招呼。「這次不換，我付錢。」

上次她還虧了，這次看看她需要多少錢。

「好嘞。」中年攤主有些驚訝，打量了她一下，笑道：「小娘子是哪裡人？附近似乎沒見過妳呀。」

「嗯，我住得有些遠。」允瓔含糊其詞，經歷了這一路被跟蹤的事情，她現在也不敢隨意透露住處。

烏承橋的事，加上她這次惹的禍，萬一不小心給那些船家們招禍，就不好了。

「難怪。」中年攤主若有所思地看了看她，倒是沒再問下去，替她秤好了東西，收了錢，熱心地幫著她繫好袋子放到擔子上。

這次，他算的帳也公道，倒是沒占她半文便宜。

允瓔挑著買好的東西回到船上，烏承橋已經坐到船尾。

岸上，一個小乞兒一步三拖地走著。

「回去了。」允瓔安置了東西，回頭瞧了瞧，她注意到那小乞兒，卻沒在意，再繁華的城市街頭，也少不了這樣的蹤跡，更何況是如今這生計都有困難的時代呢。

船離了岸，那小乞兒朝著他們的位置瞅了幾眼，轉身離開。

回家的路上，允瓔坐在船頭，一邊收拾一邊抬頭看著天。

天空紅彤彤的一片，映染了整片河，成群的蜻蜓飛舞著，盤旋在他們的船頭，略停頓之後，又成群離去。

「這麼多蜻蜓。」烏承橋沒見過一下子出現這麼多蜻蜓，有些驚訝。

允瓔沒有答腔，紅紅的天、成群的蜻蜓，她都見過，這樣的情況往往預示著大風大雨的到來。

曾經，她看到過這一幕，隨後大水淹進了外婆家；後來再有一次，颱風來襲，帶來大量的雨水，毀壞了農田。

這一次，他們該往哪裡躲？

避到圍壩的說法，允瓔有些不太相信，柯家那時便把他們驅離出來，如今還肯讓他們避進去嗎？

事情已然有了不一樣的轉變，若是進不去圍壩，他們又該怎麼棲身？該怎麼樣避開即將到來的風雨呢？

「在想什麼？」烏承橋見允瓔低著頭似有心事，猶豫了一下開口問道。

「要變天了。」允瓔抬頭看著天空，嘆了口氣，若有天災，他們也算是一條船上的人，還是好好商量下預防措施吧。「你覺得，柯家會讓我們這些船工避到圍壩裡面嗎？如果進不去，我們要怎麼辦？」

「很有可能……」烏承橋頓了頓，他也不是沒想過這些。柯家之前的所作所為，已然敲了警鐘，但戚叔他們滿心期望，他無憑無據的哪裡好去潑冷水？而且，他也沒經歷過這些風雨，讓他說怎麼辦，還真說不上來。「要不，我們都避到山上去？」

「那不行。」允瓔一口拒絕，雖然山上樹木挺多，可是被大雨一沖刷，萬一引發土石流，可就沒處躲了。

再說了，颱風天躲到山上是多危險的事呀！「雨若太大，雨水一沖，河水一漫的，那山都快成孤島了，萬一有個什麼事，太不安全了。」

「那怎麼辦？」烏承橋皺眉。「要不，我們避到鎮上住幾天？」

「你覺得行嗎？」允瓔忍不住翻了個白眼，不是她有多義氣，而是手中的銀錢撐不起呀。

「不行……」烏承橋嘆氣，他也知道自己出了餿主意。

「還是回去找戚叔商量吧，以防萬一。」允瓔微有些頭疼。

帶著一腔憂心，允瓔和烏承橋回到了苕溪灣，一進來，便看到阿康等人氣沖沖地搖著船出來，戚叔和阿康的爹在後面連聲喊著他們回去。

「出什麼事了？」允瓔奇怪地看著他們。

「那可惡的柯家，居然不讓我們進圍壩！」離他們最近的年輕船家氣呼呼地接話。

果然！

允瓔和烏承橋對望一眼，嘆氣，他們剛剛還在擔心，才回來就得到了印證。

「現在怎麼辦？」烏承橋問道，看了看激動的阿康。「你們現在是去哪兒？」

「康哥氣不過，要帶我們去找柯家理論呢。」回答的是另一位船家。

「你們這樣去，能行嗎？」允瓔也問。

「不去試試也不知道，總不能讓我們在這兒避風吧？今年大潮汐，可能還會有大風，在這兒……我們可怎麼活……」幾人嘆氣，朝允瓔和烏承橋兩人揮揮手，追隨阿康而去。

「這幾個兔崽子！」阿康的爹站在戚叔的船上連連跺腳，又是唉聲嘆氣又是擔心。

烏承橋搖著船迎上了戚叔，問道：「戚叔，接下來要怎麼辦？」

「唉，柯家這是要趕盡殺絕啊，他們既然做得出來，就絕不會讓我們過去的，阿康他們這次去，怕是要吃虧了。」戚叔也是連連嘆氣，他不及細說，朝身後眾人揮揮手。「走，我們一起去。」

於是，後面觀望的船家們紛紛行動起來，此事關乎他們的安全；再者，他們一向同進同出的，阿康幾人已經去了，他們也絕不會退縮。

「我們也去看看。」允瓔見眾人紛紛駕船離開，忙鑽進船艙來到烏承橋面前催促道。

「好。」烏承橋正有此意，聽到允瓔的話立即點頭，調轉船頭跟在後面。

這一次，苕溪灣的所有船隻傾巢而出，一路浩浩蕩蕩地駛向最近的圍壩。

夕陽如血，映染滿天，漫天的蜻蜓飛舞中，他們啟程為自己討一分公道，爭一分安全。

來到上一次的埠頭邊，柯家的船齊齊地堵在入口處，中間的船頭上，正坐著那位管事，手中拿著茶壺，嘴對嘴地喝著茶，喝一口茶，掀一下眼皮，臉上流露著絲絲鄙夷。

阿康幾人已經到了，正一字排在柯家船面前，怒目瞪視那位管家。

雙方成僵持之勢。

一邊是整整齊齊的漕船，一邊是各色頂篷的小船，此情此景，就猶如一群烏合之眾對壘訓練有素的軍隊，氣勢上，已然弱了幾分。

允瓔有些擔憂，同時，在她心裡也有了某種憤慨，思緒有些天馬行空。

有些錢就可以這樣作踐人嗎？

有朝一日，她若有了錢，必讓這些人看看什麼才叫有錢人的氣度。

「管家，往年風災雨災，我們都是避入圍壩的，為何今年就不行？」阿康雖然火氣大，可這會兒還是克制住了火氣，沈聲問道。

管家倚在椅子上，仰著下巴吐了一口果核，才悠閒地回道：「你們沒出力，不配。」

「我們年年出力，為什麼就不配了？」阿康的語氣又沈了幾分。

「往年是往年，今年是今年，今年的圍壩，爺說了算！」管家拍了拍手，懶懶地站起來，來到船頭邊，指著下面一干船家們說道：「你們，一個都沒分兒。」

「你！」阿康按捺不住，濃眉倒立，手中的竹竿握得緊緊的。

「我如何？」管家戲謔地看著阿康。「你有本事，也站到我這個位置來，那樣不僅你能站到圍壩裡面，就是讓人給你端茶倒水，也不是問題，可現在爺說了算，我說不讓進，就不讓進，你能拿我怎麼辦……哎喲！」

管家的話還沒說完，突然捂住嘴巴痛呼起來。「誰！誰暗器傷人！」

下面一干船家們哄然大笑。「傷得好，打得好，打的就是你這樣狗仗人勢的臭東西。」

「快，找刺客！」管家捂著嘴的指縫間滲出了血，他氣得直跳腳，身邊的家丁們倒是四下裡尋找打人的凶手，但護院們卻一動不動。

允瓔看到這兒，若有所思地回頭，剛剛她似乎聽到了什麼。

果然，烏承橋端坐在船尾，指尖掛的可不就是他自製的彈弓？似乎是留意到允瓔的目光，他抬眸，揚了揚嘴角。

允瓔還以一笑。

「什麼……什麼銀！」管家還在跳腳，這會兒連話都說不清楚了。

「管家，你說的什麼金啊銀的，我們這些人可沒有。」有人調侃起管家。

「沒錯，少跟我們說什麼金銀扯話，我們就問你一句，讓不讓進圍壩？」阿康若有所思地朝允瓔這邊瞧了瞧，他隱約猜到了一點。

「泥……作夢！」管家放下手，大門牙居然被打下了一顆，血淋淋的看著可怖得很，然，話音未落，第二塊小石子再次襲來，第二顆門牙也宣告退休。「哎喲……你們素死銀啊，還不給我上！」

「上你個頭！」離管家最近的年輕船家突然暴起，手中的竹竿朝管家打了過去，一竿子打在管家的臉上。

有一必有二，早就憋火很久的船家頓時爆發出來，手中有竹竿的、有木棍的紛紛往管家身上招呼。

風雨將至，他們卻被排斥在寄予希望的圍壩外面，希望落了空，心底對風雨的懼意便冒了上來，沒有人比他們更明白風雨的可怕。

婦人們也紛紛出手，自家沒有太多東西可以砸，她們便從家裡儘量挑出發臭的東西扔，一顆菘菜，也儘量摳了有些爛的葉子去砸。

允瓔看得好笑，這才是生活，不像電視劇裡演的，臭雞蛋、爛番茄隨手可取。

烏承橋也沒有歇手，覷著空地往管家身上招呼兩下，倒是八九不落空，整個渡頭亂成了一片。

管家抱頭躲到後面，狂叫著讓人上去抓人。

直到此時，那些護院們才有了動作，只是，渡頭前被船家們的船圍堵了，他們的船衝不出來，想攔下這些船家們，就只能提著棍子隻身上來。

靠近前沿的地方頓時亂成了一團，較量間，有人紛紛落了水。

「這樣會不會出事？」允瓔皺眉，身邊的船已只剩下老幼，年輕些的都衝了上去。

「這些家丁的水性不是他們的對手。」烏承橋卻悠哉悠哉地看著，此時這麼亂，他的彈弓已經派不上用場了，便收起來，靜靜地看著前面。

「我去幫忙？」允瓔猶豫了一下，別人都上去了，就他們兩個處在老幼中間，未免太扎眼。

「妳去做什麼？」烏承橋一眼掃了過來，皺著眉否決了她的話。「老實在船上待著。」

「可是……」允瓔有些不好意思，她有心融入船家們，可遇到這樣的情況，他們卻落在後面旁觀，是不是太不仗義了？

「來了。」烏承橋卻突然出聲，目光直直看向允瓔的身後。

「誰來了？」允瓔驚訝，一回頭，卻看到那眼熟的護院已然跨上了他們的船，允瓔不由一驚，下意識地擋在那人面前。「你想做什麼？」

「我只是來看看，勸你們離開。」那護院頗有深意地看了看烏承橋。「這兒不是你們該來的地方，馬上離開。」

「什麼意思？這兒是你家的？讓我們走就走？」允瓔張著手臂堵在船艙口，這人幾次注意到她了，是有意還是無心？

「英娘，讓他過來。」烏承橋卻突然開口。

允瓔皺了皺眉，回頭瞧了瞧烏承橋，有些不情願地放下手。這人，怎麼就這樣不識好人心呢，巴不得讓人發現似的。

那位護院看了看允瓔，彎腰鑽過船艙，來到烏承橋面前。

允瓔的心一下子提了起來。

「你認得我？」烏承橋坐在那兒，淡淡地看著那護院，主動問道。

「喬大公子。」那護院仔細看了一番，朝烏承橋拱手一揖。

喬大公子?!

允瓔之前還在懷疑烏承橋與喬家的關係，這會兒陡然聽到有人喊他喬大公子，她還是大大地驚愕了一下，一雙美眸圓睜，越過船篷頂看向那邊的兩人。

他居然真的是喬大公子！

「我叫烏承橋。」烏承橋聽到這話，卻沒有任何反應，對他而言，喬大公子已經死了，他只是烏承橋而已。

「大公子可還記得三年前援手過的落魄書生？」那護院卻不理會烏承橋，逕自看著他說道。「單子興，是在下胞兄，年前已任蒼蘭縣的縣令，家兄曾修書於在下，讓在下尋找恩人，大公子若方便，可隨在下前往蒼蘭縣。」

「這兒沒有公子，只有船家，我只是烏承橋。」烏承橋挑眉。

他想起來了，當年確實是遇到了那麼一位落魄書生，那時，書生包裹被竊，被投宿的那家客棧老闆趕了出來，那日他正好與朋友宿於那兒，嫌吵，就大手一揮，撒錢打發了那書生，沒想到，他竟成了恩人，這樣的恩，他可不想沾。

「是，大公子若有此意，只管通知我。」那護院也不在意，朝烏承橋又是一揖。「在下單子霈，如今在柯家任護院頭領。」

烏承橋頓了頓，指著不遠處的紛亂問道：「你能讓你那些手下不傷人嗎？」

「好。」單子霈轉頭看了看，點頭，不過走之前還是扔下一句話。「圍壩進不去，你們還是早些找地方避風吧。」

允瓔站在那兒，疑惑地看著單子霈離開，才轉頭看著烏承橋，隨意地問：「喬大公子？」

「他認錯人了。」烏承橋卻朝她眨眨眼，否認得毫無負擔。「妳沒聽到嗎？我一直在說，我是烏承橋。」

就如她說自己是允瓔不是邵英娘那般。

允瓔瞪著他看了好一會兒，才無言地撇開頭，不理會他。

他就是喬大公子……她很肯定。

第二十二章

單子霈在柯家的地位，顯然比那位管家要高些。

允瓔看到他回到前面，振臂一揮高聲喝道：「都給我住手！」

護院們聽到他的話，便齊齊防護著退了回去。

方才的紛亂，護院和船家雙方都有不少人落水，如烏承橋所說，落了水的護院根本不是船家們的對手，在水裡吃了不少暗虧，喝了許多水進去，這會兒被同伴們拉上去，還在那兒不斷地嘔水。

可想而知，這水裡放了多少這些護院們自己的排泄物。

便是允瓔看著，也覺得噁心。

這邊的船家也紛紛上了船，這一番較量下來，船家們也冷靜不少，加上戚叔等人有意地壓制，也不如之前那樣衝動。

這時，管家狼狽地從後面爬出來，他的牙被烏承橋打落兩顆，臉上、身上挨了幾十下，已然掛了些彩，他惱怒單子霈剛剛的袖手旁觀，出來指著單子霈跳腳。

單子霈卻只是鄙夷地看了管家一眼，轉身到了前面對護院們說了些什麼，便帶著眾護院紛紛退到圍壩上。

管家衝上去指著單子霈破口大罵。

然而，單子霈由始至終沒理會他一眼。

烏承橋冷眼看著這些，抬頭對允瓔說道：「英娘，去請戚叔，我們還是回去商量怎麼應對吧，這圍壩……鐵定是進不去了。」

「好。」允瓔點頭，越過幾條船，到了最中間的人群聚集處，尋到了戚叔。「戚叔。」

戚叔正帶著人檢查自己這邊的人有沒有受傷，聽到聲音，便轉頭看了下。「小娘子，有事？」

「戚叔，我……我家當家的讓我來尋您，如今瞧這陣勢，圍壩我們是進不去了，與其在這兒白白生氣，不如回去商量一下怎麼應對下一步。」允瓔略一猶豫，借了烏承橋的名頭說出自己的意見。這兒是古代，女人的話未必管用。「若是這風雨說來就來，柯家又是鐵了心不讓我們進圍壩，我們這樣耗著，於他們無損失，我們自己卻是大大不利，到時候我們該到哪兒躲避？又該怎麼避才能讓我們的人安然無恙？這些可得早做準備呀。」

「烏兄弟說的對，這柯家……唉，不說這些了。」戚叔也是這個意思，只是這些年輕人的衝勁讓他頭疼，而他們素來是共進退的，阿康等人衝了過來，他們也不能躲在後面，有些時候，有老人們在，很大程度上能起些壓陣腳的作用，而現在這個時候，正是關鍵。

戚叔看了看允瓔，高聲招呼著眾人。「都聽到了沒有？鬧也鬧了，打也打了，還不回去？」

「戚叔，就這樣算了？」阿康還是不甘心。

「阿康，回去吧。」田娃兒嘆氣，過去拉住阿康，一邊瞧著護院們那邊的陣勢，勸道：

「瞧他們的樣子，這圍壩必定是進不去了，烏兄弟說的也對，我們還是早些回去想想別的辦法吧。」

「可是……」阿康皺著眉，很不服氣，他剛剛推了不少護院下水，連他自己也跳下去搏鬥了一番，這會兒也是整個人濕透。

「走了走了，跟他們沒什麼可耗的。」田娃兒拉住阿康，推著往船上走，一邊招呼眾人回程。

一番折騰，就這樣不了了之的收場。

在戚叔等人的調節下，一群人又浩浩蕩蕩地回到了苕溪灣，只不過，去的時候來勢洶洶，回來的時候卻是個個垂頭喪氣。

他們不知道，失去了圍壩的保護，他們要如何度過接下來的難關？

眾人聚到了戚叔那邊，阿康和那些落水的船家們連衣服都顧不得換，就圍了過來，他們覺得氣憤，卻又茫然。

「現在怎麼辦？」陳四家的今天砸得最起勁，可這會兒卻是異樣的安靜，眉宇間隱隱的不安和擔心，她家男人出船至今還沒回來。

「沒別的辦法了，附近能避風的水灣都被柯家的人給占了，餘下的不是容不下我們這麼多人，就是沒這兒靜風，唉。」戚叔垂著頭，想了好一會兒，頗有些頭痛地說道。

「可是，我們這兒……怎麼避啊？」眾人都為難了，這麼多年來，他們都是避到圍壩裡面的，現在單獨被拋出來，心裡的慌亂可想而知。

「戚叔，水漲船高，我們一條船或許沒辦法，可這麼多船，還有浮宅，只要加固了，只要風不是特別大，我們一定可以過這個坎的。」允瓔看著心急。

前世的颱風報導，她看過無數，颱風雖然可怕，但防禦得當，早做準備的話，還是能避過去的，再說了，他們都是水性高強的船家，就算落了水，也有機會撐過去。

「小娘子，妳有辦法？」

戚叔眼睛一亮。他也有些急糊塗了，這會兒聽到允瓔說的水漲船高，心頭頓時大亮，這祖祖輩輩留下來的經驗，他怎麼就給忘記了呢？

他們還有浮宅，可這些年來，他們想的不是加固，卻是拆，拆了再避到圍壩裡去，這就是失了根本了。

「加固浮宅，所有船都連起來，您覺得怎麼樣？」允瓔說得有些沒底氣。

她知道的防颱準備，都是陸地上的，至於這些船，新聞報導最多的就是哪裡哪裡的船被安置到某個避風港內，現在輪到她身處實地，又是如此惡劣的環境下，她還真不知道實際該怎麼做？

戚叔讚賞地看著允瓔點點頭，轉頭看向烏承橋，在他看來，允瓔能知道這些，應該都出自烏承橋之口，要不然，一個船家女哪懂這些？

允瓔留意到戚叔的反應，暗暗一笑，不以為意，她做什麼事都有人背著，那是好事。

說到加固浮宅，船家們都是行家，畢竟他們世居水上，這點，瞧瞧他們的船就能知道一二。

失去了那絲希望，短暫的無措過後，船家們紛紛行動起來。

年輕人都被派到山上，砍伐樹木和竹子加固浮排。

老人們紛紛尋找有韌性的藤條回來編製繩索。

女人們則分作兩派，有的開始著手採摘苕葉編簾子，另一派則分到各種幫忙、做飯，便連孩子們也派到了任務。

允瓔和陳四家的派到了一處，兩人都是做飯的好手，便負責起眾人伙食。

「烏兄弟，你有見識，隨我一起四處看看，哪裡需要加強的，你說。」戚叔笑著邀請了烏承橋。

「好。」烏承橋欣然答應，他腿有傷，無法幫忙做事，事事又要允瓔出面，心裡已有些愧疚，這會兒戚叔一邀請，他立即點頭。

允瓔看著烏承橋載著戚叔離開，一扭頭，便捕捉到陳四家的眉間憂鬱，想了想，她關心地問了一句。「陳嫂子，妳有心事？」

「唉，我家男人，到這會兒還沒回來呢，眼看就變天了……」陳四家的嘆了口氣，目光再次投向水灣入口處，那兒來來往往不少的船，卻唯獨沒有她男人的身影。

「放心吧，陳大哥一定能平安回來的。」允瓔只能這樣安慰，她心裡也有些奇怪，之前圍壩出工的時候，陳四就出去了，如今他們都從縣裡回來了，陳四怎麼還沒回來？難道路上出事了？

「我擔心哪……」陳四家的一臉擔心地看著入口處，唉聲嘆氣。

忙碌的兩天裡，離去多日的夏日似乎又回到他們身邊了，天氣越發晴朗，風似躲起來般，便連呼吸間，也似要停滯般的沈重。

允瓔看著那碧空萬里的天，心裡也像壓了塊石頭似的沈，這樣的天氣，她曾經領教過。

陳四家的一天比一天焦慮，白天跟著允瓔一起做事，到了晚上，她便搖著船停在那水灣入口處，看著遠方靜候。

只可惜，始終沒有等來她盼望的人。

第四天，浮宅已經加固妥當，不再出行的船也成片成片地連了起來，只餘下十幾條船隨機應變，做著最後的準備工作。

船家們世居水上，分得清這天氣預告著什麼。

天越晴朗悶熱，他們的笑容便隱去幾分。

過了中午，允瓔等人做好飯，便端了一份送回船上給烏承橋，而這邊自有人去分配。如今她的手藝已經受到這一帶船家們的公認稱讚，她的任務也就只剩做飯做菜，收拾的事已經輪不到她。

「陳嫂子又在那邊看了。」烏承橋這幾天也黑了不少，他有意褪去這一身白淨，跟著戚叔東轉西轉的，絲毫不加遮擋，倒是顯出一些效果來了。

「陳大哥還沒回來，她當然擔心了，他走的時候，可是在固壩之前呢。」允瓔也是嘆氣，把手中的飯菜放下，打了水給他淨手。

「唉，這天……看起來也不像有大風雨呀，我們會不會太杯弓蛇影了？」烏承橋一邊洗手，一邊抬頭看著天空，疑惑地問。

「風雨前的寧靜。」允瓔卻不這樣想，端著飯碗，她坐在船頭一邊吃，一邊打量自家的船。

別處都已經差不多了，自家的船也分到了一塊全新草簾，一會兒還得將草簾蓋到頂上去，再看看各種銜接是否牢固，現在不檢查，等到風雨來了，可就來不及了。

想到這兒，允瓔兩三下就扒完了飯，放下飯碗就開始動手。

烏承橋驚訝地看著她，後來才弄清她要做什麼，也匆匆吃過飯，加入幫忙的行列，他的腿還傷著，可他的手沒事，自家船上，移動慢些還是可以的。

費了好大的勁，頂篷才算弄好，各處的繩索也檢查無遺。

「好了，還有哪兒？」烏承橋雖然不以為然，但見允瓔、船家們都這樣緊張，他也沒有多餘的話，只是盡最大的力量幫忙，畢竟真的風雨來襲，他也在船上不是？

「應該差不多了。」允瓔從船尾又摸到了船頭，才確定地搖搖頭，船艙兩頭也換上了新的厚草簾，到時候若有風雨，也能擋一擋。

做完了這些事，允瓔才坐下來，嘆氣看著還在傻等著的陳四家的，如今她對陳四家的觀感已然完全變了，心底多了一絲淡淡的欽佩，並不是每個女人都能過得那樣灑脫。

等待，總是最煎熬的事。

而此時，除了陳四家的擔憂忐忑之外，整個苕溪灣的人估計都是這樣的心態，彷徨中又帶著期盼，希望能免去這場風雨，那樣，他們便是白忙活這幾天也是高興至極的。同時他們又覺得，寧願這風雨來得快些，早早承受了結果，也好過現在的糾結矛盾。

悶熱中，苕溪灣一片沈寂，除了戚叔領著人四下巡視的那幾條船，其他人都各歸各家，守著家人做最後的準備。

不知過了多久，天空的雲漸漸多了起來，慢慢地，雲朵聚攏的速度也快了起來，空氣卻越發凝固。

允瓔有些不耐，她甚至覺得，一舉手一投足都黏乎得厲害。

戚叔等人紛紛回轉，看到陳四家的船就那樣停在那兒，紛紛靠了過去，一邊高聲喊道：「陳四家的，快些回來，要起風了。」

「是呀，嫂子，四哥可能接到別的活兒了呢，妳放心吧，他那麼厲害，不會看不出要變天的，他一定早早找了地方避風雨去了，妳快回來，別到時候四哥回來，妳卻病了，那樣他一定心疼死。」

年輕些的也紛紛喊道，陳四家的慣會開玩笑，與他們平日沒少開葷腔，素來是他們最喜歡的嫂子，此時，對她的關心自然也多一些。

允瓔站在自家船頭，她的船已經和一旁的連在一起，田娃兒的卻是抽了出去，加入巡視的行列，這會兒她有心過去勸一勸，也無能為力了，因為繩索一解，必會影響到一整排。

所幸，她看到戚叔靠近陳四家的，不知說了幾句什麼，陳四家的開始返船。

原本陳四家的位置如今也被別的船塞了進去，陳四家的這會兒回來，便只能靠邊上。

「陳四家的，妳停烏家旁邊。」田娃兒照顧陳四家的情緒，覺得她和允瓔比較要好，便讓她停靠在允瓔家邊上。

陳四家的默默靠了過來，沒有說什麼，她這會兒心裡貓撓似的火辣辣著，還真想找允瓔吐一吐火。

船剛剛停穩，田娃兒正打算幫著陳四家的繫上繩索，突然，阿康喊了一句。「看，那是四哥的船！」

「在哪兒？」陳四家的迅速轉身，把前面的田娃兒給推到了一邊，目光灼灼地看著入口處，胸口不斷起伏著。

眾人回頭，允瓔順著方向看去，果然，入口處飛速駛來一條船，正是陳四的船。

陳四家的一下子捂住嘴，「嗚嗚」一聲，淚花就溢了出來。

接著她蹦了起來，把田娃兒一把推到允瓔船上，撲過去七手八腳地解去繩索，慌亂間，她乾脆拿牙去咬。

好不容易解開繩子，陳四家的爬起來就拿著竹篙，如離弦的箭船竄了出去。

那頭的陳四也發現了這邊的情況，加快了速度。

兩條船在中間相遇，驟然停了下來。

陳四家的毫不猶豫地撲上陳四的船，站到陳四面前後，她反倒停住了，看了好一會兒，才猛地抬手搧了他一個耳光。

允瓔吃了一驚，她不明白陳四家的為何這樣，可接著她便看到陳四家的撲上去，緊緊摟著陳四痛哭起來。

「你個混蛋、殺千刀的，你去哪兒了……你就這樣丟著我去哪兒了……」陳四家的大嗓門沈寂了好幾天，終於再次飄蕩在苕溪灣上。

陳四卻是默默地摟著她，由著她又打又罵。

看著那一幕，允瓔無端覺得羨慕，心底的某一處，悄然間塌方一小片。

第二十三章

陳四安然歸來，眾人都替他鬆了口氣，齊齊上前幫著他們家固定好船隻，眾人也紛紛尋了位置安頓下來，才三五成群地圍到陳四家船上，詢問陳四晚歸的原因。

允瓔的船就在陳四家的邊上，這幾天陳四家的失魂落魄的，她都看在眼裡，也知道陳四家的今天也沒好好吃過飯，便自動去給陳四家倆夫妻準備了吃的送過去。

「謝謝大妹子。」陳四家的這會兒已經緩過了神，接過允瓔送去的飯，連連道謝，整個人又恢復了爽朗勁。

「阿四，你說說，這次怎麼那麼久才回？可急死我們了。」戚叔也走過來，一見面就問。

陳四只好解釋一遍剛剛說了兩次的理由。「叔，這事怪我，從泗縣出來的時候，臨時又遇到了喬家出糧，在那兒招人手，我就尋思著機會難得，也去報名了，這不，就給耽擱了。」

「喬家出糧？」允瓔側頭看了看烏承橋，好奇地問。

「是呀，喬家的糧隊遍布整個潼夏，往年都是他們自家的商隊，今年不知怎的，聽說那商隊裡的一個老管事，和新任家主鬧翻了，帶走了不少船呢，他們沒辦法，就只好徵集過往船隻運糧。」陳四對允瓔善意地笑了笑，說起了喬家的情況。

允瓔再一次看了看烏承橋。

烏承橋卻是神情淡淡，毫無表示。

「以後不准再去那麼遠了，要去，也得帶著我。」陳四家的幽怨地瞪著陳四，語帶不悅。

「知道了。」陳四嘿嘿一笑，瞄了自家媳婦一眼。

「瞧，雲聚得更快了，晚上只怕就有風雨。」站在船頭的幾個關注天空風雲變幻的船家此時驚呼了一聲。

允瓔抬頭，果然，天上的雲聚得更快，層層疊疊的，猶如千軍萬馬奔騰而來，天，彷彿一瞬間低了下來，遠處天的那一端，濃濃的黑幕正追著千軍萬馬飛速捲來。

天已變了，凝固的空氣也開始流轉。

「大家都快回船上去。」戚叔臉色一變，高聲招呼眾人回去，一邊走一邊叮囑著。「左右都照顧好了，熬過了今晚，我們以後再不用怕了。」

戚叔說得沒頭沒尾，可允瓔聽懂了，這些船家們多年來都依賴著圍壩，反倒遺忘了世代留下來的一些技能，這次的風雨便是對他們的考驗，只要熬過去，以後還有什麼可讓他們怕的？

眾人紛紛離開，允瓔也回到了船艙裡，拉下了前面的草簾，又用藤條把兩邊牢牢拴好，這邊是風口，若有遺漏，只怕這船艙頂都可能被風掀走了。

烏承橋在後面默不作聲地幫忙，等到允瓔弄好這些，他拉著允瓔坐下。「坐吧，繫得這樣牢固，到時候解都費力。」

「呼——先度過晚上再說費不費力的事吧。」允瓔卻對今夜的情形不太樂觀，方才天上的一幕，讓她的心太過震撼。

面對大自然的威力，她深深覺得無力。

在她那個時代，尚且因為這樣的天災出現過許多重大傷亡，更何況此時此刻這樣艱難的局面呢？

小小的船，無根的浮宅，能熬過去嗎？

「別怕，有我呢。」烏承橋打量允瓔一番，以為她是害怕，安撫道：「不就是一場雨嗎？沒事的。」

「你不怕？」允瓔嘟嘴瞥了他一眼，心思轉回到船艙上。

頂上有沒有漏？

邊上有沒有沒繫好的？

她坐不住，乾脆又跪坐起來，伸手一寸一寸地複查。

「妳呀，都查幾遍了，還能查出什麼花來？」烏承橋看不過去，直接一手攬上她的腰，一手拉下她的手臂，無奈地勸道：「妳且歇歇，這晚上風雨一大，怕是睡不安穩。」

他攬得再自然不過，可允瓔卻是整個人都僵住了，完全被動地倚靠在他胸前，心跳紊亂起來，臉上也燒了起來。

她沒有留意到的是，換成以前，她早一巴掌拍過去了，可這會兒卻遲遲沒有反應過來，心裡只是一味亂跳，隱隱約約的，心裡還帶著一絲期待。

期待？

允瓔一愣，她在期待什麼？

「嗯……」忽然，一聲細碎的聲音從隔壁傳了過來，船隱隱地晃了起來。

「起風了？」烏承橋不解地問。

允瓔卻猛地想到了隔壁陳四家的，一張臉更是嬌豔欲滴，隔壁是陳四家的還有那離家剛回的陳四呀。

這夫妻倆的豪邁，允瓔可是親眼見識過的，這會兒小別勝新婚的……咳咳！

隔壁細碎的聲音斷斷續續地傳來，顯然，陳四家的這次也是有所顧忌。

可再怎麼壓抑，也擋不住船艙壁薄，況且又正值這暴風雨未臨前的寧靜時刻，眾人都在屏氣凝神聽著外面的風聲雨聲。

「四哥，你好興致！」果然，那邊傳來了田娃兒和幾個相熟船家的哄笑聲。

允瓔不敢動彈，隔壁熱情洋溢中，她這兒還有些小小的旖旎呢，她身邊的人可是她這假妻的真夫……

烏承橋方才只是沒留意，想他閱人無數的，哪會聽不懂那是什麼動靜？只一瞬，他便反應過來了。

原本他還只是好笑地想安撫一下允瓔莫怕，可一垂眸便看到她的異樣，心裡不由一動，到了嘴邊的話也嚥了回去。

這一刻，氣氛似乎更加凝固了。

允瓔只覺得自己整個人都陷入了熱熱的泥潭裡，想掙脫卻偏偏動彈不得，她想要儘量忽略他的氣息，身上的每個細胞卻似突然開啟，變得異樣敏銳起來。

撲在耳際的灼熱，直直滲入心底，她感覺到他似乎在靠近，卻又怕自己只是疑心，糾結好一會兒，才鼓起勇氣微微側頭，想看看他在做什麼。

可就這微微一側頭，像是觸動了烏承橋般，瞬間，允瓔被堵上了唇。

「啪！嘩啦啦！」船艙頂上傳來雨滴拍打的聲音，天似乎塌了一樣，大雨傾盆而下。

允瓔的迷茫被這雨瞬間撲醒，她一個激靈，推開了烏承橋。

烏承橋有些小小懊悔，他這是在做什麼？

身邊的是他自己的媳婦，他怎麼就忐忑半天呢？

白白地浪費了方才的光景，唉，這老天也太不道德了，早不下晚不下，偏偏在這個節骨眼上下雨。

不過烏承橋也不氣餒，方才她有一瞬已然接受了他，想來他再接再厲，一定能消去她心頭對他的怨吧？

允瓔的臉越發燙了起來，她垂首，暗暗調整了下心緒，爬起來往船尾過去，那邊的簾子還沒人擋起，雨若大，怕是要往船艙裡灌，他的腿傷未好，可不能泡著水了。

所幸，此時的風向並不是朝這邊過來，雨倒是沒有灌入太多，允瓔很快就把那草簾擋了上去，拉下簾子的那一刻，允瓔下意識往旁邊投去一眼。

陳四家的船一直未曾停止沈沈浮浮，又似乎因為這場雨的到來，雨聲中陳四家的聲音也漸漸大了起來。

允瓔只是瞧了一眼，就咂著舌縮了回來。

她真是太佩服陳四家的了，這樣的情況，還能有閒情逸致，也不擔心這雨太大風太狂的被掀了船？

再回到艙中，允瓔越發覺得尷尬，陳四家的動靜以及剛剛的親密，她怎麼躲避烏承橋的目光，都覺得避無可避。

「英娘……」艙內沒有點燈，兩頭被擋得只剩一絲縫隙，外面暴雨如注，昏暗一片，艙裡更是沒有一絲光亮，烏承橋怕允瓔害怕，憑著感覺伸出手，本意是想拉她一把，卻意外地觸及了她的柔軟。

突如其來的一下，允瓔正要坐下的身子頓時僵住了。

「趁著這會兒風不大，歇會兒吧。」烏承橋倒是很快就恢復過來，順勢把手挪到她肩上，裝作淡定地說道。他知道，她心裡顧忌未消，他不能太急躁，要不然這兩日對他的放鬆又要泡湯了。

「嗯。」允瓔低低地應了一聲，坐了下來，兩人相對無語擁被而坐。

聽著雨聲急促地敲打著，艙頂被敲得震天響。

「來。」烏承橋坐得有些累，躺了下來，順勢拉了允瓔一把。

允瓔倒是沒有反抗，她想起了曾經遇到過的那幾次狂風暴雨，心裡忐忑不已。

隙。

烏承橋攬著她，兩人靜靜相依，一如之前送糧進縣城時的那幾夜，齊齊看著那一絲縫隙。

不知過了多久，雨聲越來越大，挾帶著呼嘯的風，整條船開始搖晃，那絲縫隙也漸漸亮了起來，只是微亮之後，卻又慢慢暗了下去。

允瓔看著那亮了又暗下去的縫隙，嘆了口氣。入夜了，真正的考驗才剛剛開始。

「怕嗎？」烏承橋捕捉到她那一嘆，低低地問。

「嗯。」允瓔不自覺地動了動，調整了一下位置，第一次，她主動這樣貼近他。

此時此刻，她沒有計較自己是允瓔還是邵英娘，沒有去計較他是邵英娘的相公還是她的男人，下一刻，不知道是什麼情形，而她的身邊，只有他，一如他眼下只能依靠她。

百年修得同船渡，她和他能共度這一場難，也算是前世今生注定的緣吧？

「雖然我沒經歷過這些，不過，我想應該沒那麼嚴重。」烏承橋猶豫了一下，緊了緊她的肩安撫道。

他生於富貴人家，雖然打小失去了親生母親，喬家被二夫人掌著，可老頭子在的時候，他還真沒有受過虧待，也沒有經歷過什麼苦難，便是他刻意胡來，也總會有人在後面幫他收拾爛攤子。

這樣狂風暴雨的日子，他更是沒有印象。

「曾經有一次，風很大很大，吹倒了樹、房子……到處都是汪洋……」允瓔閉上眼睛，聽著他的心跳，漸漸安靜了下來。「大風、大浪、大雨、大潮汐，路上的水無處可去，山上的水不斷沖刷……你永遠無法想像那是什麼樣的煉獄，人在那片汪洋裡，猶如螻蟻……」

烏承橋當然不知道她說的是前世經歷過的事，只以為她曾經遇過，他不由抬眸看了看艙頂，他無法想像那樣的情形之下，邵家一家三口怎麼憑藉這一條小船闖過那些關？

可現在，邵父、邵母因他走了，如今這光景，怕是又讓她想起以前的日子。

烏承橋心中愧疚再起，憐惜也接連而來，側身緊了雙臂。「等我們熬過這一關，等我的傷好了，我們就去鎮上，買鋪子做些小生意，我會好好待妳，再不讓妳擔這樣的驚嚇。」

談何容易……允瓔不語。

想法自然是好的，可現實呢？

就憑現在這幾文錢，能做成什麼樣的小買賣？

小攤子都撐不起來，更別說是買鋪子了。

不過，不得不說，他的話打動她了，雖然她嚮往浮家泛宅四處遊歷的日子，可人總得現實一些，以現在的情況來看，努力到陸地上掙一間鋪子更有保障。

「嘶——」允瓔躺得有些累，動了動腿，這一伸，她不由一愣，好像靠腳的一頭全濕了？

「怎麼了？」烏承橋驚訝地問，支著頭看了看她。

「好像進水了。」允瓔回了一句，迅速爬起來。

「不會吧……」烏承橋也坐了起來，摸著船艙夾層尋到了小油燈，這小油燈，他們還沒怎麼用過。

點著燈，艙房裡頓時亮起來，允瓔看到那一頭的草簾被風吹到船艙裡面，雨水嘩嘩地灌了進來，已然打濕了被褥。

「糟了。」允瓔驚呼著撲到那頭，他的傷腿可不能碰到水呢，一邊急急忙忙地把草簾塞回外面去，一邊回頭叮囑道：「你到另一邊去，腿上有傷，別沾了水。」

烏承橋扯了扯嘴角，心情大好，聽話地移到一邊，順勢把被褥捲起來，濕的那頭露在外面，不停擰著水。

允瓔尋了抹布，拉過盆子擦拭著艙裡的水。

只是風太大，草簾哪裡擋得住那力度，小油燈瞬間被撲滅。

很快，又被掀開了一個角，緊接著，風就像找到突破口似的，爭先恐後鑽進來，一整塊草簾沒一會兒便被撕破，風挾著雨席捲而來，船艙瞬間被淋了個透澈，船尾那方草簾也緊跟著宣告犧牲，被颳得破碎。

允瓔嚇了一跳，慌忙去翻出蓑衣套到烏承橋頭上。

「妳自己穿。」烏承橋伸手擋住，皺著眉說道。

「快點，我那兒有。」允瓔瞪他，不由分說地把手中的蓑衣套上他的肩，拿了個斗笠牢牢繫在他頭上，這才轉身去收被子。這會兒被子藏到船艙裡必也會被浸泡，她藉著塞被子之際，隨手把這些全扔進了空間。

等到允瓔自己穿上另一件蓑衣，她身上已被澆得差不多透了，船艙中的水也積了不少，她又忙著找了盆子，一點一點的往外舀著。

「烏兄弟，你們沒事吧？」田娃兒和阿康穿著蓑衣出現在船頭，他們幾個年輕人不放心，冒著雨出來四下查看。

「沒事。」烏承橋立即應道。「外面怎麼樣了？」

「暫時沒什麼問題。」田娃兒留意了一下，見兩人無恙，也沒有多待，叮囑了一句便帶著人往別處去了。「你們小心些，有事就大聲喊。」

允瓔頂著風探身出去瞅了瞅，見他們幾個正手拉著手一步一步往下一條船走，狂風中，船隻連綿起伏地搖晃著。

烏承橋自己沒法動彈，看允瓔這樣，一陣心驚膽顫，忙高聲提醒道：「妳當心些。」

「沒事。」允瓔只探了一小會兒，臉上便被那雨滴拍得生疼，雨已經自衣領處灌進來，胸口冰涼一片，加上之前身上已然濕透，她也不敢多待，當下縮了回來，拿著盆子有一下沒一下的清著船艙裡的雨水。

第二十四章

「啪！」

允瓔正舀著水，突然聽到外面一陣清脆的響聲，似乎是哪一處的木頭斷了，她愣了愣，伸頭往那方向看了看，只是外面太黑，雨勢又大，看不清是怎麼回事。

只隱隱聽到那邊傳來幾位船家的驚呼聲，似乎是哪家的船頂被颳斷了。

「快，把孩子送我們這邊來！」阿康的聲音遠遠傳來。

接著又是「撲通」幾聲，有人落水了！

「阿明，你沒事吧？」有人在喊。

「沒事……」呼呼的風聲中，對話有些模糊。

允瓔心驚膽顫地聽著，也不敢出去察看，外面這麼黑，要是出去只怕反會添亂。

「別怕，他們不會有事的。」烏承橋在黑暗中察覺到允瓔的沈默，輕聲安撫著。

「嗯。」允瓔摸索著回到他這邊，默默地遞給他一個木盆子，讓他蓋在膝蓋的傷患處。

到了後半夜，隨著風力加大，整條船也開始劇烈搖晃，浮浮沈沈，允瓔的心也提到了嗓子眼。

只是此時此刻，除了靜靜等待這一晚過去，唯一能做的就是舀去船中的雨水。

「啪啪！」再一次的，兩聲脆響在附近響起。

「娃兒兄弟，你沒事吧？」陳四大聲喊。

這一次，卻是最靠外面的田娃兒的船。

允瓔側頭看了看烏承橋的方向，立即站起身來到船艙口，她不敢站出去，只好探著身往那邊看。

因為之前巡視，田娃兒跟著戚叔等人是最後才回來的，安頓了眾人之後，他便停靠在最外沿。

「陳嫂子，田大哥怎麼了？」允瓔模糊地看到隔壁船艙有個人影，看著像是陳四家的，便問道。

「他的船頂被颳開了。」陳四家的應了一聲。

「沒事，你們都別出來了。」田娃兒在那兒高聲應道，聽他的聲音，倒不像有事。

所幸，這些都是小事件，接下去也沒再發生更糟糕的事，眾人各回各船，靜等著風雨過去。

允瓔回到船中，聽著這一夜的風雨，舀了一夜的積水，終於，凌晨在眾人的忙碌和期盼中緩緩來遲，雖然雨依然傾盆，但，天總算是亮了。

呼嘯的風也慢慢弱了下去。

允瓔看著那天光，長長地吁了口氣。

「這是過去了？」烏承橋坐在船尾。

這一晚，允瓔死活不讓他動手幫忙，他只好坐在那兒拿個木盆擋住傷腿，眼睜睜地看著她忙了這麼久，這會兒看到天亮，見她鬆了口氣，他的心情也陡然鬆了許多。

「應該是過去了。」允瓔抬頭看著天空，風過去了，餘下的雨再大也不用怕了。

「太好了。」烏承橋放下木盆，把傷腿移下去，想著要幫允瓔清理餘下的積水。

「你別動，別動。」允瓔忙阻止。「你的腳不能沾水，現在也換不了衣服，先在那兒坐著，我出去看看情況。」

烏承橋只好又坐回去，她的倔強，他可是見識過的。

允瓔戴上斗笠，鑽出了船艙，陳四家的夫妻倆也剛剛出來。

互相問候了一番，確定彼此無事，便先往田娃兒那兒走去。

田娃兒已經把自己的船解了出來，他的船艙頂已然被掀去大半，支撐兩邊的竹竿也被颳得七零八落，船艙裡一片狼藉。

戚叔等人也已穿著蓑衣、戴著斗笠趕過來。

「陳四家的、烏家小娘子，妳們都沒事吧？」一會兒到那邊幫忙，給大夥兒都熬些薑湯，我們去收拾別處，這風，怕是已經過了。」戚叔吩咐道。

「好。」允瓔立即點頭，蓑衣下的衣衫早已濕透，不喝點薑湯只怕又有麻煩。

這會兒船艙兩頭的草簾都毀了，烏承橋也坐在那兒……允瓔想了想，回到船艙裡藉著摸索夾層取衣服的動作，把空間裡藏的乾衣服取出來。

「我去熬薑湯，你把衣服換換吧，當心些，別弄到腿。」允瓔很自然地把衣服遞給烏承橋，叮囑一番就要轉身。

「妳先換上。」烏承橋卻一伸手便拉住她的手腕。

「我沒事，還得出去做事呢。」允瓔搖頭，想抽手，卻被他緊緊扣住。

「換了再去。」烏承橋堅持。

允瓔無奈，只好由著他，去把船艙兩頭的草簾都重新補上。

「大妹子，我先過去了。」陳四家的正好過來，看到允瓔在忙，招呼一聲先走了。

「好嘞，我就來。」允瓔應了一聲，加緊速度。

烏承橋倒是配合，背過身去。

允瓔微有些尷尬，不過還是硬著頭皮飛速地換下衣服，才重新穿上蓑衣，戴好了斗笠出去。

到了外面，所有人已經冒雨出來了，男人們跟著戚叔一起四下查尋各種損失，幫著修補，連接著的船隻也紛紛解開。

颱風已經過去，這些雨倒是沒什麼可怕的。

允瓔到了最中間，陳四家的已經和婦人們開始搭鍋熬薑湯了。

薑都是各家湊出來的，倒是有不少，幾個鍋同時開熬，沒多久便煮開了，陳四家的第一碗便舀給了允瓔。

「大妹子，給妳家男人送去。」

「先給那些孩子們喝吧。」允瓔有些不好意思。

「沒事，妳先送過去，這兒還多著呢。」戚叔的兒媳婦剛剛從浮宅那邊過來，手裡還拎著一個筐，裡面滿滿的草藥。「這些都是王叔給的草藥，祛風寒的，熬了分一分。」

允瓔這才接下，笑著謝過幾人，先端著碗回去。

回到船艙，正巧看到烏承橋赤著上身在解腿上的紗布，健碩的胸膛上沾了雨水，一瞬便晃到了她的眼。

允瓔垂眸，低頭彎腰鑽進艙內，這又不是頭一次看到他這樣了，之前也幫著他擦拭過幾次背，可這會兒她還是無法直視。

「先把這個喝了吧。」允瓔儘量避開目光，卻還是不可避免地瞄到他的腹肌，臉上微微一紅。

「妳的呢？」烏承橋放下紗布，接過了碗，看著她問道。

「那兒多著呢，你快喝吧。」允瓔搖頭，避開他的目光，自發地蹲到面前，接手他沒完成的事情。

縱然用木盆擋了一夜，他腿上的紗布還是有些滲濕了，允瓔解下紗布後，乾脆打了盆水，替他洗淨，重新敷了草藥，翻出乾淨的布包紮起來。

饒是允瓔替烏承橋換好藥便重新去喝了一大碗的薑湯，但入夜時，她還是鼻子微堵，身上一陣一陣的微寒。

她嚇了一大跳，這是感冒的症狀啊，這個時代，感冒也有可能會死人的。

允瓔不敢怠慢，急忙去找了老王頭，弄了些草藥回來及時熬上，無奈第二日，她還是昏沈沈的起不了身。

「來，喝藥。」烏承橋一早便起來了，這些日子允瓔生火做飯的，他在一邊看著也懂了，折騰了小半天，終於把藥熬出來。

允瓔有些迷糊地睜眼，在他的扶持下喝完藥，又迷迷糊糊地睡去。睡夢中，她似乎感覺到他拿布巾給她擦身，又似乎被餵了好幾次的湯汁。

「王叔，我娘子怎麼樣了？」再一次從迷糊中醒來，允瓔聽到烏承橋擔心的問話，她恍惚了一下子，想起來了，看來是他請來了老王頭，這一片浮宅唯一懂得草藥的人。

「燒退便沒事了，你閒暇時多替她擦擦身、多餵些水。」老王頭的聲音在船頭響起，帶著一絲輕鬆和笑意。「烏兄弟放心，她脈象已經平穩下來了，不會有事的。」

脈象平穩下來了？

允瓔有些驚訝，聽這話，老王頭似乎不是一般懂草藥的呀，居然還知道把脈。

她只顧著好奇，卻沒意識到自己這幾日是怎麼回事。

「多謝王叔。」烏承橋鬆了口氣，送走了老王頭。

過了一會兒，船微微有些晃動，卻是烏承橋慢慢地移了回來。

「英娘。」烏承橋到了她身邊，低聲喚了一聲，便伸手覆上她的額，接著，他又低了頭，唇抵上她的額角，輕輕呼了一口氣。

允瓔裝不住睡，緩緩睜開眼睛，她只覺得有些無力，還不待她說話，烏承橋便驚喜地喊道：「妳醒了？」

「嗯。」允瓔看著他那乍然的欣喜，扯了扯嘴角。「你幹麼這樣，我只不過是睡了一覺而已。」

「妳這一覺，足足睡了三天。」烏承橋嘆氣，坐直身子，從身邊端起一碗湯藥。

「來。」

「三天？」允瓔吃了一驚，瞪大眼睛，不會吧……她昏迷三天？

「是呀。」烏承橋嘆氣，把藥往她唇邊湊了湊。「快喝了吧，剛剛王叔送來的。」

允瓔沒有多說，就著他的手喝淨了滿滿一碗苦苦的藥汁，才咧著嘴打量起艙房來。

艙中已被他收拾乾淨，恢復了往昔的樣子，船頭上卻是一片狼藉，擺放著灶和鍋，邊上還散亂著草藥屑。

雨已然停了，淺淺的陽光照耀，反射著水光，映得滿艙光粼粼。

「再睡會兒吧。」烏承橋放下碗，伸手扶了她一把。

寬厚的手掌觸及後背，令允瓔猛地一個激靈，低頭看看自己，頓時僵住，她只穿著肚兜……

後面傳來的溫熱瞬間跟著火似的，燙得她耳根子都紅了。

烏承橋卻沒有留意到這些，扶著她躺下後，替她掖好被角，又去打了一盆水回來。

「我自己來。」允瓔渾身不自在，一想到這幾天都是他替她擦身子，她就忍不住整個人發燙，鼻尖的汗也細細密密地冒出來。

「怎麼這麼多汗？是不是哪兒難受了？」烏承橋卻避開她的手，堅持替她效勞，看到她細密的汗水時，他有些驚訝，不過隨即觸及她躲避的目光，心下便瞭然，不由笑著伸手捏了捏她的鼻尖。「妳呀，之前膽兒那麼肥，這會兒怎麼忸怩起來了？」

「什麼膽兒肥……」允瓔被他親暱的舉動弄得心裡一悸，不自在地避開他的手。

「那日妳大膽地告訴我，妳喜歡我，讓我做妳的男人。」烏承橋看著她的嬌羞，心裡忽生促狹心思，低頭看著允瓔含笑道：「如今，妳我已成夫妻，為何反倒怯了？」

「……哪……哪有？」允瓔有些慌亂，為他的貼近也為他的話而亂，他想做什麼？他又知道了什麼？

「哪都有。」烏承橋輕輕一笑，伸手攬住她，下巴抵上她的額。「英娘，我知道妳是在怨我，如果不是我，岳父、岳母不會出事，妳也不會這樣辛苦……」

「你想多了。」允瓔僵著的身子慢慢鬆懈下來。

她不是邵英娘，她的到來，或許是天注定的，來了，已然回不去，想那麼多又有什麼用？再說了，她對他什麼怨都沒有，她只是……

只是什麼呢？

允瓔想到這兒，自己也有些迷茫。

之前，她想的是等他傷一好，他們便各走各的道，她就搖著這破船，去找她的天地去。

可現在，她猛然發現，她的心竟起了變化，希望將來浮船泛宅遊歷天下時，身邊能有他。

「等我傷好……」烏承橋還在低低地表著心跡，等他傷好，他定不會再讓她受苦，他曾經雖是紈袴，一擲千金，可有沒有人說過，越是像他這樣的敗家子，越懂得如何生財呢？

允瓔嘆了口氣。她不是邵英娘，她不想聽他對邵英娘的種種保證，當下微仰了頭，微顰著眉，看著他說道：「我餓了。」

「好，我這就去做吃的。」烏承橋立即點頭，拉過被子把她包起來。「妳快躺下歇會兒，一會兒就好。」

「你……做飯？」允瓔眨著眼，帶著疑惑，她可沒忘記那天他幫倒忙的事。

「嗯。」烏承橋俊臉一紅，有些尷尬地伸手蓋住她的眸。「我這兩日跟陳嫂子學的。」

允瓔有些好笑，學就學唄，還擋她的眼睛做什麼？怕她笑話他？

「歇著。」烏承橋固執地讓允瓔躺下，才慢慢移了出去。

允瓔躺在那頭，單肘墊著頭，側看著他笨拙地清理船板上的草藥屑，淘了些米，點火。

有一瞬間，允瓔卻看迷了眼。

陽光，為身穿布衣的他鍍上了一層淺淺的光暈，明明笨拙的舉動此時竟也變得優雅起來。

他身上的衣服應該是邵父的，衣袖有些短，此時高挽到肘上，一舉手，臂間力量隱現，微敞開的衣襟隱隱看到精緻的鎖骨……

「咳咳——」烏承橋湊在灶口處吹火，一個不小心，吹得有些猛了，火起來了，濃煙也灌了出來，撲在他臉上，嗆得他一陣咳嗽，下意識地拿手擋臉。

允瓔有些擔心地支起身子，原本想關心他，可見他一回頭，那一臉的黑，不由忍俊不禁，笑了出來。

「笑什麼？」烏承橋回頭看了看她，抹了抹自己的臉，這一抹，臉更花了。

「沒什麼。」允瓔忍笑，起身摸向艙壁夾層，實際上卻是從空間裡取出了衣裳。

「咦？我昨兒還找衣服呢，一直沒找著，妳藏哪兒了？」烏承橋看到她穿上衣服，有些驚訝地問。

「那個……是你沒找仔細吧，一直在這兒放著的。」允瓔心裡一突，隨口應付道。「可能是我藏得深了，你找不著吧。」

烏承橋倒也沒有深究，之前都是她在照顧他，也可能是他真的沒找仔細吧。

允瓔穿好衣服，起身時頭微有些暈乎，她忙扶著艙壁穩了穩，才緩步到了船艙口，這幾步路，她竟走得有些乏力。

「出來做什麼？」烏承橋責怪地看著她，無奈他腿帶傷，想扶她也是個問題。

「你這樣，我什麼時候能吃得上飯呀？」允瓔撇嘴，在船艙口坐下。「把那個拿過來些，裡面的柴撤出來一半……」

「妳坐著說，我來。」烏承橋聽話地撤出一半的柴，卻沒有把灶移過來，而是在允瓔的指點下繼續做飯。

允瓔側看著他，也沒有阻止。

他有心想學，她也不介意把他培養成「進得廚房，出得廳堂」的古代新好男人。

看著忙碌的烏承橋，允瓔滿意地笑了。

第二十五章

在允瓔的指點下，一頓飯終於在烏承橋七手八腳的忙亂下勉強出爐。

烏承橋有些侷促，小心翼翼地把飯送到允瓔面前，遞了一雙筷子過來。「嚐嚐。」目光不無期盼，想他長這麼大，一向是衣來伸手、飯來張口，一雙手護得比大姑娘還大姑娘，哪裡做過這樣的事情，這兩天跟著陳嫂子學做飯，他心裡雖然有了些底，可真端到允瓔面前，卻是無來由的不安和期待。

她會喜歡嗎？烏承橋目不轉睛地看著允瓔，不放過她任何一個表情。

允瓔看了看他，心裡暗暗好笑，在他的注目中緩緩伸出筷子，嚐了一口水炒野菜，鹹得發苦，她頓了頓，抬眸看了看烏承橋。

「不好吃嗎？」烏承橋見允瓔不語，頓時忐忑起來。

允瓔卻是面不改色地嚥下去，對烏承橋搖搖頭，另外挾了一筷鯽魚肉，舀了一勺湯，卻是淡得沒味兒。

「不好吃？」烏承橋沒能等到允瓔的回答，他直接拿起筷子，兩個菜都嚐了嚐，頓時眉心緊鎖，伸手就端起那盤野菜。「這麼難吃，倒了吧。」

「你幹麼呀？」允瓔及時把菜奪過來。「浪費食物是可恥的。」

「這樣怎麼吃？」烏承橋有些黯然。吃慣了那些美味佳餚，這些日子吃允瓔的菜都覺得難以入口，都是勉強吃下果腹，可沒想到，他自己做出來的菜居然比豬食還……

「端碗熱水過來。」允瓔白了他一眼，笑著指點道。

烏承橋不解，不過還是乖乖送了一碗熱水過來。

允瓔把鹹得發苦的野菜在熱水裡過了一遍，嚐了嚐，還是鹹，不過往寡淡的魚湯一涮，倒是好了許多。

「這樣就好了。」允瓔滿意地點頭，雖然不怎麼樣，但也能湊合。

烏承橋卻是沒再動筷，他有些鬱鬱，坐了一會兒才低聲說道：「英娘，這樣下去不行，我們還是想想做些小生意吧。」

「我倒是想，可是沒本錢呀，好生意投錢大，我們哪裡吃得消？」允瓔被他一句話挑起了心事，嘆了口氣。「眼下，能有什麼生意適合我們做？」

「這兩天出去轉轉吧，總有出路的。」烏承橋說得很沒有底氣。

他所知道的生意，都是商鋪、糧行、船隊，以他們現在的處境，連根毛都摸不上，而本錢小又能生利的小生意，他也是一頭霧水，怪只怪，當年他太不上心了。

「行吧，再沒辦法，先去擺個渡，田大哥這邊有什麼活兒，我們也上點心，託他多關照些。」允瓔點頭，沒有多說，門路是尋出來的，可不是兩個人相對糾結就能糾結出來的。

烏承橋默默點頭，沒再說下去，只是在他心裡，已經下了決心，他得想法辦賺錢做生意，混了這麼多年，如今有了妻子，卻連妻子都養不起、護不住，他還算什麼男人！

允瓔並不知道他的心思，只是專心地低頭吃飯，那鹹得發苦的野菜兌過了水又涮了魚湯，嚼在嘴裡一樣無滋無味，她卻堅持著吃了下去。

這是他的心意，而且也是他頭一次做飯給她吃，不能太過打擊他。

允瓔暗暗思忖著，心裡生出一絲喜悅，這飯竟也變得有些滋味起來。

吃過了飯，她又被烏承橋催著去歇息。

躺在船艙裡，聽著他在船板上叮鈴噹啷的忙碌，她慢慢地睡了過去。

「真的？圍壩真出事了？」恍惚間，外面傳來一陣驚呼聲，似乎是邊上的船家們聚在田娃兒的船頭。

圍壩出事？允瓔一個激靈，清醒過來，她翻身而起，理了理髮髻和衣衫便鑽出了船艙。

果然，田娃兒的船頭前停了兩艘小船，船板上聚了好些人，正聽著他們說消息，烏承橋也坐在自家的船頭關注著他們的話題。

「圍壩果然倒了，水沖了進去，鎮上不少低窪人家都被水淹了，聽說有好些人無處可避，生生的……唉。」打聽消息回來的兩位船家都是中年人，說到這兒，齊齊長嘆。

允瓔心頭一陣發涼，前世在電視上見過的悽慘，如今近在咫尺。

「還好我們沒去，要不然……」人群裡不知道誰先唏噓了一聲，帶起一陣議論。

「柯家的人怎麼說？都死人了，他們能不管嗎？」有人問道。

「剛才看到柯家的人了，站在那兒拿刀拿棍的，誰敢過去和他們理論？嘴上說得倒是好聽，他們會向縣上稟報、請賑災糧，唉，到時候能到我們這些小老百姓手裡的，還能剩幾粒糧？」

「烏兄弟果然有先見，一早就料到柯家的陰謀。」有人話鋒一轉，說到了烏承橋。

烏承橋一愣，倒是想起允瓔之前說的話，笑著擺擺手。「哪有什麼先見之明，只不過是對那些人的作派有些瞭解，這世道……就是如此，見多不怪了。」

允瓔扯扯嘴角，卻笑不出來。

原來她覺得寧靜的浮船泛家生活，此時此刻都被這些殘酷的事實擊倒，沒有了經濟保障的日子，哪裡有寧靜舒心可言？

為生計悲苦，為未知的災難提心弔膽，為各種各樣的麻煩奔波。

一瞬間，烏承橋對做生意的提議衝擊進了允瓔的心底。

沒錯，必須做生意，要不然，打魚、擺渡、替人送貨這樣的活兒，得等到猴年馬月才能讓他們安頓下來；而她的夢想，又得幾個猴年馬月才能實現？

「唉，不提這些了，反正柯家那些賑災糧也沒我們的分兒。」幾人說得心情低落，也懶得討論下去。「走吧，我們把自己這一片再鞏固鞏固，大風大雨過去了，我們整頓整頓，又該忙了。」

「沒錯，現在看看，還是我們自己這兒靠譜，這一次，無論如何也不能讓柯家奪了我們這片地方去。」

眾人討論著，紛紛離開。

田娃兒也嘆著氣，解了船繩往外行走，說是要去看看情況。

「柯家……哼！」烏承橋沈著臉，目露忿然地看著田娃兒離開的方向，一拳頭便砸在船板上。

「你幹麼呢？」允瓔無語地看著他。「柯家如何，我們現在還不是他們的對手，還是好好想想接下來怎麼做吧，雞蛋碰石頭的事情，我勸你現在還是少去想。」

「嗯，我知道。」烏承橋背著允瓔坐著，沒有回頭，卻是低低地應了一聲。

允瓔見他又陷入那種狀態，嘆了口氣，回到船艙中歇著。

「要不，我們去擺渡試試？」入夜，允瓔仍有些輾轉難眠，因此提議道。

「擺渡總歸沒多少進項。」烏承橋有些勉強，他也在想同一個問題，怎麼打開生意的局面。

「可是，試試也不礙事呀。」允瓔翻身，面對面地看著他，認真說道：「我們天天打魚，做的魚乾沒人要，打多了也沒用，還不如去擺渡試試，或許會遇到要送貨的客人，那樣機會也大些。」

「擺一次渡，能有幾文錢？」烏承橋嘆氣，手撫了撫允瓔的臉頰，低低地說道：「難為妳了。」

「蚊子肉小，好歹也是肉，我們先試試唄，說不定走出去，就遇上門路了。」允瓔縮了縮脖子，他的碰觸讓她平白一陣緊張。

「也好，那就試試。」烏承橋也無頭緒，想了想只好妥協，伸手將她攬進懷裡，閉上眼睛低低地應著。「我再帶上彈弓，我們先去試試，一邊等，一邊順帶著獵些飛鳥，網些魚，也礙不了什麼事。」

「好。」允瓔僵著身子偎在他懷裡，有些緊張，最近他越來越喜歡這樣摟著她入眠。當然，也只是摟著而已……允瓔閉上眼睛，心底無聲地嘆氣，似乎在放鬆自己，又似乎在遺憾著什麼。

次日清晨，依然在眾人討論圍壩的聲音中轉醒。

聽著他們的說法，似乎柯家給出了答案，這次遇難傷亡的人也被柯家的人接走，據說，柯家要為所有受難的百姓出頭。

允瓔聽得好笑。

之前，柯家能把苕溪灣的人全趕出來，如今，就算有賑災糧，還能分得到他們手裡？那根本是癡人說夢。

比起圍壩的事情怎麼發展，允瓔更關注自己的小日子要怎麼過，只是她這一感冒，身子還虛著，烏承橋說什麼也不同意她現在就搖船出去找門路，沒辦法，出去看渡口找門路的事暫時擱淺。

允瓔歇了一上午，只看著烏承橋不斷修整他的彈弓，做著他不擅長的瑣事，實在無聊至極。

「我去找陳嫂子聊聊。」吃過了飯，允瓔實在閒不住了，便對烏承橋說一聲，鑽出了船艙。

邁過各家的船頭，一路招呼著過去，到了陳四家船頭上，允瓔一踏上去，就被那不正常的晃動給嚇得收回了腳。

陳四家的船艙布簾垂得嚴嚴實實卻不住晃蕩的節奏，允瓔只瞄上一眼就馬上想起上次的糗事，她不由狂汗，這兩口子，也太猛了吧，簡直不分白天黑夜啊。

可她都到了這兒，旁邊的船頭上還坐了幾家閒聊做事的人，這會兒退回去，會不會更糗？

想了想，允瓔再次抬腳，快步經過陳四家的那條船，陳四家的忙著，她可以去找戚叔問問。一來是不想被人看出尷尬，二來也不想空手而回。

「戚叔。」所幸允瓔沒有白去一趟，戚叔還坐在自家船頭，端著一個大大碗公在吃著麵。

「烏家小娘子來了，坐，吃過了沒？」看到允瓔，戚叔熱情地招呼起來。

這次大家能安然度過，烏家兩口子幫了很大的忙，而且，他也相信烏承橋一定不是一般人。

「吃過了呢。」允瓔也不客氣，直接接過戚叔遞來的小木凳坐到一邊。

「有事？」戚叔笑看著她，一邊大口吃著麵，碗裡只有清湯麵，連根蔥影也沒看到。

「戚叔，我想出去看看擺渡載客的活兒，只是我們對這一帶都不熟，就想著來請教您。」允瓔謙和地說道。「我家……相公腿傷需要養，雖說如今都有大夥兒接濟著，可這傷筋動骨的，總也得好好補補，我做不了別的，也就只會搖個船而已，所以想試試。」

「難為妳了。」戚叔點頭，一口喝盡碗中的麵湯，把筷子和碗擱到一邊，衣袖隨意地抹了抹嘴。「這附近的渡口也沒什麼人往來，妳要擺渡還得走遠一些，過了鎮再往南，有個更大些的碼頭，叫黑陵渡，那兒地處三岔河道，平時南來北往的人多，說不定還能接些送貨的買賣，只不過每天得早些過去，大半個時辰才能到呢，而且這過渡的一般都是趕著出門的，起早貪黑，可不是個輕省的活兒啊。」

「遠些倒是沒關係的。」允瓔忙說道。「只要能找到活計就好了。」

「小娘子有心氣，難得。」戚叔讚賞地點點頭。「這幾天大風大雨剛過，許多船未必會出工，妳要是想試試，趁著天晴的時候早些過去看看。」

「謝謝戚叔，我明天就去。」允瓔問到了消息，心情高興，急著回去跟烏承橋商量。

「還有件事。」戚叔忙抬手示意。

「您說。」允瓔趕緊坐下，洗耳恭聽。

「這擺渡也有講究，像妳那樣的船呢，一般過一次河三十文錢，人多的時候，大家平分也就少些，過河人少就多分些，這是大家的規矩，你們去了，可別壞了規矩，遭人排擠。」戚叔好心提醒。

「要是一次過河只有一個，就收三十文嗎？」允瓔驚訝地問，這跟她想的不一樣啊，這過河不是論個兒算的？

「是的。」戚叔點頭，有些擔心地看看允瓔。「這是多少年的規矩了，妳初來乍到，還是學一學大家吧，等有了熟客……總之千萬小心，這一次過河也不能渡太多人，船吃不消會出事的。」

「一般大家都是幾個？」允瓔不由咋舌，只是擺個渡，還這麼多規矩？

「十來個……」戚叔正說著，突然看著水灣入口處就愣住了，神情凝重。

允瓔注意到了，順著戚叔的目光看去，立即皺了眉。

只見水灣入口處緩緩進來兩艘漕船，那船上的標記赫然就是柯家的，而最中間船上站著的那個人，正是柯家那個囂張的管家。

「又沒好事。」戚叔嘀咕了一聲，看了看允瓔。「妳快回去吧，他們來肯定沒好事，讓烏兄弟別輕易出來。」

「喔，好。」允瓔心裡一動，忙點頭順著人家的船頭回自家去。

烏承橋早就看到了柯家的船，不過，他不動如山地坐在那兒，淡然地看著那邊，並沒有躲藏。

「戚叔說讓你小心些，這柯家每次來都沒好事。」允瓔把戚叔的話帶到。

戚叔從來沒有問烏承橋的傷是怎麼回事，更沒有問他們是哪裡來的，甚至，之前還聯合眾船家們給他們編了個受傷的好藉口，可現在看來，戚叔早已看出烏承橋傷得蹊蹺，只不過並沒有挑明罷了。

「嗯。」烏承橋點點頭，目光追隨著柯家的船。

除了他們，看到的船家們都紛紛警惕起來，往戚叔家的船那邊趕去。

「你們這兒，死了人沒？」柯家的船一停下，船上那位管家便站出來，朝著船上的戚叔等人大聲問了起來。

原本看到柯家船就鬧心的船家們一聽到這話，頓時怒了。「你才死人了呢，你全家都死了！」

允瓔站在船頭，隱約聽到一些，她轉頭看了看烏承橋。

烏承橋冷眼看著，抬頭朝她抬了抬下巴。

允瓔也有心過去聽聽，當下點頭，快步往那邊聚去，各家船頭都聚了人，她這樣過去倒也不顯得突兀。

「我可是好心來問一下你們，要是死了人就趕緊報，別不識好歹。」柯家管家陰陽怪氣地說著，只是奇怪的是，他居然沒被這些船家們的怒罵聲觸怒。

「你們柯家的人能有這樣好心？我呸！」阿康站到前面指著柯家管家怒罵。「快給我們滾，要不然，有你們好看。」

「年輕人，火氣別這麼大，要不然吃虧的是你自己。」柯家管家卻是看了阿康一眼，綠豆眼睛眨了眨，捋著鬍平心靜氣地對阿康說道：「我們今天來，是奉了縣太爺的命令，看看你們這兒死人了沒有？要是有，就趕緊交出來，不要瞞著隱著，對你們沒好處，只要交出來，死一個補貼糧食一擔，兩個就是三擔，你們可別錯過機會嘍。」

此言一出，船家們面面相覷。

第二十六章

「哼，誰稀罕你們的破糧食！」阿康環顧一圈，見戚叔皺了眉沒說話，他等了等，心急起來，指著柯家管家說道：「你還是留著給你自家人用吧！」

「不知好歹。」柯家管家哼哼一聲，揮了揮手。「既然不需要，那就算了，到時候可別說我們沒通知到，這可是你們自己放棄的。我們走！」

柯家船又動了起來，飛快地出了苕溪灣。

允瓔站在船頭看著這一幕，突然間，她捕捉到單子霈的目光。

單子霈只是淡淡地看了看她，便移開目光。

柯家船來得突然，離開得也迅速，只是，他們的到來卻彷彿在苕溪灣投下巨石般，激起了千層浪。

「戚叔，您說他們什麼意思？一條人命才一擔糧食！」阿康越想越生氣，對著戚叔抱怨起來。

「柯家什麼樣的人，我們大家還不清楚嗎？反正我們這兒也沒出什麼事，我們不用理會就好了。」戚叔搖搖頭，安撫道。「大家都去忙吧，我們安然過了一關，比什麼都好，再說了，柯家的糧食哪裡是那麼好吃的？我們還不如天天打魚喝魚湯呢，都回去忙吧。」

「說得是，柯家的糧食，說是一擔，估計也不是好東西，我們不要想了，不如靠自己。」幾位老人紛紛附和，各自安撫著自家依然憤憤不平的年輕人。

允瓔聽到這兒，退回到船艙裡。

「他們來幹什麼的？」烏承橋看到她，便問道。

「他們是來看這邊有沒有人出事，說是死一個人，補糧食一擔，兩個就是三擔。」允瓔撇嘴。「這柯家……太沒人性了。」

「嗯。」烏承橋點點頭，沒再多說，抬頭看了看天。「不早了，我做飯。」

「我剛剛問戚叔一些擺渡的事呢，我們明兒去看看吧。」允瓔被烏承橋攔下，只好坐在一邊，邊看他做事邊說起從戚叔那邊聽來的消息。

「黑陵渡？」烏承橋有些驚訝，那夜，他們就是在那附近出事的。

「是呀，你可知道？」允瓔瞧出他的神情，忙追問道，她可是一頭霧水呀。

「知道，那兒過往的人確實多。」

烏承橋沒有說下一句，那兒也時常有喬家船隊經過，不過窮途末路時，他們生計都成了問題，總不能因為各種顧忌就此萎靡不振吧？有了決斷，又見允瓔緊張兮兮的樣子，便安撫道：「我們明天去瞧瞧，離得有些遠，不過，我們可以去那邊附近找找有沒有安身的地方，那樣，也不用天天跑來跑去的。」

「好。」允瓔見他支持，雙眼都亮了，高高興興地過去幫忙。「我來我來，你歇著。」

「妳還是歇著吧。」烏承橋打量她的神情，心裡略略一鬆，不過還是拒絕她幫忙，他雖然做得有些狼狽，卻已經比第一天好了許多。

「你說，柯家這次又打什麼主意？」允瓔見他堅持，只好又坐回去。「我總覺得那管家話裡有話，而且這次阿康罵他全家都死人了，他居然不生氣，到最後還說：『既然不需要，那就算了。』你說，這話什麼意思？」

「妳想這麼多幹麼？」烏承橋聽得心裡一動，卻沒有多話，只是笑著打斷她的話。「妳還是想想明天我們該準備些什麼，該怎麼開始賺我們的小錢吧。」

「也是。」允瓔聽罷，難得地沒和他爭辯，點點頭，坐在那兒想事情。

吃過了飯，兩人收拾完閒坐無聊，允瓔的心思突然就轉了過來。「要不，我們下午就去？不是說擺渡都是一大早的嘛，早些去看看情況，明早就可以開工了。」

「好吧。」烏承橋見她心急，倒是沒有意見，笑著點頭。「不過，我們得去跟戚叔他們道個別，免得他們擔心。」

「好。」允瓔立即跳起來，卻沒注意到船艙頂，一頭撞了上去，疼得她捂著腦袋又蹲回去。

「當心些。」烏承橋皺了皺眉，手探過來想要幫她揉一揉。

「沒事。」允瓔下意識一躲，彎腰鑽出船艙，一邊揉著額一邊往外走。「我馬上回來。」

頭一個要去告別的自然是戚叔，還有老王頭，在這兒的日子，他們幫了許多忙，尤其老王頭，不但救下她和烏承橋的命，平時還贈藥施草，從沒收過一文錢。

知曉允瓔和烏承橋要去黑陵渡，戚叔倒是沒阻攔，還細心地告訴她許多擺渡的規矩，那些不成文的規矩，可都是他們多年的經驗。

允瓔真心謝過，又去了老王頭家。

老王頭的家在泛宅最中心，順著路，很快就找到了。

這一片泛宅住家不多，稀稀落落的住了十幾家，大多數是老人孩子，而家裡的青壯則是住在船上或是出門做事賺家用去了。

老王頭見到允瓔，很是客氣。「身體好些了？」

「好多了，多謝王叔。」允瓔先道了謝，才說明來意。

「哦，黑陵渡可不近，妳等等，我去拿些草藥妳帶著。」老王頭點點頭，二話不說轉身進屋去，沒一會兒便拎了一大筐草藥出來。「烏兄弟的傷還是靠養，這些只是外敷的，等外傷一好，也用不上，妳還是費心多做些補身體的吃食才好。」

「謝謝王叔，麻煩您這麼久，等以後我們有能力了，定當重謝。」

「都是鄰居，說這些見外的話做什麼。」老王頭憨笑著擺擺手。「去吧，空了多回來看看我們。」

「會的。」允瓔失笑，這話說得好像他們要離開不再回來一樣，而事實上，她至今也沒這個想法。

短短時日，苕溪灣的船家們守望相助的溫情已經深深打動她，在她的心裡，已對這一片有了家的依戀。

從老王頭家回家，允瓔經過陳四家的船頭，看到陳四家的蹲在船頭忙碌，順便又道了聲別，陳四家的倒是爽快，聞言笑道：「也是個辦法，過幾天我們家也要出去，到時候去看妳，不過妳別忘記我們這兒喔，好歹也是共患難過的。」

「好嘞。」允瓔笑著點頭，她對陳四家的印象，從當初的看不慣，已漸漸變成了欣賞。一個女人，尤其是處在這樣一個時代的女人，能有陳四家的灑脫，也是很難得的了，這一點上，就是身為現代人的允瓔都自嘆不如。

「擺渡的活兒呢，說好做也不好做，總之妳得學著多個心眼，輸人不能輸陣，在一些事上，別讓自己吃虧了。」陳四家的看看允瓔，又補上一句，不過，她並沒有多說，只是笑道：「行了，你們先去，改明兒我和我男人也去，大家有個照應。」

「謝謝陳嫂子。」允瓔感激一笑，提著藥回到自家船上。

田娃兒出了船，想道別也沒辦法，允瓔也不磨蹭，和烏承橋兩人開始準備。

初次出門，也不知道那兒水源如何，允瓔當即在這邊蓄了些清水，又收拾了一番，兩人才緩緩離了苕溪灣，順著戚叔說的路線前往黑陵渡。

去黑陵渡要經過圍壩，一路上，允瓔見識到圍壩的慘狀。之前他們曾參與加固過的地段，幾乎一整條都被沖垮，一個一個缺口如同張開的野獸大口般，圍壩內的樹木被沖倒無數，大片大片的伏在水中，原本的田地這會兒也仍處在水澤中，不遠處的房屋，一片狼藉。

烏承橋放緩了前行的速度，允瓔站在船頭，看著這一幕沈默不語。

那晚的風確實極大，可是，如果這圍壩好好鞏固，也不至於落到這樣的下場。

正想著，烏承橋的船竟慢慢往圍壩靠過去。

允瓔驚訝地回頭。「你做什麼去？」

「那些樹倒得蹊蹺，妳過去看看。」烏承橋的臉色陰晴不定，一邊說一邊控著船到了圍壩邊。

此時的圍壩附近也沒有什麼船隻往來，柯家的人更不見蹤影。

「你是在懷疑？」允瓔疑惑地問。

烏承橋不答，船頭已經來到圍壩缺口處，他看了看允瓔，抬了抬下巴示意道。

好吧，她也想知道怎麼回事。

允瓔點頭，挽高褲腳，脫了鞋，想著就要踩上那未倒塌的圍壩上，可是一隻腳剛踏上，腳下竟是突然鬆動，看著挺踏實的一堆東西就滑落到水裡。

「當心些。」烏承橋忙提醒道。

允瓔已經飛快收回了腳，她坐下來，也不敢大意，只伸長腿去踹餘下的東西。

事實證明，他們的懷疑不是沒根據的，那圍坑上本應是一個個裝滿了泥土砂石的草袋，一個袋子幾十斤重，青壯漢子扛著都嫌吃力，再加上這會兒浸泡了水，增了分量。

無論如何，也不是允瓔足尖輕輕一點就能倒塌至此的。

猜到了一些的允瓔回頭，看了看烏承橋。

烏承橋面無表情，琥珀色的眸此時直勾勾地盯著那倒塌的地方，眼中似乎跳躍著某種火苗，薄薄的唇幾乎抿成一線。

允瓔張了張嘴，卻又嚥了回去。發現了什麼又能怎麼樣？

他們只不過是最底層的百姓，自己都快成泥菩薩了，還能管得了這樣的事？
烏承橋停了一會兒，什麼也沒說，便慢慢調轉船頭，繼續前行。
隨著河道蜿蜒，圍壩的情況漸漸展現在兩人眼前，一條長長的圍壩，多少年來都在保護著壩內的人家，保護了多少船家的安危，可如今，長壩已然慘不忍睹。
漸漸地，船到了另一個渡口，遠遠地就看到柯家的船停在那兒，船上人影影綽綽，似乎在忙碌著什麼，那渡口的浮臺上，站滿了十幾個披麻戴孝的人。
風聲裡，傳來了哀痛的哭聲，允瓔心裡又是一緊。
她想起了柯家管家的那句話：死一個補貼一擔糧食，兩個三擔……人命哪！
「我們從另一邊繞過去吧。」允瓔悶悶不樂，不想看到那些柯家人的嘴臉，回頭徵詢烏承橋的意見。
「嗯。」烏承橋看了看那邊的人，點點頭。
「欸欸，幹什麼的？」只是，他們的想法很快就被打斷，船還沒拐入那邊的分流，柯家一條小船從邊上冒了出來，攔截下他們。
「我們是路過的。」允瓔忙放下還高挽著的褲腳，穿上鞋子，只是，這會兒卻也有些晚了，對面船頭上的家丁已經注意到她，眼睛不懷好意地從她的腳上直直掃向她的臉。
「過路的？剛剛在這兒幹什麼？」家丁瞇著眼，目光在允瓔身上掃來掃去，時不時地停留在她身上某幾個地方，語帶不善。
「不怎麼會搖船，一時歪了。」被一家丁的目光給吃了豆腐，允瓔心裡很不快，但，此時卻不是意氣用事的時候，她鬥不過人家，而身後的烏承橋還帶著傷，不能過分引起柯家人的注意。

「少胡說八道，這一片的船家，哪個不會划船？」家丁卻是眼珠子一瞪，駁了回來，他看看允瓔，又看了看後面一直沒說話的烏承橋，眼睛滴溜溜一轉，起了歹念，他朝另外一個家丁使了個眼色。「停下停下，鬼鬼祟祟的，一定有貓膩，我們要檢查。」

「檢查？你們憑什麼檢查？」允瓔皺了眉，質問道。

「嘿嘿，憑我們是柯家的人，奉了大老爺的命在這一帶巡視檢查，過往的船隻都要接受檢查。」家丁有些得意地挑了挑大拇指。

允瓔回頭看了看烏承橋，流露一絲擔心。烏承橋看著她，幾不可察地點點頭。

讓他們上來？允瓔睜大眼睛，用目光詢問著。

烏承橋再一次頷首，一隻手已經摸到了腰間的彈弓上。

允瓔有些著急，那邊還有柯家人在呢，動手會不會……

「喂！靠過來。」小船上的家丁這會兒打斷了允瓔的思緒，划動小船往一邊分流靠去。

進了分流，有一段僻靜的轉彎，兩岸樹木茂盛，鬱鬱蔥蔥，加上此時水上本就沒幾條船，這邊就更顯得寂靜了。

允瓔的目光落在兩岸的樹木上，這兒離围壩這麼近，又不是避風塘，怎麼那邊的樹全倒了，這兒卻是沒事？難不成那大風還帶著眼睛，臨時會拐彎的？

「停下，就在這兒。」前面兩個家丁已經停了下來，摩拳擦掌地走到船頭等著允瓔和烏承橋。

允瓔隱隱地緊張著，她猜到了烏承橋的想法，他想教訓他們，可是……

一貫不善與人爭吵的允瓔，這會兒手腳竟有些發涼。

而船，卻是漸漸地近了。

船似乎失控了似的，重重地撞在前面的小船船身上，船上兩個家丁猝不及防，被撞得搖搖晃晃，罵聲連連。

允瓔也是晃了一下，不過，她家的船比對方的略大些，烏承橋一撞即退，倒是沒問題，她很快就站穩了。

不過，同時她也明白了烏承橋要找人麻煩的決心。如果說之前只是想法，可這會兒，船都撞了，退縮還有可能嗎？允瓔想到這兒，轉身進了船艙。

「娘的，居然敢撞我們。」兩個家丁看起來也不通熟水性的，小船左右晃蕩許久之後，兩人才七手八腳地穩下來，再抬頭，凶光畢露，看著允瓔就開罵了。「臭娘兒們，一會兒有妳好看！」

允瓔撇了撇嘴。

這時，船頭一沈，兩個家丁已經跳上來。

烏承橋坐在那兒，受傷的腿還夾著木根，用白色布條纏著，平時也不能伸展，這會兒坐在那兒，一眼就能看到他的傷腿。

兩個家丁只是打量他一眼，便篤定了烏承橋無用，摩拳擦掌地往允瓔這邊過來。

烏承橋冷眼旁觀，彈弓已經扣在手裡，隨身攜帶的小石子也悄然地放在身邊了。

允瓔偷偷瞄了他一眼，有些緊張。

突然，眼前陡然出現一個黑影，她忙往後一閃，回眸看清是其中一個家丁的手，險些便摸到了她的臉。

「你們想做什麼？」允瓔沈聲問道。「說什麼檢查，我這船就這麼小，能有什麼可檢查的？現在也該看完了吧？」

「雖然長得不怎麼樣，不過瞧著水靈，嘿嘿，小娘子，別躲呀。」那家丁咧著嘴，露出齒縫間的菜垢，緩緩朝允瓔逼了過來。

「小娘子，妳家男人腿殘了不好辦事吧？」另一個家丁也到了允瓔面前，笑得猥瑣。「來，今兒就讓我們哥兒倆好好伺候妳爽爽。」

「滾！」允瓔一閃，反手就搧了過去，她怕與人紛爭不假，但也從來不是任人欺負的，這一搧，打去了兩人伸出的爪子，卻也把自己逼到船艙邊上。

船有些小小的晃動，允瓔皺了皺眉，另一隻手扶在身後穩了穩。

「滾？哈哈，可不得滾嗎？不滾怎麼爽？」兩個家丁囂張地笑著，一左一右又向允瓔伸出了手。

第二十七章

就在這時，烏承橋動了，兩顆小石子帶著勁風直奔兩個家丁的臉。

「哎喲！」兩聲，兩個家丁紛紛捂住了臉。

一個被打中嘴，一個被打中臉頰，距離和力道讓兩顆小石子威力十足，只一瞬間，兩人被打中的地方便腫了起來，出了血。

「找死！」兩個家丁一時發懵之後，回過神來往烏承橋那邊撲去。

船因為他們的腳步瞬間不穩。

允瓔一驚，烏承橋的彈弓可不是近戰能成效的，這要是被兩個人纏上，他哪是對手？

想到這兒，她毫不猶豫地摸出擀麵棍，朝兩個家丁的後腦勺揮了下去。

「砰砰」兩聲，正中目標。

兩個家丁晃了晃，有些發傻地轉過身看了看允瓔，他們似乎沒想到這看似柔弱的船家小娘子會下這樣的狠手，目光滿滿的怒意，可惜，此時想抓住允瓔卻心有餘而力不足。

允瓔手持擀麵棍防備地看著兩人，手指尖冰涼一片，她長這麼大，還沒跟誰動過手，這兩下子會不會打死人呀？

就在允瓔糾結緊張之餘，兩個家丁朝她伸出了手。

允瓔嚇了一跳，想也不想就補了兩下，砸在兩個家丁的頭上。

兩個家丁晃了晃，翻白眼軟軟地倒了下去。

「砰！砰！」

整條船都震了兩震。

允瓔看著兩個直挺挺躺在船艙裡的家丁，有些後怕，她僵著身子站在原地，手裡還拿著擀麵棍保持警惕的架勢，好一會兒，她才找回自己的聲音，有些飄忽地問：「他們……不會死了吧？」

「應該不會。」烏承橋卻安撫地看看她，動手搖船。「找繩子拴住他們，堵上他們的嘴。」

「啊？」允瓔有些傻傻的。

「免得他們醒過來，到時候我們可就奈何不了他們了。」烏承橋搖著船越過前面的小船，飛快往前行去。

允瓔看看他，想了想還是放下了擀麵棍。他說的沒錯，她沒動手的時候，這兩個人也沒想放過他們，如今動了手，等他們醒了更麻煩。

她不能心軟！

允瓔咬了咬牙，轉身去找繩子，行船人家，最不缺的就是繩子。

但到了兩人身邊，看到兩人一動不動的，允瓔還是有些發怵，她移過去，伸腳踹了踹，卻沒任何反應。

「放心，沒死。」烏承橋見她實在緊張，不由輕笑。「對待這些惡人，妳若手軟，吃虧的就是妳自己，不用心存愧疚的。」

「真的沒死？」允瓔還是有些惴惴不安，伸腳又踢了踢。

「就算死了又如何？妳是為了保護自己。」烏承橋瞥了昏迷的兩人一眼，輕描淡寫地說道：「妳可想過，岳父、岳母……有時候，對這些惡人心軟，就是給自己招禍。」

允瓔頓時默然，他說的沒錯。

「快些綁吧，到前面合適的地方，把人扔下去。」烏承橋見她臉色不對，忙打住話題。

「啊？扔水裡？」允瓔倒是動手了，可是一聽要扔下去，她又是一愣。

一想到這兒，她的冷汗都冒了出來。這打人也就算了，綁也沒關係，可是活生生的兩條命就這樣……她肯定會作惡夢的。

「妳先綁了他們，我來解決。」烏承橋好笑地看著她。「放心，我還沒那麼喪心病狂，只不過我們帶著他們也是麻煩，早些解決了才好，難不成妳想留著他們？」

允瓔瞪了他一眼，決定先照著他的吩咐做。

心存著緊張和害怕，允瓔費了好一番工夫才把兩人各自綁起來，觸及兩人身體並不僵硬時，她才稍稍放鬆了些，人沒死，她心裡的罪惡感總算輕了些。

船沒行出一段距離，又停了下來，烏承橋打量一下四周。「就這兒。」

允瓔伸頭出去，只見船停的地方是個三岔分流處，右邊那河道很窄，兩邊長滿了雜草，幾棵樹稀稀疏疏地長著。

「就那兒吧。」烏承橋指了指那幾棵樹，對允瓔點頭。

「扔這兒會不會出事？」允瓔仍在猶豫。

「妳要不放心，把他們掛樹上去，至於他們出不出事，那就看他們的運氣了。」烏承橋淺淺一笑。他理解她的心情，這樣一個純善的女子，能下得了手才怪。

「那……就這兒吧。」允瓔想了想，點頭，早些解決也好，眼見天要黑了。

那邊的河道有些窄，搖著進去太多不便，便換了允瓔用竹篙撐著，緩緩退到那幾棵樹邊，只是，烏承橋腳傷不便，允瓔一人力氣又小，想要把兩人掛到樹上卻是有些難度。

允瓔想了想，自己爬到樹上，利用繩子把人拉上去，直到兩個家丁歪歪斜斜地掛在樹上。

離開時，允瓔想了想還是沒能狠下心，解開兩人的繩子才回到船上，緩緩撤離，行出好長一段路，允瓔還頻頻回頭，疑惑地問：「這樣真能行嗎？怎麼這會兒一直沒醒呢？」

「不會有事。」烏承橋微扯了扯嘴角，淡淡應道。

暫時是沒事，不過今晚他們能不能脫險，那就是他們的造化了。

這一折騰費去他們不少工夫，等到了黑陵渡邊，已經是黃昏了。

黑陵渡不黑，這一處水道縱橫，有不少分流掩沒在長長的水草叢中，看上去就像白白的草原連成一片陸地，只有行得近了，才能窺得其中玄機。

烏承橋搖著船經過那一片水草叢，目光微凝。

那夜，就是在那兒出的事。他沈默半晌，抬頭看了看允瓔。

允瓔站在船頭打量四周，正巧也看到了那一片白茫茫，心頭掠過一絲異樣，她似乎來過這兒？

可細想，又想不起什麼，一時，目光怔住。

烏承橋收回了目光。

因為他，她的家人全喪了命，他此時如何能提醒她那邊就是……不過，看她的神情似乎知道了？

烏承橋心裡一虛，加快行船速度。這段日子好不容易讓她靠近了些，這會兒再提那些事，不是又要讓她遠離他嗎？

下意識的，烏承橋很不情願。

可他哪裡知道，允瓔壓根兒就沒想到那些。

她看著那白茫茫一片的水草叢，只是覺得眼熟，隨即，被生計問題困擾的她，一轉念就想到了別的——這樣的地方會不會有野鴨呢？會不會有野鴨蛋呢？

「到了。」烏承橋停下船，輕聲提醒道，他不想讓允瓔想起太多不好的過去。

「總算到了。」允瓔回神，轉向了前面。

他們的船還在河道中間，正前方長長的石堤內，青石板鋪就的石道蜿蜒，長堤中間延伸出兩丈長的木臺，此時，兩邊正停靠著不少船隻，木臺和堤上往來行人無數。

「確實比鎮上要熱鬧。」允瓔手搭涼篷打量著前面，木臺邊的船不少，另一邊也停靠了不少像他們這樣的小船，看起來，擺渡的前景堪憂啊。

「先找個地方歇了吧。」烏承橋掃了一眼，嘆了口氣。

「好吧。」允瓔這會兒也起了怯意，她覺得自己似乎想得太簡單了。

「明天先去附近轉轉吧，看看都有什麼路線，要不然我們有客人也不知道渡到哪兒呀。」

烏承橋打量了一番，靠近木臺左右，那兒還有空位。

「這位大哥，這兒方便停嗎？」烏承橋客氣地招呼著邊上那條船上的漢子。

「當然方便。」那漢子倒是善意，看了看他們點點頭，等烏承橋靠近，還好心地幫了一把。「你們也是來送貨的？」

「不是呢，我們只是想過來看看有什麼活計可以做。」烏承橋笑著回道。「這位大哥，你說的送貨是什麼？」

「哦，我還以為你們也是被徵來的船工呢，那你還是停那邊去吧。」漢子有些驚訝，沒有回答烏承橋的話，反倒指了指對岸。

這條河面看著有五丈寬，對岸的埠頭也只是簡易的木板搭起，邊上搭了個歇腳的小亭子，一條兩丈寬的大道直通田原深處。

「這位大哥，這邊徵來的船工是做什麼的？難道也是圍壩嗎？」允瓔接著話問道，或許他們幸運，剛來就能找著活兒做了。

「不是圍壩，是……」漢子左右張望一眼，壓低聲音說道：「你們不是被徵來的，就趕緊去那邊吧，別晚了，一會兒想走也走不了了。」

「這怎麼說？」允瓔驚訝地問。

「總之……」漢子正要說什麼，便看到堤上下來一個人，他忙縮了回去，朝烏承橋他們連連揮手，卻不敢再說什麼。

允瓔順著漢子的目光看去，也看到了那個人，她想了想，拿起竹篙，正要撐船離岸，那人已經看到了他們。

「站住。」

允瓔掃了一眼，看到之前那漢子遺憾地看了看他們，縮回船艙裡。

來人五十左右，長相普通，膚色黝黑，著青衫小帽，看起來像哪家的帳房先生，他打量了允瓔一番，看了看後面的烏承橋，問道：「你們倆，做什麼的？」

「我們……」允瓔這會兒對剛剛那漢子的話有些疑惑。

聽他所言，好像停在這兒都是徵來的船工？

「你們船空著吧？」那人沒理會允瓔的猶豫，直接問道。

允瓔搖搖頭，忙道：「我們只是路過……」

「正好，你們的船我徵用了。」那人不給他們一絲機會，直接從懷裡掏出一塊木牌丟到允瓔腳邊。「十七號，記住了，明兒一早卯時，在這兒等，不要想著跑，要是漏了，我們喬家可不是吃素的。」

喬家？

允瓔瞬間石化。

這麼跩？扔個木牌報個名就敢篤定他們不會跑？

難不成他當他們的木牌有GPS衛星定位？

「記好了，明日卯時。」那人扔下一句話，轉身看了看兩邊停靠的船，警告似的瞪了一眼，轉身走了。

允瓔拾起那木牌，正反兩面都看了看，正面果然刻著十七兩字，而後面卻寫著一個紅紅的喬字。

沒想到剛到這兒，就跟喬家扯上關係了。

允瓔掂了掂木牌，鑽進船艙來到烏承橋身邊，把木牌遞過去。「你看看。」

烏承橋接過，反覆瞧了瞧，皺了皺眉，他並不認得這個東西。

「那人是誰呀？說話這麼跩，扔個木牌而已，當我們不敢走啊？」允瓔有些不滿地嘀咕著。「我們現在怎麼辦？走還是不走？」

「兩位，還是別走了。」邊上的漢子又追了出來，張望一番，小心翼翼說道：「剛剛那人是喬家的本家，大家私底下都叫他老喬頭，他現在管著喬家在這一帶的船隊，剛剛妳收的木牌，就是他們的憑證，有這個東西在……唉。」

「這木牌難道還有什麼神奇之處不成？」允瓔好奇地問。「大不了就是往河裡一扔，他們還能找到我們？」

「神奇是沒什麼神奇的。」漢子無奈地嘆氣。「老喬頭有一本事，就是看人過目不忘，他每發一個木牌，就會記錄那個人長什麼樣，妳扔了木牌沒事，可以後就別想在這一帶混了，泗縣、洪縣……都是他們的船隊。」

允瓔瞬間默然。

碼頭上，老喬頭早已沒了身影。

還真是人不可貌相啊，這樣一個老頭，居然還有這樣的本事，方才也沒看他怎麼打量他們呀，這樣就記住了……糟了！

允瓔忽然想到一件事，猛地轉身看向烏承橋。

烏承橋與喬家的牽扯，她雖不是很清楚，可已經隱約猜到了一點。那個老喬頭有那樣的本事，剛剛會不會把烏承橋也記下了？

那樣，畫像傳到喬家商隊手裡，會不會就傳到了烏承橋的對手手裡？那時，他豈不是危險了？

可此時，邊上還有別的船工在，她想問也不方便問。

想了想，允瓔走過去，輕聲細語地說道：「既然逃不了，那也只好聽從差遣了。」

烏承橋隨意地把木牌揣進懷裡。

他的想法卻和允瓔不太一樣。剛剛聽說的喬家的事，他一無所知，不知道這到底是因為自己以前太混不知情，還是這些事都是後來才搞出來的鬼？他想查清事實，所以，這一趟必定不能躲開。

想到這兒，烏承橋點點頭，看向那邊的漢子問道：「這位大哥，這附近可有能停靠過夜的地方？」

「這邊都可以的，反正你們明兒也要出工，就不要亂走了，等在這兒吧。」那漢子見兩人如此，也不好多說，他之前已經好心提醒過了，他們的運氣依然不好，他也沒辦法。

「謝謝這位大哥，附近可有水源？」允瓔的本意是想先離開一會兒，好和烏承橋說說她的發現，這事可不能馬虎的。

「妳要清水吧，上岸往前走，到那頭轉角，有個井的。」漢子卻指了指長堤那頭。

允瓔的想法也因此破滅。

「就歇在這兒吧，有些餓了，做飯。」烏承橋把船櫓一放，移了過來。

允瓔抬頭看看天色，倒真的很黑了，再晚些怕是連吃飯都看不見，便點點頭，回到船板上，搬了灶臺開始生火做飯。

烏承橋也移過來，坐在一旁，時不時地幫些小忙，經過這幾天的做飯，他對這些事已經熟悉了，絕不會幫倒忙。

「就簡單些，麵條吧。」允瓔有心事，也沒有興致做別的，取了些麵出來，準備湊合一頓算了。

「好。」烏承橋當然沒有意見，他坐在那兒，掏出木牌反覆研究著。

「嗳。」允瓔看到木牌又想起那個老喬頭，心裡的不安按捺不住，想了想，還是挪到烏承橋的身邊，湊在他耳邊低聲說道：「那老頭子這麼厲害，你會不會被他們認出來呀？」

烏承橋眸色一凝，把玩著木牌的手指也頓了頓。

「要不，我送你回去，這差事我回來接著？」允瓔擔心地看著他，他在猶豫，說明他也在怕。

「說什麼傻話。」烏承橋把木牌放在膝上，抬手撫了撫允瓔的頰。「我是男人，豈能躲在妳身後？」

「可是……」允瓔皺眉，意圖說服他。

「我餓了。」烏承橋眸光一閃，便搶著打斷允瓔的話。「多做些，麵條不解餓的。」

允瓔無奈。她現在也瞭解了他一些脾氣，明顯地，她說不動他。

「放心，不會有事的。」烏承橋見她皺眉憂傷，笑著安撫了一句。

但願啦……允瓔嘆氣，不再多說什麼，專心揉起麵來。

第二十八章

做麵條倒是簡單，麵揉得起了勁兒，尋了塊當砧板用的木板，上面撒上些許麵粉，便開始擀麵。

允瓔抽出擀麵棍，陡然想起她這擀麵棍砸過人，還是被她砸得死活不知的兩個人，心裡一陣膩歪，把擀麵棍扔到一邊。

「改天我重做一個。」烏承橋瞟了一眼，便看明白了她的意思，不由淺笑。

「嗯。」允瓔興致低迷，沒有擀麵棍，就只能做刀削麵了。

她把揉成長條的麵又團了起來。

鍋裡的水已經燒沸，往鍋裡加了些許魚餅絲，待到水再沸騰時，她一手托著麵團，一手拿著刀，輕輕削了起來。

她對刀削麵並不是很熟練，一切只是靠著她自己的想像進行，所幸，拜她平日時不時下下廚的興趣，她這手刀功還是有些看頭的，這一通刀削麵削下來，雖然不到片片均勻，卻也不至於變成了麵疙瘩。

麵片在水裡翻滾開，允瓔估算著有了兩碗的料，便停下來；這水在翻滾，先下鍋的差不多要熟了，她再往裡面添生的，一會兒熟的熟，生的生，味道就差了。

沒多時，那兩碗就熟透了，允瓔又往裡加了些許野菜，瞬間便給白白的湯裡添了分綠意。

麵片盛入碗裡，加上調味料，香氣頓時四溢。

「嚐嚐。」允瓔深深地吸了一口，雙手捧著送到烏承橋面前。「沒有擀麵棍，只有這樣將就了。」

「好香。」烏承橋接過，很給面子地讚了一句，事實上，他現在也越來越吃得慣她做的東西了。

「小娘子好手藝。」就在兩人說話間，隔壁船傳來了那漢子的稱讚聲。

允瓔抬頭，只見那邊的幾條船上都冒出人影來，瞧著那模糊的影子，似乎都在觀望著她這邊。

她不由一愣，這是幹什麼？

「小娘子，打個商量如何？」說話的依然是之前那位漢子，他笑道：「我們這些人都在這兒兩、三天了，每天嚼的家裡帶出來的乾糧，熱湯都沒喝過一口，今兒聞著小娘子做的這香味，真有些饞了，不知道小娘子能否多做些賣給我們？」

賣給他們？

允瓔隱隱約約的，似乎捕捉到了什麼，卻又沒來得及抓住。

「是呀，喬家麵館那湯麵，又難吃又少，還賣五文錢一碗呢，小娘子這麵香，算我們便宜些，三文錢怎麼樣？也分我們一些，這肚子幾天不吃熱的，還真有些不舒坦了。」再往那邊的船上也有人附和。

「是呀，在家的時候老說自家婆娘做的飯菜難吃，現在想想，還真饞了。」眾漢子紛紛附和。

三文錢……麵館……允瓔眼前一亮，這或許可行？

「給你們做倒是沒問題，只是我這手藝不行，也沒個好佐料，你們可別嫌棄。」允瓔想到這兒，立即回道。

「不嫌棄。」那些漢子們也是真饞了，紛紛應道。「三文錢，其實也是我們占了小娘子的便宜，只不過我們都沒啥錢，小娘子別嫌少才好。」

「那行，你們等著，我這就做。」允瓔掃了一眼，這群人少說也有七、八個，要是人人都吃，那就有近二、三十文進帳了，初來乍到的，有這個結果也很不錯了。

「好嘞。」漢子們倒是挺高興，你一言我一語的叫喚開了。「我一碗。」

「我也一碗。」

允瓔聽得高興，忙把鍋裡的那碗盛出來，先遞了過去。「這兒還有一碗，你們先吃著。」

隔壁那船的漢子近水樓臺，先搶了過去，伸手便摸了三文錢過來遞給允瓔。

允瓔也不客氣，道了謝便收下。

有錢可以賺了，她的幹勁十足，當下啟用了自家那盞許久未用的油燈，掛在灶頭上方。

夜漸漸深了，長堤那頭稀稀稀稀的屋子裡傳來微弱的光，卻照不到這一片。

允瓔的燈升了起來，映得水光粼粼，長臺兩邊停靠著的船家們也被引出來，因為一碗熱湯，原本素昧平生的眾船家此時都圍坐在長臺上，喝著熱熱的麵湯，想著家……

允瓔也不小氣，給眾人盛的湯都是滿滿的，一餐晚飯下來，已經和這些船家有說有笑，對這一帶的情況也瞭解了一二。

原來，因為這次大風的原因，官府下了命令，從各地徵集船隊運送賑災糧，喬家作為泗縣、陵縣兩城最大的船塢，名下船隊無數，自然也接到官府的徵調令，但是，喬家正式的船隊哪裡有空來做這些事？

於是，喬家就派下管事，到處徵集船工，剛剛那位老喬頭就是喬家派在這兒的管事，他是喬家的老人了，這些年沒少做徵船工的事，已然自成了一套手段，這一帶的人大多知曉老喬頭的厲害，所以接到木牌的船都是乖乖地留下。

「他真這麼厲害？」允瓔聽罷，頻頻看向烏承橋。

烏承橋卻只與幾位船家漢子閒聊。「你們已經開工了嗎？」

「三天了，眼前都是下面收上來的糧食，每天固定收上來，送到黑陵渡這兒喬記倉裡。」隔壁那漢子笑著解釋。「每日領三十文錢。」

「三十文錢？」允瓔驚訝，她還以為是白白做工呢。

「是呀。」幾人卻是苦笑。「卯時出門，日落才回，這一天三十文……能管什麼用？還得自己帶乾糧，這差事，一般人誰願意做？我們走一次渡就三十文了，一天也別說能跑幾次，就是跑一次，也比這輕省吧。」

「那倒也是。」允瓔點點頭，這樣一算，喬家確實是與強徵差不多。

「都歇了吧。」眾人吃飽喝足，紛紛收拾碗，各自回船上去了。

允瓔收拾了東西，把餘下的刀削麵片收集到一處，她忙了一晚上，自個兒還沒吃呢。

等到她清理完畢，降下了那盞燈，烏承橋已經把船艙收拾好了，看到她進來，淺淺一笑。「早些歇了吧。」

「你怎麼看？」允瓔鑽進去，兩眼發光，把剛剛賺的二十幾文錢攤到烏承橋面前。「我覺得這個比擺渡好，要不要試試？」

「確實不錯。」烏承橋還在把玩那木牌，聽到允瓔的話，也只是抬了抬眸，並沒怎麼在意，他在想喬家的事，剛剛聽說的這一切，他居然一無所知，到底，他忽略了多少事？

「太好了，我得好好琢磨一下這麵得怎麼賣。」允瓔也陷在自己的興奮中，沒注意到烏承橋的神情，反正他一向喜歡發呆。

允瓔興沖沖地收起錢，簡單洗漱，自顧自躺下休息。

這一宿，允瓔想著她的攢錢大計，烏承橋想著喬家種種，一晃，便近卯時，兩人居然都是一宿未合眼。

這會兒外面已經吆喝了起來，允瓔和烏承橋忙收拾起來。

「小娘子，今早可還有熱湯麵呢？」允瓔一冒頭，立即有人笑著問道。「那滋味可真香，這一早還饞著呢。」

「有。」允瓔連忙應道，有人送錢上門，當然有啦。

「給我下一碗。」那人直接扔了五文錢過來。

允瓔收了，趕緊開始做事，五文錢，自然要比昨天的料要多些。

有了昨天的經驗，做起來倒也快，沒一會兒工夫就把這七、八個人的麵解決了，這一次，收到五十文錢。

才兩餐，就收穫了七十多文，允瓔的信心空前膨脹了起來。

也許，她真可以做個水上麵館試試？

既然要做麵館，那現在這灶有些太小，她得在船頭弄個固定的架子，設上兩個灶，一個燒水熬湯，一個煮麵，那樣才有效率。

還有……允瓔正一邊洗著鍋，一邊想著要怎麼修整自己的船變成水上麵館，便聽到長臺上「哐」的一聲，有人打響了鑼。

她抬頭，只見老喬頭帶著一個手下出現在長臺上，方才的鑼聲正是老喬頭身邊那個手下敲的。

「都起了起了。」老喬頭板著臉，一雙眼睛掃過兩邊的船，興許是看到船隻都在，他滿意地點點頭，揮了揮手。「都聽好了，今天還是那幾個地方，日落之前，務必接回全部糧食。」

允瓔聽得有些迷糊，「還是那幾個地方」是什麼地方？

「你們，跟著他們一起。」正疑惑中，老喬頭手一轉，指向允瓔這邊，劃了劃他們隔壁的船。「你，帶他們一下。」

「噯。」隔壁的漢子回頭看了看允瓔這邊，點點頭。

「出發！」老喬頭揮揮手，轉身就走。
「就這樣？」允瓔越發驚訝，什麼都不管，這是有多大的自信能掌控他們呀？
「走吧。」隔壁的漢子笑了笑，招呼烏承橋行動。
船緩緩離開岸，烏承橋讓了一步，讓那漢子的船先走，自己跟在後面。
「這位大哥，我們要去哪兒？」允瓔坐在船頭，打聽著這次的行程。
「劉莊。」那漢子轉頭笑了笑。「我叫焦山，兩位怎麼稱呼？」
「我家當家的姓烏。」允瓔如今說起烏承橋已經說得極順溜自在了。「焦大哥，我有些不明白，老喬頭為什麼就這樣篤定我們不會跑呢？這路上難不成還有他們的眼線？」
「哪有什麼眼線。」焦山笑道。「其實說起來也簡單得很，我們這些人靠的都是這一片水，離了這片水，又能做什麼去？喬家勢大，我們逃不過，不如不逃，說不定還能混個安穩日子，我們小老百姓不就圖個安穩？」
「那倒也是。」允瓔點點頭，也怪不得老喬頭敢甩個木牌過來就什麼都不管了，他大概看準的就是這點，篤定他們不會跑。
「一會兒過去，你們也不用多說，那邊會有人裝糧食，裝好以後記得跟他們要一根竹籤，記得，千萬別忘記了。」焦山繼續道。
「竹籤？做什麼用的？」允瓔不解。
「領工錢用的，一枝竹籤一文錢……唉。」焦山一聲長嘆，搖了搖頭。
「那，多少東西得一枝竹籤呢？」允瓔一頭霧水。

「一船……一枝吧。」焦山說到這兒，已經連連嘆氣了。

「什麼？一船一枝……一文錢？」

允瓔直到這會兒才弄明白，頓時傻眼了。

一船得一枝竹籤，一枝籤才值一文錢，一天卻是三十文，這是什麼概念？

允瓔深深感到無力。

人活在世上，就是這樣身不由己，現在退又退不得，就只能進。

焦山沒有多說什麼，抬頭看看天色，便提醒烏承橋加快速度，劉莊離碼頭有點距離，一天三十船還是有點難度的。

船飛快地穿梭在彎彎繞繞的河道中，饒是烏承橋現在的技術已很熟稔，也沒能趕上焦山的船。

還好，焦山也算仗義，在拐彎分道的地方會停下來等他們。

兩盞茶的工夫，他們來到一個簡單的水埠頭，焦山已經在那兒開始裝船了。

「烏兄弟，這邊。」焦山一直留意著烏承橋的船，見他們過來，便朝他們招招手。

「新來的？」埠頭上一個管事模樣的男人抬頭看了看，見到允瓔有些驚訝。「老喬頭越來越會辦事了，找了個娘兒們。」

「溫爺，他們是昨兒來的，十七號。」焦山和這男人似乎有些熟，說話也略顯輕鬆些。

「知道了。」叫溫爺的男人打量了允瓔一眼，揮揮手示意他們停靠到右邊空位上。「來人，給他裝上。」

馬上便有人扛了糧袋上船來了。

允瓔讓到一邊，她有些不自在。

這一個個經過的人總會朝她瞥上一眼，目光中的意味……總之，讓她很不舒服，不過她心裡還有擔心，她擔心烏承橋被人認出來，所以也只好安靜地站在船頭，迎接著眾人的目光。

她被注意，總好過他被識破吧？那樣，就不只是自在不自在的問題了。

想到這兒，允瓔又有些疑惑，他不是喬家大公子嗎？怎麼會被自家人追殺成那樣？

答案無從可知，他不說，她也不願意多問。

「烏兄弟，我先行一步了，這回去的路，你可記住了？」焦山的船裝得滿滿的，吃水的程度幾乎與船舷相平，他卻不在乎，接了溫爺給的兩根籤，笑呵呵地說道。

「焦大哥先請，我記著了。」烏承橋點頭。

「一會兒要是記不得，等等路上的船家就行了，這送糧的都是。」焦山還是細心地提點了一句，調轉了船便離開。

允瓔留意到焦山剛剛接的竹籤，顯然，焦山是兩趟併作一趟，想要多賺些錢吧，可是看到他那船，幾乎整條沒入水裡……她就一陣心驚膽顫。

「行了。」那邊傳來溫爺的聲音。

允瓔回頭，看到自家船上裝的倒是還好，比焦山的少了三成，這吃水的深度也還在承受範圍內，心頭頓時一鬆，她就怕他們初來乍到的被人為難，而且她不認為一趟做兩趟的話就能多賺些錢回來。

兩倍的分量能有單倍走得快嗎？

「小娘子，拿好了，掉了可別哭鼻子。」溫爺遞了一根竹籤給允瓔，眼睛在她身上滴溜溜轉，語帶戲謔。

「溫爺，你還會憐香惜玉呀，你不會看人家小娘子長得好，就把竹籤全送了吧？」邊上有人大笑，看著都是他們一夥的。

「多謝溫爺。」允瓔只是看看他們，接了竹籤就拿起竹篙，幫烏承橋撐船離岸。

船吃了水有些沈，允瓔這一篙子下去，撐著也是有些吃力，無奈，她只好把竹籤往髮上一插，雙手使力，身子下沈，藉著腰部的力量，才成功地讓船緩緩離岸。

可是，她這一沈一扭的風情，卻也落入了這些粗俗漢子的眼，吹哨起鬨聲此起彼伏。

「這小娘子夠味兒，以前怎麼沒見過呀？溫爺，尋個機會好好品品唄。」

遠遠的，還有這樣的聲音傳來，允瓔皺了眉，抿嘴往那邊看了看。

烏承橋面沈如水，眸光如冰霜般掃了過去，只是距離已遠，那些人哪裡能察覺得到，只一瞬，他又斂了眸，全力搖起船。

「一會兒，妳留在碼頭等我吧。」回去的路上，烏承橋沈默後突然開口，語氣冷冽。

「不了。」允瓔搖頭，看了看他。「有我在，他們至少不會關注到你。」

「大不了……」烏承橋皺眉，一想到剛剛那些人看允瓔的目光以及說的話，他心裡便火辣辣的，無名火直竄。

「沒什麼大不了。」允瓔一聽，立即打斷他的話。「不就是被看幾眼說幾句嗎？肉都不會少一兩，別理會他們就行了，倒是你，我們現在還禁不起他們折騰，忍得一時之氣，將來……」

允瓔沒有說下去了，她相信他一定比她還要懂。

「嗯。」烏承橋低低應了一聲，看了看她。「一會兒妳離他們遠些。」

「好。」允瓔驚訝地抬頭，嘴角上揚，心情莫名其妙地變好。

第二十九章

路上，烏承橋全力搖著櫓，允瓔只在拐彎的地方助上一篙，兩人倒也順利，很快就趕上了焦山。

焦山走得很慢，很穩妥，每一篙下去，絕不帶起半點水花，顯然，他也是個中好手了。

「你們先走吧。」焦山看到兩人，笑著揮揮手。

「好。」烏承橋點頭，也不客氣，從邊上超過去。

順著來路，兩人順利回到碼頭邊上，那兒已經有不少船家回來了，老喬頭帶著人正在卸貨，時不時的，他便上船去東摸一把西看一下的檢查。

允瓔他們的船排在後面，一時還輪不到，她便站在船頭，留意著老喬頭的舉動。

「濕了兩袋，扣。」老喬頭面無表情地拍了拍手，上船去了。

身邊馬上有人記錄下來。

那條船的主人卻是苦了臉，連連告饒。「喬爺，饒了我這回吧，我剛剛已經很小心了，只是靠岸的時候濺了一點點水，裡面肯定不會濕的，只是一點點。」

「濕了就是濕了。」老喬頭眼皮子也懶得抬一下，扔了一句話，直接跳上下一條船，繼續檢查。

濕了還要扣錢？扣多少？允瓔好奇。

「喬爺，饒了我吧，我家裡還有八十老母要養，還有六個孩子等著吃呢，您這一袋一扣就是一百文，我這幾天下來也沒賺到這個數啊，喬爺，您發發慈悲吧。」那船的主人顧不得面子，跟上去就朝老喬頭跪下來，一通哀求。

一袋扣一百文！這不是明擺著訛人嗎？允瓔目瞪口呆，看向自己船上的糧袋。

繼那位船家之後，老喬頭又從別的兩條船上挑出三袋打濕了一角的糧袋，這兩人興許是知道哀求無用，雖然懊惱，卻也沒多說什麼，而之前那位船家也在眾人的勸說下黯然離開，錢賠了，再不去做事，賠得更多。

允瓔冷眼旁觀，心裡雖有些不忍，卻也沒想多管閒事。

他們現在也是泥菩薩，哪有那個管的本事？

很快地，就輪到允瓔的船，老喬頭快步跨上了船，瞥了允瓔一眼，就逕自開始檢查，一袋一袋的細看，又讓人一袋一袋的搬卸。

所幸，允瓔這一船裝得不多，又行得慢，因此一袋都不曾浸濕。

老喬頭也不廢話，檢查完就上了岸，帶著人繼續驗收下一船。

烏承橋也趕緊撐船離開，繼續下一船。

中午時，允瓔簡單地烙了些餅，配著魚餅絲野菜湯，兩人將就著吃了。

這一天下來，忙忙碌碌的，日子過得倒也快，烏承橋和允瓔兩人本著寧可少賺也不想扣錢的想法，緩緩而行，等到黃昏時交完最後一船，他們的竹籤才十八根。

允瓔跟著眾人，拿著竹籤到老喬頭那兒換到了十八文錢。

雖說喬家的行事有些霸道，但在這發放工錢上，老喬頭卻是公事公辦，沒有半點差錯。到了晚上，船家們聚到一處，一邊唏噓著今天被扣錢的遭遇，一邊等著允瓔這邊的晚飯。

允瓔做了饅頭，湊了五菜一湯出來，按著一人五文錢分給他們。

眾人見有熱菜熱湯和饅頭，高興至極，這五文錢出得也相當情願，便是那幾位被扣了錢的，這會兒也豁出去似的，多給了兩文錢多吃了些。

允瓔這幾道菜，大多都是野菜、菜乾，再就是魚餅絲湯，並不是什麼值錢玩意兒，但是這一餐下來，卻比起送一天糧的收入還可觀。

允瓔越發堅定了開個水上麵館的想法。

「你覺得這生意怎麼樣？」

夜裡，收拾了一切安靜下來的允瓔有些輾轉難眠，她眯著眼想了好一會兒，想法越是強烈，乾脆側身面對著烏承橋，伸手推了推他，詢問著他的意見。

烏承橋其實也沒睡著，他還在琢磨這一天的所見所聞，在記憶裡挖著有關的訊息。無奈的是，他發現自己居然對喬家的生意一無所知，所知道的也不過是喬家有自己的船塢、船隊，僅此而已。

興許，自己也是活該淪落至斯吧？烏承橋嘆氣。

「你倒是說說意見呀？行不行給句話，嘆什麼氣呀。」允瓔瞪著他。

「就怕妳會太辛苦。」烏承橋回眸，看著允瓔近在眼前的容顏，飛走的思緒頓時拉了回來。

「做什麼事不辛苦呢？」允瓔不以為然。

「那好吧，我們試試。」烏承橋看著她認真的眸，心有所觸，不由淺淺一笑，語氣中也多了一分縱容。

「就是不知道這運糧的事什麼時候才能結束？」允瓔興致勃勃，但一想到現在還有那樣一件差事在，她頓時如被澆了冷水般，變得鬱鬱起來。要是不用送糧，她明兒就能動手了。

「總會過去的，我們先多看看，能準備的先準備著。」烏承橋抬手撫了撫她的額。

「你說，我們是單純開麵館好呢？還是各種都做？比如說像今天晚上做成……」允瓔想了想，跟他說速食他也不明白，便改口說道：「就是每天備些小菜和主食。」

「麵館和這個有什麼不一樣嗎？」烏承橋對此一竅不通，有些迷糊地問。

「麵館麼，就是簡單些，每天熬好湯料，有人來買就下個麵，配上調料就好了；做小菜麼，就怕沒人要，會浪費了，但小菜、主食這一類的，大家選擇的餘地多些。」

允瓔有些糾結，她既想著多賺些錢，又想著簡便些，一時有些難以抉擇。

「那就麵館，怎麼簡單怎麼來。」烏承橋卻不似她想得多。

「也行吧。」允瓔點頭，萬事開頭難，還是先從最簡單的做起。

「睡吧。」烏承橋伸手擁她入懷，最近，他越來越習慣抱著她入眠。

允瓔很自然地找了個舒服的位置，閉上眼睛。這段日子的相處，那個狂風大作的夜，已經讓她在心裡接受了他的親近，她甚至忘記了，她是允瓔，而不是邵英娘。

一晚安然，再醒來又是全新的一天。

允瓔做好了早點，那些船家們似乎也有了默契般，到點就圍過來，吃了允瓔做的早點，又貢獻了近三十文錢。

飯後，眾人再次踏上送糧的行程。

這一天，允瓔和烏承橋得到了二十二根竹籤，換回了二十二文錢。

允瓔拿到這二十二文錢，苦笑連連，這是一天的收入呀。

喬家，果然不是一般的扒皮。

「大妹子。」

允瓔收起錢正準備做晚飯時，一旁傳來陳四家的聲音，允瓔忙站起來，轉身往那邊看，只見陳四夫妻倆搖著船停在他們不遠處。

「陳大哥、陳嫂子，你們怎麼來了？」允瓔驚喜地招呼。

「之前說過要來的呀。」陳四家的笑道，朝烏承橋點點頭。「你們怎麼樣？找著事了沒？」

說著，就揮手讓陳四搖船靠近。

「陳嫂子，等會兒。」允瓔突然想起自己的遭遇，忙朝陳四家的揮揮手，一邊讓烏承橋搖船過去。這喬家是怎麼回事，他們領教過了，可不能讓陳四家也被牽進來。

允瓔想著提醒陳四家的，陳四已經把船搖到他們邊上，陳四家的笑盈盈地立在船頭。

「大妹子，怎麼了？」

「陳嫂子，你們快些離開，這兒正徵船呢。」允瓔提醒道。

「徵船？做什麼的？」陳四家的好奇地問。「這會兒是誰家徵船？柯家？」

「是喬家，陳嫂子，這活兒不好做，那天我們剛來，焦大哥提醒我們，結果我們不知底細，被喬家人逮著了，如今想脫身都難了，你們快些走吧，一會兒被他們看到就晚了。」允瓔飛快說道。

「喬家？」陳四微微一愣，立即便想到什麼似的，把船往後退。「是喬家的哪個人在這兒徵船？」

「老喬頭。」烏承橋應道，他看出陳四知道一些事情。

「是他！」陳四果然知道老喬頭，聞言臉色變了變。「烏兄弟，這人陰狠，你們千萬當心，不要有把柄落到他手上。」

「多謝陳大哥提醒，我們會小心的。」烏承橋點頭，目光一掃，遠遠地便看到長堤那頭的人影。「有人來了，你們快走吧。」

「當心些。」陳四家的雖然聽得一頭霧水，但見自家男人這樣慎重，她也沒多說什麼，只叮囑允瓔小心，幫著陳四撐開了船。

兩人都是老手，很快地船便順著河道離開。

「老喬頭陰狠……」允瓔嘀咕了一句，轉頭看著長堤上越來越近的人，目前來看，撇開扣錢那事不談，這老喬頭怎麼個陰險法暫時還看不出來，甚至，柯家那管家都比他要可惡得多，但，陳四卻知道老喬頭，還扔下這麼一句話，看來他們真得小心謹慎了。

「剛剛那船做什麼的？」老喬頭也不知道哪裡來的神通，每次有船出現他居然便出現，這會兒到了允瓔兩人面前，瞇眼看看陳四家的船離開的方向，淡淡地問。

「過路的。」允瓔應道。「不知道做什麼的。」

老喬頭聞言打量她一眼，轉身離開。

「你們倆明兒可得小心著些。」老喬頭走遠之後，焦山從船那頭露了臉，他躺在他家的船尾，看似欣賞天色般，對烏承橋說道：「這兒的動靜，他們都有人隨時看著的，剛剛你們說話，一定也讓他看到了，當心明天他給你們穿小鞋。」

「他們平時都在什麼位置？」烏承喬好奇地問。

「喏，長堤那頭有間很高的屋子，他們安排人在頂樓，專門看著這邊的動靜。」焦山呶了呶嘴。「別看老喬頭不聲不響的，其實他就是不會吠的狗，專找陰損地兒下手。」

不會吠的狗才咬人。

允瓔撇嘴，看了看長堤那頭最高的屋子，那屋子其實也就四層樓高，這會兒得了焦山提醒，細看之下倒是發現了些許端倪。

四樓處，窗臺開著，裡面人影浮動。

允瓔恍然，怪不得他們一到這兒，老喬頭便出現，而陳四夫妻也是剛到，他又出現，敢情都在那兒看著呢。

允瓔長長吐了口氣，眼見天色將晚，忙拋開這些繁瑣的雜念，專心準備起晚飯。

既然被逮到了走不了，不如安安穩穩地瞅著空兒多賺些錢回來。

半個時辰後，三十幾文錢落入允瓔口袋，她高興得暫時忘記了焦山的提醒，接連三天，她都在琢磨著變著花樣做吃的，然後把吃的換成錢。

日子有了盼頭，那些虛無的擔心也影響不到她了。

「英娘，妳瞧瞧那些糧，是不是新的？」這一日，收糧途中，烏承橋突然開口問道。

「啊？」允瓔不解。

「偷偷瞧瞧，別讓人看出來。」烏承橋凝望著允瓔，低低地說道。

「好。」短暫的驚訝之後，允瓔點點頭，鑽進船艙裡，坐在袋子上，悠哉悠哉地拆著其中一個袋口，拆了些許，便看到裡面的新穀。「新的，沒什麼問題。」

「多看看。」烏承橋伸長脖子看了一眼，不以為然。

允瓔看看他，倒是配合，把這一袋的袋口還原了，又去翻下面的袋子，一連看了十幾袋，都是新穀，她才停下來。

「全是新穀。」允瓔肯定地說道。

「嗯。」烏承橋點點頭，沒再堅持讓她繼續。

「你這是在懷疑什麼？」允瓔轉到他前面，低聲問道。「之前那次，你也是這樣讓我檢查，你是在懷疑他們的米有問題嗎？」

「我也不知，只是感覺不對。」烏承橋搖搖頭。「我總覺得有人在搗鬼。」

「搗什麼鬼？誰啊？」允瓔驚訝地問。

「不知道……」烏承橋嘆了口氣，目光落在允瓔臉上，略略凝視之後，他低低說道：「或許，與我被人追殺有關。」

「啊？」允瓔頓時瞪大眼睛，他被追殺跟喬家的糧食有關？

「只是懷疑……沒有證據。」烏承橋輕輕搖頭，沒有多說，他不想讓她多擔心，更不想讓她牽扯進來。

允瓔表示理解，既然懷疑，又與性命相關，那確實應該好好查查。

這一下，不用烏承橋提醒，允瓔便忙了起來，幾乎每一船每一袋都被她翻了個遍。

但，這些糧食除了新穀還是新穀，沒有一絲不妥之處。

不過，允瓔並不氣餒，找證據麼，要的不就是耐心？要是隨時隨地都能被她找到，那還能是證據？她想得很開。

來到黑陵渡十天之後，他們終於結束了接糧的活兒，允瓔口袋裡的錢也滿了一千多文。

「這下，我們可以開始做自己的事情了。」

一天的忙碌之後，允瓔趴在船艙裡，一文一文的串著錢。

來到這兒後，她還是頭一次數這麼多錢啊，這一千多文，就好像她前世的存錢罐，平時根本不把這些零錢看在眼裡，可到了關鍵時候把所有零錢倒出來，也是一個不小的驚喜了。

「一千文……能做什麼？」烏承橋看著她欣喜的笑容，心裡五味雜陳。想當初他為那些女人一擲千金，如今他的女人卻因為區區一千文錢就樂成這樣，多諷刺的事呀。

「能做的事情多了。」允瓔看了他一眼，把錢扔在船板上，手一撐就坐起來，對著他數起了手指。「明兒我就去採辦東西，米、麵、調味料、灶臺、碗筷，盛水的桶也要備兩個，煮麵的鍋也要訂製兩個，還有食材，這一千文錢能派上大用場了。」

烏承橋安靜地看著她，心底某處被深深觸動。不知何時起，他居然習慣了現在這樣的斤斤計較，甚至還甘之如飴。

「對了，還得給你做身衣服，天涼了，不能一直穿……穿我爹的衣服。」允瓔對這個「爹」字很不習慣，不過，卻也不能不喊。

「衣服沒什麼的，將就著穿吧。」烏承橋搖搖頭。「一千文買不了什麼東西，還是先買要緊的東西。」

「……也行。」允瓔提著串好的錢，側頭盯了半晌，認命地點頭，嘆氣。「等賺了錢再買。」

烏承橋半側著，看著她的笑顏，心裡一動，伸手拿下她手上的錢，隨意地往夾艙一放，便拉住她往懷裡帶。

「喂……」允瓔猝不及防，不由驚呼，一轉念又想到如今的處境，外面還有那麼多船……她忙又閉上嘴，整個人倒在他懷裡，還不待她推他，他已撐著身子朝她俯了下來。

第三十章

「喂，別這樣。」

允瓔大窘，整個人瞬間沒了力氣，推他的手反似攀附在他胸前一般，推拒得毫無力道，腰被緊緊錮住，身上的沈重更是讓她動彈不得，只能眼睜睜地看著他低頭，慌亂地低喃著。

「怕什麼？」她的慌亂取悅了烏承橋，低笑聲震動胸膛，貼著她的柔軟，化作心底片片柔情，他凝望著她，在她唇邊輕輕一啄。「妳是我的妻。」

「被人聽到不好啦。」允瓔有些迷糊，心狂跳著，整個人不由自主地發燙，話出口，她又恍恍惚惚地想：被人聽到什麼呢？

「傻。」烏承橋低低地笑，覆住她的唇，舌尖細細描繪著她的唇形，右手撫上她的臉頰，拇指摩挲著她的下巴，輾轉流連。

允瓔迷迷糊糊地閉上眼睛，感覺著這份溫情，手似乎被牽引著，不由自主地攀上他的頸，陷入他的柔情裡。

幾乎在瞬間，柔情密意驟變，口中的柔軟被他吸纏，強勢索取著，呼吸似乎被掠奪，允瓔越發昏沈起來，她有些受不住這樣的窒息，想要推開他，卻又情不自禁地貼他更近。

終於，烏承橋鬆開了她。

允瓔的胸膛急促起伏，窒息緩解，可心底的失落卻湧了上來，她睜開眼睛，雙目迷離地看著烏承橋。

「英娘。」烏承橋額抵著她的額，長長一嘆。「等我們在鎮上安定下來，我再好好補妳一個洞房花燭夜。」

儘管很想很想就這樣要了她，可他還是克制住了。

因為他，她失去了親人，失去了安寧的生活，他已經給不了她風光的婚禮，甚至給不了她安逸的日子，又怎麼忍心在這樣的場合下委屈了她？

允瓔沈默著，氣息依然不平，可心神卻是冷靜了許多。

她不是他真正的妻呀……難道她以後就頂著邵英娘的身分長此下去？

翻騰的情緒瞬間冷卻，允瓔心頭又酸又澀，她不想讓他看出來，閉上眼略調了調位置，埋在他胸前，沈默。

「歇息吧。」烏承橋側身躺下，在她眉間印下一吻，柔聲說道。

「嗯。」允瓔沈吟半晌才應了一聲。

烏承橋拉高了被子，將她環在懷中，手有一下沒一下的拍著她的背。

允瓔微愣，他這是把她當孩子哄了嗎？

不自覺間，她的唇角微揚，心頭的酸澀竟緩解了。

她這是陷進去了嗎？

允瓔在臨睡前，迷迷糊糊想著。

「起來了！起來了！」天還沒亮，外面傳來一片嘈雜聲，允瓔迷惑地睜開眼睛，看到烏承橋也剛剛醒來。

「出什麼事了？」允瓔揉了揉眼睛坐起來。

「不知，我出去看看。」烏承橋跟著坐起，便往船板上挪。

允瓔忙起來收拾船艙，整理身上的衣服，這麼早就吵，不會又出什麼事了吧？

「都起來！」外面傳來老喬頭那個手下的聲音。

允瓔一聽，皺眉，忙跟著出去。

果然，木臺上站著老喬頭和三個下人，船家們紛紛出來，個個迷惑地看著老喬頭等人。

「都聽好了，卯時到那邊裝貨，送糧去昭縣，工錢，五十文一日。」老喬頭見眾人都出來，淡淡地宣佈道。

「送糧？五十文一日？」船家們以為自己聽錯，討論紛紛。

「喬爺，也是按了竹籤算的嗎？」焦山大著膽子上前問道。

「不必，一日兩趟五十文，每日酉時在這兒領工錢。」老喬頭面無表情地說完，揮揮手帶著人走了。「卯時，準時。」

「五十文，一天兩趟……真的假的？」老喬頭等人一走，焦山這些船家們頓時激動了起來。

雖然昭縣離這兒有些距離，可也不算遠，順著水路走快些，一天三趟都來得及，可是，為什麼老喬頭這回開出的條件這麼誘人？

允瓔也是滿腹疑惑，她轉頭看了看烏承橋。

烏承橋若有所思，轉頭吩咐了一句。「做飯吧，且行且看。」

卯時正，所有的船都集中起來，老喬頭帶了人站在長堤上，看著手下人往船上裝貨。

允瓔看到與之前並無不同的糧袋裝上了船，心裡疑惑不已。

之前從各處收來的糧，只在倉庫裡放了幾天就又搬出來，為什麼之前不直接讓他們送到昭縣去呢？

中間費這樣周折，喬家人是嫌夥計們太閒了還是怎麼的？

「都聽好了，這批糧是朝廷徵集的賑災糧，是要送往昭縣衙門發給災民們的，這路上可不能有半點閃失，否則定當追究你們的責任，到時候可別怪我老喬頭沒有提醒。」老喬頭等到所有船都裝好，才板著那張沒表情的臉踱到木臺前，居高臨下看著眾人。

眾人不語。

「出發吧。」老喬頭隨意地揮揮手。

眾船緩緩離岸，誰也沒有多說，反正他們說什麼也沒用，還不如不說，早些把這些糧送完了，早些了事。

允瓔坐在船頭幫著烏承橋控船離開，不經意間，她側了一下頭，意外地迎上一雙陰沈的眸，瞬間，她只覺後背都涼了一片。

老喬頭的目光被她撞個正著，也不迴避，打量她一番後，才轉了身，帶著人走了。

「焦大哥，他們的人不帶路嗎？到時候我們找誰交貨？」烏承橋和焦山的船相鄰，他想了想便請教起這些細節。

老喬頭居然這樣放心，連個押糧的人也不跟著去，就不怕他們這些人昧了糧食嗎？便是允瓔也是這樣想，所以，聽到烏承橋問這話，她立即轉了過來，等著焦山的答案。

「到了那邊，應該有人吧。」焦山有些猶豫地說道，顯然他也不知情。

烏承橋見問不出什麼，便點點頭，專心搖船。

允瓔留意到，他的目光幾次落在船中的糧袋上，想了想，她鑽進船艙，坐在那些糧袋上，隨意地提起一個袋口，開始拆線抽檢。

烏承橋看到她的舉動，不由扯了扯嘴角，露出一抹笑。

袋口很快被拆開，露出裡面微微有些發黃的米，米粒有些微碎，偶爾還能看到幾個小小的黑點鑽入糧中。

這不是之前的糧！允瓔抓了一把，抬頭看向烏承橋。

之前收的是穀，就算是收回來拿去脫粒，也不會是現在這樣，這些，明顯就是陳米。

「再看看。」烏承橋看到允瓔手裡的米，目光一凝。

允瓔再接再厲，把這一袋補好，又去拆別袋，反反覆覆拆了十袋，無一例外都是陳米，還是生了蟲的碎陳米，這比她之前換回來的下等米還要差！

「真缺德！」允瓔憤然繫好袋子扔了回去。

「再看看下面的，是不是全都一樣？」烏承橋轉頭看了看周圍，見沒人注意，繼續說道：「妳瞧瞧那幾袋，袋口繩子不一樣的那些。」

米。

「有不一樣的嗎？」允瓔驚訝，開始翻找，果然找到了幾個不一樣的袋口。別的袋子只是略微用繩子繫起，可這袋卻密密麻麻一繫再繫。

允瓔費了好一番工夫才解開一個小口，她把袋子往上拽了拽，立了起來，露出裡面的米。

「呀，這米好多了呢。」允瓔有些驚訝，抓了一把出來，米裡面沒有雜質不說，還粒粒飽滿晶瑩。

「一袋子都是？」烏承橋也明顯地驚訝。

「這一袋子，難道還有一半好的一半壞的？」允瓔抬頭白了他一眼，覺得他有些小題大作。

「妳不覺得奇怪嗎？」烏承橋皺眉，他想起他離開喬家前那個晚上的所見所聞。「這一船，十之八九是陳米，偏偏這幾袋是好米，為什麼？」

說得也有那麼些道理。允瓔撇撇嘴，沒回應他的話，不過手卻開始往袋子深處抓去。一抓，沒異樣，再一抓，還是沒異樣。

允瓔朝烏承橋抬了抬下巴，表示疑問。

烏承橋只是示意她繼續，薄唇抿得緊緊的。

好吧。

允瓔挽高袖子，露出白嫩的手臂，這次伸手她還攪了攪，差不多把手伸到了底，頓時，她愣住了。

這底下的東西，觸感不對呀。

允瓔飛快地抬頭，看了看烏承橋。

「怎麼了？」烏承橋挑眉，略顯緊張地問。

允瓔把手抽出來，只見手掌上沾滿了細沙。「有沙！」

「噓！小聲些。」烏承橋忙制止。

「下面好像都是沙。」這一下，不用烏承橋提醒，允瓔便主動查看起來，她左右看了看，乾脆找了個乾淨的木桶出來，把上面的米全倒出來，倒去一半之後，下面居然全是細沙。

這一般人抽檢，也就打開袋口瞧上一眼，就算挖，也不會像她這樣挖到下面去，這一袋米放出去，領到的人該有多少歡喜多少悲呀？

「真夠缺德！」允瓔瞪著烏承橋，憤憤說道，就好像他是始作俑者般。

「裝回去吧。」烏承橋無聲地嘆了氣。

他之前疑心喬家有貓膩，一心想查，可這會兒查到了，又能怎麼樣？自己都是泥菩薩……

「就這樣放回去？」允瓔皺了皺眉，很不滿意，讓她查來查去的是他，現在查到了，讓她裝沒看見？他到底在想什麼？

「不然能如何？」烏承橋的語氣淡淡的，目光轉向前方，焦山他們已經走得有些距離了。「裝回去吧，當什麼都沒看見。」

允瓔不屑地白了他一眼，把米又倒了回去，重新把袋口復原，轉身鑽出船艙，坐到船板上，憤憤不平。

黑陵渡到昭縣也不過是一個時辰的路程，很快，他們便到了昭縣城外的碼頭邊。

遠遠地便看到碼頭上停著插著喬家旗幟的馬車，看到他們的船靠近，立即有人上前詢問。

交接的過程倒是簡單，那些人連清點也不清點，直接搬走，倒是給允瓔幾人省了許多事。

中午在碼頭邊生了火，眾人又給允瓔貢獻了三十多文錢，吃飽喝足才慢慢往回轉，一天不過跑兩趟，大家也是輕鬆自在得很。

送糧的過程比允瓔想像的要順利許多，五天下來，除了每次查到的糧讓允瓔無語之外，其他倒是風平浪靜。

這一天，老喬頭告訴他們是最後一趟送糧，還直接把所有帳結清給了他們。

最後一船裝得有些滿，船離岸的時候有些吃力，允瓔一邊撐竹篙，一邊暗暗打量著木臺上站著的老喬頭，心裡疑惑連連。

她難以忘記那天偶然間撞見的眼神。

那個眼神，陰冷得如同等待噬血的狼，讓她整個人汗毛都豎了起來。

等到船離得夠遠，允瓔鑽過船艙，出現在烏承橋面前。

這幾天她心裡彆扭，一直沒怎麼理會烏承橋，反倒是烏承橋處處看她臉色討好她。

這會兒看到允瓔過來，烏承橋立即投來詢問的目光。

「你有沒有覺得不對勁？」允瓔坐在這邊的船板上，再抬眸，已然把心裡那點彆扭暫時拋開。

「怎麼？」烏承橋有些驚訝地看著她。

「陳大哥說老喬頭陰狠，可這次的事，他幾乎沒為難我們，我總覺得哪裡不對勁，心裡不踏實。」允瓔很認真地說道。

「妳不會吧？人家不為難妳，妳還不踏實了？」烏承橋失笑，調侃道。

「不許笑。」允瓔瞪了他一眼，微嘟了嘴嘀咕道：「女人的直覺，你不會懂的。」

「送完這一趟就好了，我們儘量小心些就是。」烏承橋眼帶笑意，安撫了一句。

「不行，這樣不行。」允瓔卻皺了眉，連連搖頭，目光落在船艙裡的糧袋上。「我們不能坐以待斃。」

說罷就重新鑽進船艙，動手檢查那些糧袋。

烏承橋見狀，笑意更深，他看了看允瓔，隨即轉開目光留意起四周的動靜。

允瓔這些天幾乎天天拆這些袋子，動作練得無比熟稔，兩三下就拆開一個袋口，裡面還是那些陳米，沒有異樣，她翻了翻，把袋子復原回去。

一連翻了十幾袋，上面這兩層幾乎都是一樣的陳米。

允瓔開始抽下面的，她隨意抽了一袋，動作也慢了下來，查了這麼多都是一樣的情況，此時，她也覺得自己有些神經兮兮了。

興許，喬家人玩的就是這把戲，收了新糧，然後用陳米拿去賑災，那些裝了沙子的袋子或許只是偶然，或許是下面的人出了問題而喬家不知道呢？

因為烏承橋的緣故，允瓔下意識希望喬家不是那大奸大惡之人。

袋子剛剛拆了一個小口，允瓔的手上便沾了些許沙土，她攤著手掌看了看，以為只是袋子外面沾了土，便很隨意地拍了拍，繼續拆。

等到她把袋子再拆開一些時，允瓔不淡定了。「靠！」

這一袋居然連掩蓋都沒有，滿滿一袋的沙泥！

「怎麼了？」烏承橋看不清袋子裡的東西，看到允瓔這樣，忙問道。

「你看。」允瓔把袋口朝向烏承橋。「全部都是。」

烏承橋只一眼，臉色便凝重起來，急急說道：「快查查其他袋！」

允瓔哪用他吩咐，也顧不得把袋口還原，直接從下面挖出另一袋，打開，又是滿滿的沙泥。

連續翻，連續都是滿滿的沙泥！

某種陰謀的氣息陡然將兩人包圍，允瓔已經不敢再去拆下一袋。

眼前的事實已經很明顯了，這最後一趟，驗貨的時候必有風波，老喬頭提前付了工錢給他們，想必就是在後面等著他們呢。

而烏承橋卻想得比允瓔遠。

他想起了那一晚，他半夜從外面回來喬家，經過自家一個別院時，看到許多人在那兒搬運東西，他一時好奇就潛了進去，院子裡，便有許多下人拿著袋子在挖土，他那時仗著自己是喬家大公子，堂而皇之的出去質問那些人。

現在想想，他可真蠢！也難怪他會落到這等地步，就是因為他的蠢，害自己陷於危難，也是因為他的蠢，牽連了邵家。

之前，他只以為自己的存在擋了那人的道，現在看來，是他擋了一群人的發財路，而那些人，必定是覺得那人比他更識相，更適合與他們合作。

烏承橋面沈如水，他不動聲色地打量著附近，查找著任何一絲異樣。

他覺得，事情絕不會只是糧食的問題，興許是那個老喬頭認出了他，想乘機斬草除根。

「不知道焦大哥他們的船上是什麼情況？」允瓔現在對他的突然沈默很習慣，她站了起來踩在船板上，手扶著船艙頂往前眺望。「焦大哥對我們不錯，我們不能不管，快些跟著去和他說說吧？」

烏承橋順著她的目光往前看了看，點點頭，如果這一次又是因為他，他確實不能放任別人受他牽連了。

「我去前面。」允瓔回頭看了看，後面遠遠地有幾條船行來，也不知道什麼底細，而船上糧食變沙泥的事也不宜宣揚，她便決定先到前面去，追上焦山再慢慢商量。

烏承橋點頭，加快了速度。

——未完，待續，請看文創風484《船娘好威》2

水上風光　溫情無限／翦曉

2017年1月出版

船娘好威

穿越也要各憑運氣！
一個小孤女、一艘破船、一個受了傷的禍水相公……
就算再厲害的穿越女也大嘆難為，
幸好辦法是人想出來的，且看她小小船娘大顯神威！

文創風 483 1

允瓔本以為以船為家，遊歷江河之中，是多逍遙自在的美事，
殊不知一朝穿越成船家女兒，才發現根本沒那麼容易——
原主邵英娘的父母雙雙遇賊丟了性命，留給她的唯一家當是破船一艘，
鎮日為生計奔波、被土財主欺凌的日子真是苦不堪言，
偏偏她一名小小船娘又拖著個受了腳傷的「藍顏禍水」……

文創風 484 2

別以為她初來乍到，又只有破船一艘就難以施展拳腳，
她那「暫時相公」雖然有傷在身，卻也是個有擔當的主，
不論是擺渡、打魚、合夥開貨行，小倆口「婦唱夫隨」真可謂合作無間，
還憑著一條小船、一口小灶開了間水上麵館，好廚藝在身，經營得有聲有色，
哪怕水上生活過得清苦，但總有盼頭在，還怕賺不到第一桶金？

文創風 485 3

瞧這烏承橋白淨斯文，笑起來還十分「妖豔」，根本不似一般船家漢，
一舉手一投足更是優雅從容，分明是某富貴人家的公子哥兒，
如此謎一般的男子竟會與她這小小船娘成親，未免離奇，
孰料真相尚未水落石出，她竟也難敵這藍顏禍水的魅力，
不但被他的笑容電得一塌糊塗，體貼言行更是大大加分，
看在他這麼有潛力的分上，只能把他留下，培養成古代新好男人了！

文創風 486 4

隨著麵館、貨行生意蒸蒸日上，烏承橋不為人知的往事也逐漸浮出水面，
原來他竟是喬家大公子，因撞見喬家醜事，才遭誣陷、逐出家門！
過去關於喬大公子的流言蜚語，允瓔不甚在意，也不想了解，
她只知道，她的相公是個扛得起事、撐得起家的男子漢，
既然他決定一步一步奪回喬家家產，不讓其落入小人的手裡，
她自然要為相公分憂解勞，助上一臂之力，當個好娘子啊！

文創風 487 5 完

過去的喬大公子，鮮衣怒馬、流連花叢，日子過得渾渾噩噩；
如今的烏承橋不惜起早貪黑、走南闖北，只為奪回父親辛苦建立的家業，
若不是因為與允瓔相遇，不會換來這番痛定思痛的覺悟，
這樁婚姻也早已從當初的無可奈何，變為如今的真情實意，他更明白——
自從踏上她家的船，他的家就只有一個，她在哪兒，哪兒就是他的家，
今後無論依舊貧寒，抑或東山再起，他烏承橋的妻，只能是她！

文創風 483

船娘好威 1

國家圖書館出版品預行編目資料

船娘好威 / 蒴曉著. --
初版. -- 臺北市 : 狗屋, 2017.01
冊 ; 公分. --（文創風）
ISBN 978-986-328-680-6（第1冊 : 平裝）. --

857.7 105021302

著作者 蒴曉
編輯 余一霞
校對 黃薇霓 簡郁珊
發行所 狗屋出版社有限公司
地址 台北市104中山區龍江路71巷15號1樓
電話 02-2776-5889～0
發行字號 局版台業字845號
法律顧問 蕭雄淋律師
總經銷 知遠文化事業有限公司
電話 02-2664-8800
初版 2017年1月
國際書碼 ISBN-13 978-986-328-680-6

本著作物由作者授權出版

定價250元
狗屋劃撥帳號：19001626
網址：love.doghouse.com.tw E-mail：love@doghouse.com.tw

版權所有．翻印必究 倘有倒裝、缺頁、污損請寄回調換